金《こん》平糖

自閉症納言のデコボコ人生論

森口奈緒美

tomi shobo
遠見書房

コンペイトウ

「どうしてお前は他人に対してトゲを持つ？」

「そうよそうよ、もっとまあるい人柄を持つべきよ」

「お前は他人に甘過ぎるんじゃないのかな？」

「そうよそうよ、世の中そんなに甘くないわよ」

「もっとその性格を直したほうがいいわね」

「そうですね、今どき砂糖だけでは消費者も見向きもしないでしょう」

「できました！　我が社の新製品の試作品が！」

「よし、是非モニターに試食させてみるんだな」

「我が社のコンペイトウの新製品です。当社の新技術でコンペイトウ特有のトゲを除去、ノンカロリーシュガー使用、甘さ控え目、マイルドでリッチなビターテイスト」

「こんなの、コンペイトウじゃないや！　こんなのキライだ！　えーい！」


（一九九七・二・一二）

もくじ

金《こん》平《ぺい》糖《とう》

——自閉症納言《じへいしょうなごん》のデコボコ人生論《じんせいろん》

1　自閉症者が本を出版するということ

言語能力の獲得

手記を書くのは、長年の私の夢だった。私は一九九六年に、『変光星——ある自閉症者の少女期の回想』（飛鳥新社刊、後に花風社で再刊）を出版し、そして二〇〇二年には、その続編として『平行線——ある自閉症者の青年期の回想』（ブレーン出版）を上梓した。[※1] 私は学校でいじめられるたびに、必ず、「いつか本に書いてやる！」と、心の中で思ったものだった。そうやって、いつも私は「いじめ」を乗り越えてきた。とくに、高校で学校に行けなくなり、相談に行った先のカウンセラーたちから痛めつけられてからは、私は「それまで見聞した一切合切を活字にしてやろうと思」った（『平行線』九八頁）。

しかし、何よりも私が「本を書こう！」と強く思ったのは、「大検」（大学入学資格検定）の「体育実技試験」で落第した直後のことだった。というのも、当時、《適切な診断》が受けられなかった私は、体育実技

※1　いずれも現在は遠見書房から文庫として復刊している。以下、この二冊からの引用と頁数は遠見書房版による。

試験の免除が適用できなかったからである。その詳しい経緯は『平行線』一一二頁以降に譲るとして、今の日本の教育では、授業でも受験でも、まず、《平均した能力》が要求されるが、もし、「能力のデコボコ」のためだけに、高等教育の機会からも優先的に排除されていく（そして、日本中のあちこちで、そういうことが、ごく普通に生じている）のだとすれば、それは著しくこの国の人材と国益を損ねていることになるのであって、そのために私は《この国の将来》に、強い危機感を抱いたからだった。

ところが、声を挙げようとしてはみるものの、当時の私は言葉に強い困難を抱えていた。具体的には、喋ることはできるのだが、その意味が通らなかった。同様に、書くことはできた（そして、書くことは決して嫌いではなかった）にもかかわらず、その意味が第三者に通りにくかった。なぜなら、当時の私は《思考》に困難を抱えていたからである。私は、世の中を何でも理屈で理解しようとしていたわりには、自分の考えを論理的に体系づける能力に欠けていた。また、注意力の欠損などのために、聞いた言葉を理解する能力にも欠けていた。他人の書いたものを読んでも、それは私にとっては単語の羅列にすぎず、意味のある文章としては汲み取れなかった。そういうわけで、「『投稿』に力を入れ」てはみるものの、「それらは気持ちが急けば急くほど、そして『物事をよく考え』れば考えるほど、意味不明になるいっぽうだった」（『平行線』九八頁）。

そういうわけで、大学受験だに受けられず、酷く落ち込んでいた私は、宗教に手を染めた。が、偶然にもその宗派は〝テキスト重視〟の人たちで、彼らがバイブルを個別で教えるときには、まず彼らのテキストを朗読することと、次いでその要約を回答することが求められた。それらのテキストは、非常に論理的で、「文法的に正確で非常に整っていたし、今まで読んできたどの教科書よりも、非常に纏《まと》まっていた」（『平行線』一七六頁）。それで毎週の聖書研究は、結果的に私にとって、今まで受けてきた義務教育では決して得られなかった国語のレッスンとなった。そのお蔭で私は論理的に思考する日本語能力を身につけることができたのだった。

「発言」の場を求めて

そういうこともあり、私は言語能力、とりわけ《書く力》を身につけた。とくに専門学校で挫折してからは、私は再び、「書いてやる！」と、強く思うようになっていた。「本を出そう」と思った決定的なエピソードについては、『平行線』の二八九‐二九〇頁に書いた通りである。そして私は引き続き、自分の言葉を活字にするため、《発言の場》を探し出そうとしていた（同二九七頁）。が、自閉症の人の書いた手記に、商業的に価値があるとは思えなかったし、加えて、もし書いた作品を直接、自分で出版社に売り込むとなると、それは（交渉能力の不足などから）自分の能力をはるかに超えたことだったからだった。そこで、新聞や市民組織の会報などへの投稿に頼るしかなかったが、先方の理念と私の書く内容とが噛み合わず、それらは決して載ることはなかった。

というのも、おおむね、障害者問題に取り組む市民組織は、今日でいうインクルージョン教育を主張しているところばかりだが、その点、私の書くものは、彼らにとっては都合の悪い証言が多かった。一方、不登校関係の組織の多くは、「学校に頼らないで自分の力で！」という理念で活動しているので、例えば私のような、自力で頑張って普通学級に通ってきた立場からの意見などというのは、受け入れられるべくもなかった。そういうわけで、投書を出せば出すほど、それとは反対の意見ばかりが集中して載っていたり、その中で、私の出した内容とそっくりな言い回しが、批判の対象としてそのまま引用されていることもあった。加えて、声を挙げようとしてみることで「自閉症ではない」と言われたり、いくら「自閉症です」と説明しても、自閉症そのものが誤解されているため、単なる〝わがまま〟としか見做されないこともあった。

私が最初の本『変光星』を出せたのは、その切っ掛けだけで言えばタナボタである。具体的には、ドナ・ウィリアムズ女史の最初の手記『自閉症だったわたしへ』（新潮社）が出版された際、私はその本の発行元の編集者に御礼と感謝の手紙を書いた。詳しくは『平行線』三〇三頁以降に記したので略するが、もしドナの日本語版の出版がなければ、つまり自分の力だけで手記を出そうと思ったら、自費出版という手段を除いては、永久に叶わなかったのではと思う。

◆　◆　◆

実際に本を書いてみて思うのだが、人が苦手な分野を伸ばして、その分野にて能力ギリギリまで頑張ることは、それほど大切なことなのかと思う。私の場合でも、さほど世の中から注目もされない本などのために、言語能力を身につけることをも含めて、全身全霊、一生分（？）のエナジーを注ぎ込んでいたのでは、とても経済的自立どころではないと思う。そんなことのためだけに言語能力を身につけるのだったら、もっと自分の得意な分野のことを、最初からやったほうがいいと思う。

ただ、私の場合は、得意な分野を伸ばそうにも、大学は受験することなく門前払いだし、専門学校は投薬の副作用や人間関係の劣悪さなどから中途で断念するしかなかった。だからどうしても、嫌でも書かざるを得なかった。もう一つ私に幸運だったのは、確かに言語能力に障害は抱えていたものの、たまたまそれは努力でなんとかなった種類のものであったということである。先天的な能力の欠損のその全てが、「努力」で補えるとは限らない。それは今日、多くの自閉症者が対人関係で困難を抱えているのを見ても歴然である。今でも私は質問されてからある程度、時間を経ないと言葉が出てこないし、もしその場で答えることができても、必ずしも適切な語が選択できるとは限らない。負荷の大きい口頭でのコミュニケーションと比べれば、文字は私にとって、大きな意思疎通の手段でもある。出版は、言葉を扱うことのできる自閉症者にとって、適切な伝達メディアの一つであると思う。

今日、インターネットを通じて（デジタル・デバイドの問題は別にして）誰でも、発言の場を得られる環境にある。当たり前のことだが、発言するためには、そのための《場》が必要である。ただ声を挙げればよいというのではなく、きちんとそれを理解でもって受け止めてくれる《場》がなければならない。我々のような者はしばしば「心を閉ざして」などと言われるが、実際には機会や門戸を「閉ざして」いたのは、常に世の中のほうである。同様に、本を書いても、読まれなければ意味がない。世の中の意識を変えるためには、より多くの人たちに読まれることが必要である。

世の中に言いたいことは二冊の手記で言い尽くした感もあるが、まだまだ世の中を見渡すと、能力のある自閉症者が自己実現しているとはとても言えず、相変わらず社会的不利益を被らざるを得ない状況にある。そういうわけで、発言が苦手な身ではあるが、私のような者にとって世の中が居心地よくなるためには、もうしばらく発言していくしかないのかな、とも思う。

（二〇〇二・八）

2 診断、そして適切な支援と進路について

診断と告知について

まだまだ世の中には、「診断はレッテル貼りだから良くない」と主張する人たちも多いとは言え、《正しい診断》はこの世の中での必要を満たすための、いわば〝パスポート〟であるとも言える。パスポートがないと出入国や異国での生活に困るのと同じで、診断がなければ普通の市民生活にも困ることになる。

診断は早いほうがよいのか、それとも遅いほうがよいのか、あるいは、人生のどの段階に本人に告知すればよいのか、などといった質問には、人により状況や立場や背景などがそれぞれに異なるのだから、私には答えることができない。しかし少なくとも、「将来の見通しを立てる」という点から言えば、告知はできるだけ早い時期がよいと思う。なぜなら、正確な告知が早ければ早い分、それだけ《無駄な努力》を避けることができるからである。

例えば、告知を通して、自分の「できること」と「できないこと」を見極めることで、本人と周囲の努力の効率が良くなるということはあると思う。苦手なことに難儀して、いつまでも不毛な努力と無駄な時間を費やす代わりに、苦手なことを意識して、それを補う方法を知ることができる。そして節約できたエネルギ

ーは、より得意なことを伸ばすために用いることができる。少なくとも、先生たちやクラスメートたちやご近所の人たちなどから「わがまま」扱いされて不当な非難を浴びたり、特定の科目で他のクラスメートたちに追いつかないからといって、必要以上に自分自身を責めたり落ち込んだりすることは防げるのではないかと思う。その点、(本人が強く診断を望んでいるにもかかわらず)いつまでも無診断あるいは誤った診断のまま、本人や家族を何十年も放置し続けることほど、残酷なこともないと思う。

告知とは単に、障害名を告げるだけにとどまらない。今後、どのような療育また教育を受け、どのような指導あるいは援助を受け、どのような学校に進学し、どのような進路や職業を選択するのかということも含まれるだろう。それはまさしく《人生の選択》に他ならないと思う。逆に、いくら診断が正しくても、相応しい指導や援助がまったく受けられないのであれば、失効したパスポートと同じで、ほとんどそれは何の意味も持たないだろう。

私の周りには、無数のドクター・ショッピングの流浪の果てに、成人になってから診断を受けた者が多数いるが、「診断を受けてホッとした」「自分が何であるかを知ることができた」という感想を漏らす者が多い。そのほとんどは、幼児期から学齢期・青年期にかけて、いわゆる療育という介入を受けることのまったくできなかった人たちである。そういう人たちにとっては、正しい診断名を告知されることは、それ自体が、心理的な癒しの効果を持っているといってもよいだろう。だいいち、適切な診断なくして、どうして適切な医療が受けられるというのだろうか。とくに、いわゆる〝第一世代〟と呼ばれる人たちの中には、誤診、およびそれに伴う不適切な治療によって、深刻な二次障害を持つに至った者も多い。そういう人たちにとっては、正確な診断、そして告知は、まさしく「救い」以外のなにものでもない。

これは私の体験であるが、三十代になって正しい診断を受けられるずっと前、つまり、小学生後半の、いわゆる思春期に差しかかった頃、たまたま家にあった専門書を通して、自分が自閉症であることを知った。それは、長年の謎が解けたという意味では救いであったかもしれないが、また同時に、暗闇に突き落とされるような経験でもあった（詳しくは拙著『変光星』一七一 - 一七三頁に記したので、ご参照なさっていただきたい）。

したがって、告知を行う場合は、できれば思春期は避けたほうがよいと思う。が、もしも、どうしても思春期に本人に告知を行わなければならない場合は、（手前味噌で恐縮だが）例えば拙著のような、自閉症者自身による手記を本人に読んでもらうのも一つの手立てだとは思う。

進路などの問題

ある程度、自覚のある自閉症者は、診断の有無にかかわらず、とかく〝普通〟になろうとして頑張るものである。そしてその結果、燃え尽きてしまうということがよくある。高機能自閉症者であるガーランド氏はその著書の中でこう述べている。「生まれたときに、八十年分として与えられたエネルギーを、二十五年で使い切ってしまったという気がする」（『ずっと「普通」になりたかった。』花風社、二四九頁）。いつもいつも《全力》を出し切っていたのでは、その後が続かなくなる恐れがある。もし、能力以上の負荷を掛けるなら、秤のバネと同じで、最悪の場合は使い物にならなくなる場合もある。能力以上の出力をし続けるなら、必ずその後で《停電》という、痛いしっぺ返しに遭う。その点、「自閉症者のうつ病リスクは普通に比べても高い」そうであるから、そういう意味でも《頑張り過ぎ》《努力のし過ぎ》には、用心しなければならないと思う。

あるいは、「いじめ」を避けるため、最初から「学校に行かない」という選択をする場合もあるだろう。しかしながら、学齢期や思春期にて、問題を拗らせてしまった場合、専門家の絶対数が非常に少ないなどのために、行き場がないといった問題や、受診までに何年も待たされるという現実がある。また、医療機関や心理カウンセリングなどといった相談先で不愉快な思いをすることも決して珍しいことではなく、不適切な治療で薬漬けにされたり、その結果、副作用や後遺症が残り、そのためにその後の就業や社会参加ができなくなる場合もある。また、不登校支援者などにも受け入れを拒絶されたり、障害への無知に基づく不適切な対応などのためにトラウマが残ったりする場合もある。そういう意味では、医療を受けること、あるいは相談とは、雪だるまを作る行為に似ているかもしれない。

したがって、できることなら、無理な努力を避けるためにも、小学あるいは中学に進学する際に「将来の見通しを立てる」、つまり「いろいろな選択肢」があるということを、専門家や教師たちは親や本人に告げる必要があると思う。つまり、もし中学で学校に行けなくなっても、夜間中学もあるということ、無理に高校に進学しなくても、通信制高校や大学入学資格検定（現・高等学校卒業程度認定試験）もあるということ、高校の単位を全て終了しなくても、放送大学があるということ、などである。学校に行けなくなっても、代わりに受け入れてくれる場所があれば、それほど学校で無理な頑張りをしなくても済むだろう。もし、障害をきちんと把握・理解をしたうえで個別対応をしてくれる小規模のフリースクールがあるならば、それは本人にとって、きっと申し分ないものとなると思う。

しかしながら、これらにも問題はある。もし、必要な単位を通信制高校で修めようとするなら、全ての科目を《自力》でこなさなくてはならない。が、能力にデコボコのある自閉症者にとって、それはほとんど不可能に近いことだろう。また、私が過ごした時代で言うと、通信制／定時制高校では「物理Ⅱ」「生物Ⅱ」「化学Ⅱ」「数学Ⅲ」などといった科目がカリキュラムに入っていなかったので、理科系の大学に進学する場合には大いにハンディになる可能性がある。また、「大学入学資格検定」を受ける際には、体育実技試験を含む、全ての試験科目にて、一定以上の水準を得なければ、大学受験への道は開かれなかった（旧「大検」で体育実技が廃止される一九八四年まで、「大検」で体育実技試験を免除されるのは、身体障害の場合のみだった。加えて、大検が不合格になった場合でも、いったん払い込んだ国公立などの大学受験料は「いかなる理由によっても」返却されない）。また特別支援学校では、知能に問題のない者への対応は最初から念頭になく、高校や大学への進学は考慮されていない。また、専門学校の多くはその入学規定に「健康な者」と定めているため、例えば心身に障害のある者は入学をオミットされてしまう。だからそれを承知のうえで入学した後に障害が当局にバレたら、「入学規定に違反した」ことになってしまうのである。このように、一度でも普通学級に行けなくなってしまったならば、どんなに突出する能力や才能があったとしても、高等教育への機会は閉ざされてしまう。もしも運良く大学や専門学校へ進学できたとしても、そこの環境が自閉症者に適しているとは限らない。

アスペルガー症候群に属する人たちの中には、多大な努力の末に、独力で大学に進学また卒業した人たちも数多いとはいえ、今後、より多くの自閉症者がそれぞれの能力に応じた、相応しい教育を受けられることは、この国におけるこれからの課題でもあろう。日本国憲法第二十六条には、「全て国民は、（中略）その能力に応じて、ひとしく教育を受ける権利を有する」と明言されている。もし、自閉症者たちの持つ、さまざまな才能が世の中に顕在するようになっていけば、この国も少しは豊かになっていくのではないだろうか。

（二〇〇二・一二）

3 〝性格を直す〟ということ

世の中の人たちはよく、私のような者に向かって「性格を良くしろ」と言う。しかし、結論から先に言うなら、性格を改めることはできなくても、人格を高めることは可能だと思う。こう書いている私自身が人格者だとはとても思えないが、性格と呼べるものの中には、いわば脳の体質とも呼べるものがある。そういうのは目や肌の色と同じで持って生まれたものだから、どんなに努力してみても変えることはできないと思う。

そういう私もずいぶんと長い間、「性格を直す」という迷宮に捕らわれ続けてきた。例えば、「あなたはぜんぜん友達を作ろうとしない。その性格を直さなくては駄目だ」と言われて、友達作りのアプローチを開始したとする。ところがぜんぜん取り合ってもらえず、まったく友達ができないので、自分の努力が足らないのだと思い、さらに積極的に努力したとする。そうすると、「あなた、しつこ過ぎるわよ」となり、今度は「しつこい人」とのレッテルを貼られる。

このように、努力したからといって、〝良い性格〟になれるとは限らない。努力をすればしたで、その結果、また別の〝好ましくない性格〟になってしまい、結局は堂々巡りだったりする。あるいは、「勉強のできる人は性格が悪い。だから性格を直すためには成績を落とすことが必要だ」などと言われて、その通りにして成績を落としたとしても、それで性格が向上したなどとはとても言えないだろう。世の中、いろいろな意見や感性の人がいる。その、いろいろある意見の中の、ほんの一部に合わせたとしても、さらに世の中には、いろいろな意見がある。その中には正しいものもあれば的外れな助言もある。いろいろある意見の、その全てに合わせようとするから挫折する。全ての人を満足させることなど、どだい不可能なことだ。

人はよく、「良い性格」「悪い性格」と言うが、例えるなら、オレンジ色は良いのか悪いのか。黄色は正しい色なのかそれとも間違っている色なのか。そんなの誰にも決められないはずである。周りとの色彩の調和によって、同じ緑色でも、この絵の緑はケバケバしくて下品だけど、あの絵の緑色は美しい、と言えることはある。あるいは、一見濁った軍服みたいな色でも、風景画の中で用いられると全体に調和して美しいということもある。同様に、性格そのものは改まらなくても、人格を変えることは可能だと思う。そうした中で、赤を基調にした絵もあれば、何となく全体的に青っぽい絵もある。それが個性と呼べるものなのだと思う。「紫色は間違った色である。だから全体の色調を変えろ」と言われて、全面に黒く塗り直してみても、また同じことを言われる。「黒は間違った色である。だから全体の色調を変えろ」「グレーになるのが正しい。なぜならみんなはグレーではないか。他の色は全部間違っている。だからお前もグレーになれ」と言うわけである。しかし、自分の生来の持ち味を変えようとしても、おいそれとはできないだろう。それこそ、徒労に終わるのがオチである。だから、性格を直そうと努力し続けている人は、とかく「自分探し」に難儀するものである。少なくとも絵画の世界に「間違った色」なんてない。あるのは「センス」の問題である。つまりは、同じ持ち味を下品にするのも上品にするのも本人次第だと思う。

もう一つ、「性格の問題」と人から言われているものは、じつは、「習慣」の場合であることが少なくない。いわばそれは、絵の中の汚点のようなものだ。例えば、怒りっぽい人は、怒ることを少し止めてみる。愚痴っぽい人は、愚痴を言うのを少し減らしてみる（何のことはない、これは私自身のことでもあるのだが）。喧嘩を売るのが癖な人は、喧嘩を売るのを止めてみる。タバコを吸うのを習慣にしている人は、タバコを吸うのを少し減らしてみる。大酒飲みの人は、お酒を飲むのを少し減らしてみる。盗癖のある人は盗むのを止めてみる。この、「減らしてみよう」「止めてみよう」という部分が、人格の一つの働きに相当するのではないかと思う。とかく人格のない人は、いろいろ言い訳などをして、悪い習慣に浸り続けようとするものだ。

しかし、どんなに努力してみても、いぜん欠陥は残るものだ。いわば、絵の具を塗る下地が、破れるか欠けるかした場合だ。例えば私のような自閉症者などの場合は、いわば脳というハードウェアに損傷を抱えている状態である。赤っぽい絵、青っぽい絵など以前に、破れたキャンバスの上にどんなに努力して素晴らしい絵を描いても、それは見る目のない一般の世の中にとっては、規格外れの「破れた絵」でしかない。だから、描く側としては、最初から「破れ具合」を計算に入れたうえで描いていくしかないだろう。修復することはできなくても、運が良ければ、破れもまた絵画の要素として取り込むことはできるかもしれない。破れが軽いものであれば、塗り具合でなんとかできる場合もあるだろう。無理に破れを修復しても、そのために元の下地を歪めてしまえば、また別のところが破れてくる可能性もあるだろう。このように、キャンバス地がどのように「破れている」のかを本人に告げるのが、お医者さんの役目だと思う。最初から自分のキャンバス地の「破れかた」を知っていれば、その分、「無駄な努力」「的外れな努力」も減らせるのではないかと思う。そしてそれが、「療育」の果たすべき役目なのだと思う。そういう意味では、本人への告知は、できるだけ早期のほうがいいと思う。

とくに自閉症の場合、他者とのコミュニケーションが取れなかったり苦手だったりするばかりに、結果的に、大なり小なり〝エゴイスト〟になってしまうのは、ある程度までは致し方ないことだと思う。自閉症ではないが、「三重苦」のヘレン・ケラーも、理解ある献身的な家庭教師に来てもらうまでは、それまで、まったくコミュニケーションが取れなかったばかりに、とても「わがまま」だった。しかしその後、彼女は「わがまま」を見事に克服した。同様に私は、自閉症者の「わがまま」を「個性」と一括するのはあまり好きではない。「自閉症者のわがままは克服できない」とする考えは早とちりであろう。先天的にどうしようもない部分もある程度まではあるにせよ、コミュニケーションおよび認知の問題を解決することで、自然と収まってくる「わがまま」の部分もあると思う。

自閉症者はわがままかもしれないが、しかしそれは、一般の人のするわがままとは異なり、例外も残念ながらあるにせよ、他意はなく純粋で正直なものが大半なのではないかと思う。閉塞した〝自分の世界〟に住んでいる彼らにとって、自分の世界にある〝素敵なもの〟を追いかけるのに夢中で、単純に周囲の世界は見えない（または、見えにくい）までのことである（ここで注意なさっていただきたいのは、自閉世界とは必ずしも〝ファンタジー世界〟とは限らないことである）。しかし自閉症、とくに高機能自閉症やアスペルガー症候群の人は、見た目では一見普通となんら変わらない。まして「普通になろう」と努力している人たちでもあるのだからなおさらである。だから私は世の中の人々、とくに教育関係者の方々に訴えたい。それはまず、自閉症を「認めてほしい」ということ。次いで、自閉症を「許してほしい」ということである。「自分の世界」に生きられてこそ、自閉症者は幸せを感じるからである。

人は皆、不完全である。完全な絵なんて、どこにもない。不完全だからと努力を投げてしまうのか、不完全だからこそ努力するのかの分かれ目が、「人格」の部分に相当するのだと思う。ただ、右にも掲げたように、努力にも、報われる努力と無駄な努力というものがある。「性格を直す」と呼ばれているものの大半は、後者のほうだと思う。だから、性格を直そうとし続けて、その結果、挫折し続けて、「自分の性格はこうだから！」と、諦めて居直っている人がいるとすれば、本人にとっても周囲にとっても悲劇でもあるし、また残念なことでもある。一方、「性格を直しなさい」とやたら説教したがる人に限って、あまり人格者ではなかったりする。本当の人格者は、あまり他人の性格について、とやかく言わないものである。

万民の好みに合う絵画など、この世に一枚とて存在しないだろう。どんなに名画と言われているものにも、それを嫌いな人もいるし、また、そうする自由もある。絵には人それぞれに「好み」がある。人格を高めたからといって、依然、万人に受け入れられるとは限らない。中には人格者を嫌う人もいれば、わざわざ下品で汚い絵を好む人もいる。だから、世の中から受け入れられないからといって、落ち込む必要はない。世の中は一つではない。それこそ「いろいろな世界」がある。それこそ健常者も障害者も、そして自閉症者同士でも、「お互いの世界」「いろいろな世界」を尊重していく必要がある。そしてそれが、「自閉症者が受け入れられる世界」を、この世の中に建設することにも繋がるのだと思う。

それにしても、せっかく絵を描くのであれば、一回限りの人生なのだから、美しくてきれいな絵を描きたいものだ。生まれつき〝破れたキャンバス〟かもしれないが、世の中から評価されようとされまいと、与えられたものに感謝して、それなりに努力していきたいものだ。

（二〇〇三・二）

4　努力するということ

「性格を直せ」

世の人たちはずっと、私に向かって、「性格を直せ」と言ってきた。しかし、結論から先に言えば、頑張って努力して良い性格になったとしても、「ああ、良い人ね」と言われたらそれでおしまいである。

性格を良くすれば、世の中は好意的に受け入れるのかというと、必ずしもそうではないようだ。例えば、お人好しの人に対してのほうが、相手にとっては喧嘩を売りやすいから、かえってトラブルに巻き込まれてしまい、結局はトラブルメーカーということにされてしまったりする。だから性格を直すことは、場合によっては、あまり意味がないことだったりする。

経験的に言って、性格の歪みの中でも、生物学的な由来のものについて言えば、大人になるに伴って発達のアンバランスが解消されていくにつれ、自然と解決する歪みの部分もあるように思う。だから、若いうちに無理に性格を直そうとしても、それこそ文字通りの無理だったりする。だから、そういうことに手間取るよりは、若いうちは、自分の得意なことをブラッシュアップすることのほうが大事ではないか？とも思えてきてならない（自分自身への反省と後悔を込めて書いているのだが）。

だから、もしも世の中が「経済的に自立することが大事である」と教えるのであれば、性格を直す努力よりも、勉学を含めた、社会的に実力を蓄えるための努力をするほうが勝っていると思う。

どっちが大事？

よくある問いに、「自分の苦手なことを克服することが大事か、それとも、自分の得意なことを伸ばすのが大事か」というものがあるが、もし、世の中が、「経済的に自立することが大事である」と言うのであれば、後者、つまり、自分の得意なことをブラッシュアップするほうが大事であると言えると思う。

例えば、ある人が言葉を扱うのが生まれつき非常に苦手だったとする。その人が、精一杯頑張って、人並みの文章を書けるようになれたとする。しかし、それで仕事をしようとしても、世の中には生まれつき、文章の分野で才能を示す人たちがたくさんいる。そういう人たちの中で、もともと苦手なことで勝負を挑んでも、勝敗の結果は目に見えているのではないだろうか。もちろん、苦手なことでも時間を掛けて努力すればそれなりのことはできるかもしれない（例えば私のようにあまり売れない本を頑張って書いても経済的自立という面では程遠い）。しかし、もともとその分野が得意な人には敵わない（加えて、何であれ仕事にするとなると、質だけでなく、量もこなせなければいけない）。

それよりは、最初から自分の得意なこと、例えばその人は生まれつき手先が器用で空間認知に優れていたとする。だとすれば、もし職業的な自立をするのであれば、無理やり言語能力を伸ばすよりも、最初から例えば職人などの分野を目指して努力したほうがよいのではないかと思う。

自分の得意なことで努力をすると、有益な報いも多い。その代わり、自分の苦手なことでいくら努力しても、それは無駄な努力、不毛な努力で終わってしまうのではないかと思う。エンジンの空吹かしをいくら続けてみても、せいぜい、騒音をまき散らし周囲の空気を汚染する（そして人々から非難される）のが関の山である。しかし、自分の得意なことで努力するなら、エンジンを回転させればさせるほど快走という快感が待っている。そうなると努力するのが楽しくなり、結果、能力や才能がさらに伸びるというものではないだろうか。

努力の方向

私が言いたいのは、何が良いか悪いかではなく、人生の目標によって、努力の方向は異なるということである。

例えば、「良い人になるための努力」が大事なのか、それとも、「職業的な自立をするための努力」が大事なのかということだが、もちろんどちらも大事であるが、もし、職業的自立を差し置いても、良い人になることが人生の目標なら、性格を直す努力を最優先して「人生とは何か？」ということを追求することに一生を費やすのも一つの立派な生き方だと思う。だがもし、職業的自立をするのが目標なら、是が非でも自分の才能を磨くほうを優先したほうがいいと思う。

その点、今までの学校教育は、「性格を良くする努力」ばかりを強いてきて、本人の職業的自立ということはほとんどまったく顧みられてこなかったように思う。あるいは、顧みてきたのだとしても、それはサラリーマンかＯＬになるための訓練で、営業マン的なスキルの習得ばかりだったりする。生まれつき社会性のある人の場合であれば、それで天分を伸ばすことになるのだろう。が、自閉症者などの場合だと、それではかなり無理がある。したがって、健常の人たちに協調性を伸ばすための学校があるのと同様に、自閉症者にも、その特性に似合った能力を伸ばすための学校が必要だと思う。

「適材適所」という言葉があるが、モノにはその特性に似合った使われ方というのがある。「人材」という言葉があるが、もし自閉症者が営業マンになったとしても、それは「適材適所」とはおよそ言い難い。

私はソーシャルスキルの訓練を受けたことがないので何とも言えないのだが、そういった社会性の訓練も、社会に〝迷惑〟を掛けない程度までには必要なことなのかもしれない。だが、くれぐれも、お人好しになるためや、騙されるためのソーシャルスキルにだけはなってほしくないと思う。

ずっと職人になりたかった

最後に、私は職人になりたかったので思い切り私の偏見で書くが、変なソーシャルスキルを教えられるぐらいなら、職人になるための訓練を受けたかった。でも実際には学校（義務教育、普通学級）では、図工や美術の時間でいくら作品作りに専念しても、周囲に認めてもらえるどころか、担当の先生などから目をつけられて妬まれるのが関の山だったりする。

よく言われることだが、「昔は『腕は確かでも、ちょっと変わった職人さん』がたくさんいた。今の社会はそういう人の存在する場をなくしてしまっている」、と。昔は偏屈な職人があちこちにいた。そして世の中もその偏屈を寛大に許容していたように思う。でも現代は、学校という義務教育の現場で、まず、「具足円満でバランスの良い性格」になることと、「バランスの良い能力」が最優先に求められてきた。

だから結局、そういった「ちょっと変わった職人さん」を排除してきたのが、戦後の学校教育や、学歴のエスカレーター・システムだったりする。昔は弟子入りでできたものが、今は大学や専門学校を出ないと世の中は受け入れてくれないから、その段階までに、学校に適応できない人たちは徹底的に排除されてしまう。

その点、一番、損をしているのが自閉症の人たちだと思う。一方、世の中の側でも、製造業や伝統工芸の現場で、深刻な人材難に陥っている（というか、国はそうなる教育をずっと行ってきた）。だから、もし将来、この国に自閉症学校ができたら、もし私がそこの学生ならば、思い切り「職人芸」を仕込んでほしいものである。

自閉症当事者で翻訳家であるニキ・リンコ氏が成功したのも、自分の得意な分野で思い切り努力をしたから、ということもあると思うが（もちろん、その陰にある「不毛な努力」の数々も見逃してはならないが）、一つには彼女は、〝言葉の職人〟でもあるからではないかと思う。加えて、翻訳業という実務的な職種を選択したのも成功要因の一つと言えると思われる。

このように、（翻訳業に限らず）本人の適性、それに職人性と実務性を兼ね備えている職種があれば、自閉症者にとっての成功は射程内と言えるのではないかと思う。

（二〇〇三・七）

5 私の受けたカウンセリングに関する考察

限られた私の経験だけで、カウンセリングとは何か？　とか、カウンセラーとはどういう人たちか？　ということを述べることは偏見になるかもしれない。したがって本章は私の受けたカウンセリングということで話を進めていきたいと思う。少なくとも私にとって、「カウンセリング」という言葉自体が、激しいフラッシュバックを引き起こすものでもあるので、この原稿もフラッシュバックと戦いながら書いている。したがってあまり理性的な原稿ではないことは自覚している。であるから、不適切があったならどうか寛大にお許しいただきたい。

「手記」のススメ

まず結論から先に言うなら、カウンセリングを受ける暇があるなら、手記を書いたほうがいいと思う。実際、そういう意味で、私が手記を書いたことは「カウンセリング」に対する私の結論でもある。トラウマを吐き出すことは手記を書いた第一の理由では決してないものの、結果的には、私は書くことを通じてほとんど結果的に長年溜めてきたトラウマを吐き出すことができた。実際、昨今では「日記療法」というのもあるらしい。

カウンセリングの場においては、クライアントは普通の話し言葉の能力が要求される。したがって、もともとコミュニケーションや話し言葉に障害がある私のような者にとって、カウンセリング療法を受けること自体に無理があると思う。なぜなら、そのような者がもし無理して口頭で話ができたとしても、正しく相手に話の内容が伝わるとは限らないからである。

しかし、例えば手記などとして自分の言葉を残しておけば、話し言葉の障害から来る伝わりにくさや、それから生じる誤解などを（人にもよるが）かなりの程度、緩和することができる。加えて、よくて一人か二人の人にしか伝わらないカウンセリングと違い、活字にすることで、より多くの人に自分の言葉を伝えることができる。もし、書き言葉に障害が少なければ、手記を書くという方法はカウンセリングに代わる一つの方法だと思う。

「相談」のナンセンス

だがもし仮に、話の内容が正確に伝わったとしても、相談の内容が支援者側に相応しく受け止められるとは限らない。例えば、あるところ（注：かなり有名なところです）に相談を投げ掛けると、「そんなこと、本当にあるの？」と言われるか、さもなくば、「そんなこと、当たり前でしょ！」と言われるかの、必ずどちらかの返事が返ってくる。そのため、そこで話が止まってしまい、それ以上は話が進められない。そういう人に何かを伝えようといくら努力しても、結局は時間の無駄でしかない。それよりは、何か書いて記録を残すほうがマシだと思う。

私は長らくカウンセラーを始めとして、相談を受ける立場にある、さまざまな人たちに相談ごとを投げ掛けてきた。そしてそのたびに、さまざまな摩擦を経験してきた。私は拙著『平行線』の二九七頁で次のように書いた。「以後も私は引き続き新聞やテレビなどへの投稿を試み続けながら、自閉症者やハンディを持った不登校者を受け入れてくれそうな近似の組織を捜すようになっていた。そして『発言の場』や『就業』や『医療』などといった、将来への活路となる情報を求めて、いろいろな団体や個人や情報を当たり続けるのが日課となっていた」。そして結局そのために、「彼らとの接触について言えば、結果的には二十三歳から三十歳にかけての八年間をほとんど棒に振るだけのことだった」（同二九九頁）。この費やした不毛の八年間というのは、どれもこれも「相談」のためなのである。

相談がうまくいかない理由

私の場合、なぜ、相談という行為がうまくいかなかったのか。これには時代や相手が悪かったという以外にも、私自身のコミュニケーションの稚拙さがかなりの程度、関与しているかと思われる。

なぜ、マズかったのかというのを客観的に振り返ると、以下の点が考えられると思う。

（1）自閉症者自身がカウンセリングを受けるためには、まず、本人自身の持つコミュニケーションの問題を解決しなければならないということ。

（2）次に、カウンセラーの側からも、自閉症者の持つコミュニケーションの困難さを理解したうえで、クライアント側に歩み寄る必要があるということ。

（1）については、本人がカウンセリング療法を受けるまでに、しておかなければならないことがあるということである。つまり、カウンセリング療法に耐えられるだけの、言葉の能力を身につけておかなければならないということである。もし可能なら、それまでに療育などを受けておくことが望ましいと思う。

また（2）であるが、これらの他に、

（a）カウンセラーの側で、私のことを自閉症として認識していなかったことも挙げられると思う。実際、私の出会ってきたカウンセラーたちの多くは、（私が見た目が一見〝普通〟であるがゆえに）私のことを自閉症として見做すことを拒んできた。そのため、そこに〝自閉症〟を巡る見解の相違が生じ、カウンセラーとクライアントとの関係が崩れ、信頼関係が失われたということも多々あった。この場合、カウンセラーの側には専門家としての自負がある。一方、クライアントの側には何としてでも自分が自閉症であることを説明したい。この両者が対立した結果は明白である。

（b）だが、もしもカウンセラーに対して、クライアント側が自分は自閉症であると説得に成功したとしても、さっそく、「自閉症は育て方の問題」「母親が悪い」などといった意見との対立が待っている。

（c）そこに加えて、どこかへ相談するとなると、私の場合、いきおい「いじめ」に関する相談ともなったのだが、これまた「いじめられる側に問題がある」「いじめられる側の性格が良くなればいじめはなくなる」などという考えでもって、相談者に《対峙》するカウンセラーが多かった。

私の知る限りでは、カウンセラーという生き物は、クライアントを「問題のある人」「矯正の対象」「間違った考えを持つ人」と見做しているようだが、むしろ、できるなら、全ての人に対して、白紙の状態で向き合っていただきたいと願うのだが、これは私の〝期待のし過ぎ〟であろうか？

これは思い切り私の偏見であるが、どうやら私の出会ってきたカウンセラーというものは、自閉症のことにせよ、「いじめ」の問題にせよ、「育て方が悪い」「あなたの側に問題がある」という答えしか用意していないようでもあったが、もし「育て方が悪い」のなら、代わりにどういう育て方が良かったのか。「問題がある」ならどうすればよいのか。もし相手の考えの否定に及ぶのであれば、それに代わる考え方を提示することは必要なことだと思う。相談に来た人を批判するだけで、築き上げるような助言は何一つできないようであるならば、いったい何のためのカウンセリングなのであろうか？

このように、私の自己紹介の際、私が自閉症であることに対して否定に及んだところでは、自閉症に由来する障害や困難を〝性格の問題〟などとして非難してくるところが多かった。その一方で、私のようなタイプの自閉症について、二つ返事で納得してくれたカウンセラーなどの場合は、上記のようなトラブルとは無縁だった。本来、自閉症者はコミュニケーションの苦手さのゆえにカウンセリング療法を受けることは困難なのであるが、私のようなタイプの自閉症について理解を持つカウンセラーの場合は、必ずしもそうではないことをつけ加えておく。

「芋虫の忠告」

私の受けたカウンセリングの具体例については、詳しくは拙著『平行線』の七七頁以降に書いたので、どうか参照なさっていただきたい。そのうえで、そのカウンセリングでカウンセラーたちから言われた言葉を幾つか抜粋する。

＊「なぜ、嘘を吐くの？　はっきりと言いなさい。これは反論じゃないからね。アドバイスなの。正直に言いなさい！」

＊「ごまかして、逃げないで！」
＊「そんなやり方、受ける側に立ってみないとわからないでしょ。だいいち、全ての子どもがそのやり方には合わないと思う。これは反論じゃないからね。アドバイスだから」
＊「そんなの、自分勝手な人を作るだけよ。これはアドバイスだから、勘違いしないで」
＊「これは喧嘩じゃないの。私たちは『アドバイス』をしてるの」

カウンセラーにもいろいろいらっしゃるとは思うものの、少なくとも彼女たち（とその責任者）に関してだけ言えば、〝アドバイス〟であるならば、どんなことでも言ってもいいように勘違いしているようにも見受けられる。これは国語の問題でもあるが、アドバイスというのは助言という意味であり、批判だけで助言がないものはアドバイスとは言わない。ルイス・キャロルの『不思議の国のアリス』の「芋虫の忠告」の章も、そこに出てくる芋虫は批判（それも的外れな批判）ばかりで、建設的なアドバイスは皆無である。

例えば、右記の「なぜ、嘘を吐くの？」にしても、どのようにしてカウンセラーには、クライアントが嘘を吐いているということがわかるのであろうか？（超能力でも使っているのだろうか？）あるいは「ごまかして、逃げないで！」というご発言であるが（『平行線』八八頁をご参照していただきたい）、カウンセラーの側でどうして相談者が「ごまかしている」ことがわかるのであろうか？　また、カウンセラーから相談者に反論することは許されても、その逆だとどうして「喧嘩」ということになってしまうのだろうか？

少なくともクライアントが相談所に自ら足を運ぶ場合は、（表向きには人間不信をいくら口にしてはいても）人を信じる気持ちが幾許かでも残っていなければできないことである。だから、仮に初対面であったとしてもカウンセラーのほうでもクライアントのことを信じてほしいものである。カウンセリングというのは、実習生にとっては一瞬の出来事でも、相談者にとっては一生の出来事にもなり得る。私はこの相談の後、極度の人間不信に陥ったが、人としての信頼を打ち砕くような発言は、相談の現場であれアフターケアであれ是非とも控えていただきたいと思う。

だがもし、建設的なアドバイスを与えた場合でも、それを受け入れるか受け入れないかは、相談者の自主性と主体性に委ねられるべきではないだろうか。だからカウンセラーは、アドバイスが相談者に受け入れられないからといってご立腹なさる理由はどこにもない。私の場合、自分でとことんまで考え抜いた末、やむなく赤の他人にすがらざるを得なかったのであるが、すでに満杯になっているコップに水を注ぐことができないのと同じように、精神的に追い詰められていて、ギリギリにまで考え抜いているがゆえに、アドバイスが与えられても、他者の意見に耳を貸すだけの《ゆとり》がない場合もある。そういう場合は、無理に助言を与えるよりも、まず、相談者の緊張状態を解きほぐし、気持ちを楽にさせることを優先する場合もあるのではと思うのだがどうだろう。

カウンセラーに言いたいこと

私は自分の経験を通じて、カウンセラーに言いたいことが幾つかある。

(1) クライアントは激しい感情を見せることもあるかもしれないが、それは必ずしも、カウンセラーに向けられているのではないということ。相談者は昔の出来事を想起して、フラッシュバックに襲われている場合もあるからである。記憶が生々しい場合、相談者は〝カタルシス〟ならぬ〝急性カタル〟状態になることもあるということ。したがってカウンセラーは時として、その〝下痢便〟を被る勇気も必要だということ。

(2) クライアントは激しい意見を言うことがあるかもしれないが、それは必ずしも、カウンセラーに向けられた批判ではないということ。どんなに話し方が激しくても、それは真剣さの表れであって喧嘩のつもりではないということ。

（3）クライアントは理屈を並べるかもしれないが、それは必ずしも、専門知識を見せびらかすためにやっているのではないということ。

（4）クライアントは伝わりにくさから苛立ちを見せる場合もあるかもしれないが、それは自分のコミュニケーションの能力に対する苛立ちであって、必ずしもカウンセラーに対するものではないということ。

（5）クライアントは同じことを繰り返すこともあるかもしれないが、それは（自閉症による）オウム返しで機械的になっている場合もあるということ。

（6）（この件については後述するが、）私のような者は質問されることが苦手なので、カウンセリング上でのクライアントへの質問はなるべく控えてほしいということ。誘導尋問は極力避け、本人の自発的な思考と発言を尊重してほしいということ。どうしても質問することが必要な場合は、即答を強いるのではなく、質問への答えが出てくるまで、辛抱強く待っていていただきたいということ。言い間違えても、その不適切を追及しないでほしいということ。言い間違ったことについて、本人を責めるのではなく、適切な語を探すのを一緒に助けてほしいということ。

（7）私のような者は《常識》という物差しを持っておらず、したがって何が非常識で何が当たり前なのかなどということを理解するのに困難を抱えているということ。したがって、「それはそうでしょう」「そんなこと当たり前でしょ」と言われてもアドバイスにはならないということ。もしそういう発言をどうしてもしなければならない場合は、なぜ「それはそうでしょう」となるのか、なぜ、「そんなことは当たり前」なのかを説明してもらわないと、相談する側として理解に困るということ。

（8）私のような者は《常識》という物差しを持っておらず、したがって世に言う非常識な発言をしてしまうということ。悪気のないそれらの発言に対して、批判のスタンスで望まないでほしいということ。

質問に答えることの困難さ

実際に私がカウンセリングを受けてみて、非常に困ったことがある。それはカウンセラーから頻繁に与えられる質問（それもしばしば、誘導尋問）である。別に私の側でマズいことを隠しているという意味ではない。私の場合、《質問に答える》ということが非常に苦手なのである。

というのも、質問に答えるという作業をする場合、

① 話を耳で聞いて理解する。
② 言葉を頭の引き出しの中から引っ張り出してくる。
③ 話すためにそれらの言葉を文章として構築する。
④ 言葉を発声器官に乗せる。

の四つが必要だが、私の場合、①②③④のいずれも、その場ですぐに処理するのが非常に困難である。その結果、質問されてから答えが出てくるまでに、①＋②＋③＋④の時間が掛かる。だから、もし、与えられる質問に即応しなければならない場合、代わりの言葉で代用することがあり、そのため質問への返事として、「言い間違えてしまう」ことが非常に多い。いわばＰＣの〝アンダー・バッファ・ラン〟のようなものである。

質問に正確に答えられないことで、人によっては〝嘘を吐いている〟と見做す人もいるようだが、この場

合、言い間違いであっても嘘を吐いているのではない。仮に答えが可能な場合でも、得てして思考を欠いている場合が多いので、返事の内容がトンチンカンだったり、非常に浅はかだったりする（そのため、人からは馬鹿と思われる場合もあるようだ）。しかしそれは、本人からすれば大いに不満足な答えなのである。だからもし（カウンセリングの場であれその他であれ）正確なコミュニケーションを望むのであれば、思考に時間を稼ぐことのできる文書でのやりとりが望ましいと思う。（そして結局、私はまともな文章を書くために猛訓練をしたのでもあるが。）

「もう少し物事をよく考えてから行動したらどうなの？」とは、かつてクライアントとしての私がカウンセラーから言われた言葉である。人にもよると思うが、私の場合、以上のような理由で、質問されると非常に戸惑うことがある。そういう中で、即座に質問に答えなければならない場合、そういうわけで思考が追いつかず、中身のない返事になってしまったり、場合によってはそれが内容的にも不適切な回答になってしまう場合がよくある。つまり、「考えていない」のではなく、「考えることができない」というのが実情である。

これはカウンセリングの時だけに限らず、以前「アスペの会」で私も参加した座談会でも、主催者となる先生が自閉症者当人である参加者に次々と質問を与えるのであるが、その順番はまったくランダムで当てられるまでわからなかったため、私にとってはロシアン・ルーレット的恐怖であった。その中で突然、自分の順番が来て、私は咄嗟に質問を受けた。そして私は、反射的に、本来なら秘めて置きたいことを答えてしまうこととなった（著名な先生でも平気で無理解なことをしでかすものである）。しかも悪いことに、そこで生じた言い間違いや発音ミスも、忠実にテープ起こしされ活字にされてしまった（しかも、訂正の掲載は果たされず、その問い合わせに応じる気配は一向にない）。最低でも、テープ起こしした原稿を公表したり印刷するときは、本人にチェックさせることは必要なことではないだろうか？　最近では〝アスペルガー当事者の座談会〟が収録された雑誌やガイドブックも出ているが、そもそも「座談会」という企画自体、話し言葉に障害を持つ人に配慮したものとは思えない。

話は逸れたが、いずれにせよ、（人にもよるが）私のような者は《質問に答えること》に困難を抱えている（だから、電話などでのアンケートに応じると、返事がめちゃくちゃだったりする）。口頭での質問では正確なコミュニケーションは取れにくい。もしくは、取るのが実質的に不可能である。だから、カウンセリングの途上でカウンセラーが自閉症者に質問を与える場合には、もし答えるのが難しければ、質問には答えなくてもよいという選択肢を与えるとよいと思う。専門家たちも、私のような者に質問を与えてその答えを期待するよりは、すでに発せられている自発的なメッセージの中から、質問や疑問の答えとなるものを拾っていただけることを願う。

少なくとも私のような自閉症者にとって、「喋る」ということ自体、大変なことなのであるが、とくに、「話すこと」に一生懸命になると、どうしても「ゆとり」というのがなくなってしまい、話の内容がお留守になったり、人に対して「キツい」印象を与えていたりするようだ。一見、明るく何気なく振る舞っているようでも（精一杯演技しているのである）、じつは水面下では必死にコミュニケーションを取ろうと努力しているのである。それでも、躓きながらの表現は批判や誤解などを引き起こすのが関の山だと思う。

不適切な対応

かつて私がお世話になったカウンセラーは、じつは大学の実習生だった。しかしそれは後から問い合わせて知ったことだった。当時はカウンセラーというのは、資格がなくても誰でもなれるものだった。

相談者の中には、自分で考えようとしないで、安易に人の相談に頼る人がいる一方で、そうではない場合、つまり、自分自身や家族やその周囲の力が及ばず、やむなく最後の望みとして持ち込まれる相談、例えば当時の私のように、事例が希少で、専門家ですら対処が困難とされているものについては、最初から学生や実習生を当てないのが常識ではないだろうか。屈折した相談に対しては、それなりの経験者を充てがうというのが筋だと思う。そのうえで、どうしても学生には実習が必要というのであれば、いきなりカウンセラーとしての立場をその者たちに委ねるよりも、例えば、実際のカウンセリングの現場を傍聴させるなり、学生同士で疑似体験を経験させるなり、他にも手段が考えられるのではないだろうか。もし、充てがわれたカウンセラーの正体が最初から実習生／学生だとわかっていたならば、私としても対応の仕方があった。後から相手の実態を告げられたということは、欺きに等しいことである。

センターの責任者の弁によれば、「本人は、相談する前から『死にたい』と思っていたのだから、相談にかかったあとで自殺しても、それは当センターの責任ではありません」(『平行線』九八頁)と言ったそうなのだが、例えば患者が医者の下に来た場合、その医者はその病を治すのが任務だが、不覚にもその病を拗らせてしまった場合は、やはりその医者が責任を持つべきではないだろうか。その患者が、最初から死の病だったからといって、医者の過失でその患者を死なせても免責だというのは言い逃れに過ぎないと思う。ましてや、まだ知られていない疾患の重症患者にまったくの新人を充てがうのは適切な対応だったと言えるのだろうか？

◆　◆　◆

少なくとも私が出会ってきたカウンセラーにおいては、自殺の引き金となるようなものはあっても、良かったと思えるようなものは一つもなかった。偏見となることを恐れずに言えば、自分の魂を守るためにも、カウンセラーには掛かるなと私は言いたい。私にとってそのカウンセリングは強いトラウマとなってきたが、反面、そのようなカウンセラーに掛かったことは、長年、手記を書きたいと願う強い動機となってきた。だからそういう意味では、そのカウンセラーたちに感謝しなければならないのかもしれない。

カウンセリングにあって、相談者は、話す能力一つとっても、普通の能力を要求される。カウンセラーからの質問にはすぐに答えなくてはいけない。そして、一度言った言葉は二度と元には戻らない。一般的にコミュニケーションが苦手とされる自閉症者にとって、カウンセリングは、カウンセラー・クライアント双方の溝を広げる結果になりかねない。カウンセリングとはつまるところ、双方のコミュニケーション能力が試される場でもある。口頭でのコミュニケーションの苦手な私としては、あまりカウンセリングなるものを受けてみたいとは思わない。

（二〇〇三・七）

6 〝迷惑〟と「社会参加」

拙著『平行線』の専門家による解説（遠見書房版未収録）には、「日本にもこんな人がひっそりと生きてきたことに強い感動を覚えた」とある。だが、私には「ひっそりと生きてきた」という感覚はまったくないのである。「ひっそり」どころか、自分で言うのも変だが、ずっと社会参加に果敢だったように思う。そしてその結果、学校や世の中や社会から〝迷惑〟呼ばわりされ続け、トラブルメーカーと呼ばれ、世の中から疎まれ、煩がられてきた、という感じが強いのだが、そのどこが「ひっそりと生きてきた」のかな？と思う。この専門家のような書き方をされると、あたかも自ら隠遁しているような誤解を与えてしまうと思う。

いきなり苦情になってしまい恐縮だが、もし、私の今までの人生を、客観的な視点から一言だけで表すとすれば、たぶんそれは〝迷惑〟という言葉ではないかと思う。少なくとも、今と違って、社会参加に積極的だった時期は、人の言うところに従えば、私はずっと、世の中の〝迷惑〟になり続けてきたように思う。

蛇足だが私は、「世の中に迷惑を掛ける」という言い回しが、世の中で別の意味があるということなどまったく知らなかった。私としてはただ、世の中が私に向かって「迷惑だ」と言い続けるから、それを素直に受け入れて、初対面のときに「私はずっと世の中の迷惑になり続けてきました」と自己紹介してきたに過ぎない。私は、他者の視点から見た自分についてありのままの事実を言っていただけである。文脈以上の意味を汲み取ることなど、自閉症の私にはどだい不可能なことだ。

◆　◆　◆

それにしても、日本人ってどうしてこうも〝迷惑〟って言葉が好きなんだろうかと思う。たぶん、排除の思想が抜け切らないからなのだと思う。極論として突き詰めて考えれば、例えば、毎日物を食べて食料資源を減らすことも、その結果排泄することも、呼吸をして二酸化炭素を増やすことも、車に乗って排気ガスを垂れ流すことも、電車に乗って混雑の中で一定の空間を占拠することも〝迷惑〟である。結局のところ、人間は誰であれ、ある程度の〝迷惑〟を掛けていかなければ生きていけない。だが、どんなに人から「おまえの存在は迷惑である」「死ね」と言われてみたところで、人間誰にでも生存権もあれば幸福追求権もある。だからやはり、ここはある程度の〝迷惑〟は許してもらうしかないところもあるのでは？という気もする。

ただ、「ある程度の〝迷惑〟」が、具体的に「どの程度の〝迷惑〟」なのかというと、私もいつもそれで迷っているところではある。とくに、自閉症者やアスペルガー症候群（ＡＳ）の人の場合、大なり小なりどうしても他者の〝迷惑〟になってしまう点は否めないのではないかと思う。ある人はＡＳの人について、こう素直に書く（本書五二頁も参照）。

平気で他者にメイワクを掛ける行動をとっていても、自分ではそれに気がつかず、しかも理解してほしい、というのでは、ただのわがままとどう違うのでしょうか。私は、障害があることを理由に、全て何をしても許してもらおうとする、ＡＳの方の考えにはひどい甘えを感じます。障害があるなら、なおさら努力するべきです。

しかし、あえて反論を言わせてもらえば、努力すればするほど掛かる〝迷惑〟というものもあるように思う。実際、私の経験だけについて言えば、努力の度合いとトラブルの数は比例してきたように思う。

例えば、学校に行くように努力したとする。学校に行くと必ずトラブルになる。だからこの場合、学校に行かなければ、クラスメートたちとのトラブルにはならなかったのではないかと思う。また、(放送大学の体育実技の単位を修めるために) 学生主催のとある催しに参加しようとして、自分に障害があることを表明すると、もうそれだけで〝迷惑〟と言われ、参加を拒否される。あるいは、会合に参加した結果トラブルを吹っ掛けられたという場合、最初からその会合に参加する努力をしなければトラブルにならなかったというのもある。また、各種の問い合わせをするにせよ、私が自分のニーズを述べると、必ず「それは期待のし過ぎだ」「要求のし過ぎだ」「ぜいたくだ」などと言われたものだが、要するに、私のような者が自分のニーズを述べることは御法度なのである。それを表明することが即ちトラブルになる (今日、かつての私のような子どもたちが、海の向こうで「スペシャル・ニーズ」と呼ばれていることは皮肉である)。しかし、最初からその種の問い合わせをしなければ、問い合わせから生じるトラブルも未然に防げたのではないかと思う。

このように、世の中と関わろうと努力すればするほど、世の中から〝迷惑〟と言われる。つまり、「努力」＝「迷惑」ということなのだろうか？

◆　◆　◆

異文化同士が接点を持とうとすれば、ある程度の摩擦は避けられないところはあると思う。とくに最近は、発達障害者や精神障害者、知的障害者の社会参加に伴い、その種の摩擦も増えてきているようだ。トラブルをなくするには、社会との関わりをなくせばよいのであるが、それだと学習権や生存権が侵害される場合もある。自閉症者にとっては、トラブルが起こるというのは、それだけ社会と関わろうと一生懸命に努力している証でもあるのだから、そういう意味では良いことなのかもしれない。でもそれだと、本人がトラブルメーカーだということで、余計に世の中などから迫害されて不利な立場に追い込まれてしまう。つまり、努力すればするほど事態は余計に悪くなる悪循環である。

だから（酷い言い方かもしれないが）、私としては、故障車はできるだけ走らないほうがいいのではないかとも思う。故障車に必要なのは、走ること（＝社会参加）ではなく、まず修理（＝療育）である。修理することなしに、故障車に走行することを無理強いする人に、それによって生じるトラブルを咎める資格はないと思う。残念ながら、どんな社会にも、もちろん自閉症者やＡＳの人の中にも、狡猾で邪悪な人はいる。しかし、そういう人の来る場に出向かなければ、その種のトラブルとも無縁である。「関わらないこと」「危きに近寄らず」ということも、関わり方の選択肢の一つとしてあってもいいように思う。

なぜ今の私が、社会参加の努力を投げたのかというと、その最大の理由は、トラブルが起こるのが嫌だからである（ちなみに、二番目の理由はガス欠である）。西の賢人は「自分にしてほしいように人にしなさい」と言い、東の賢人は「自分にしてほしくないことは人にもしない」と言う。だが、自分では善意でしていることでも、相手にとっては、してほしくない、迷惑だ、という場合もある。時と場合によっては、「何にもしないこと」が最善になる場合もある。言葉は悪いが「下手な考え休むに似たり」とも言う。サバイバルとは何も、正面切って戦い続けることだけではないはずだ。

私は自分の半生を振り返るに、「社会参加」「自立」という言葉に急き立てられ続けた結果、本人と周囲の幸福と平和を奪ってきたことの何と多かったことかと思う。孤立無援の戦いには自ずと限界がある。こういう書き方はあまりしたくはないのだが、無理に社会参加や職業的自立を試みて本人も周囲も燃え尽きてボロボロになるよりは、年金でももらって、それこそ「ひっそりと」静かにしていることが必要な場合もあるのではないかと思うが、これは私の考え違いであろうか？ 能力があり社会参加が可能な人はできるだけ社会参加したほうがいいと思う。だが、何が何でも社会参加！と躍起になる前に、まず自分の能力を弁えることが必要なのではないか？とも思うのだがどうだろう。

（二〇〇三・一二）

7　走るコンペイトウ

体育は苦手である。

これは手記には書かなかったエピソードである。小学六年の時の体育の授業のことである。体育担当でもある担任の先生が、体育の授業で各々の身体能力を測ってみようということになった。そして、走る能力、球投げ、キャッチボール、平均台、反射能力など、幾つかの能力を測定した。それを五段階で評価したものを円グラフにせよ、という課題であった。

言うまでもなく、私の円グラフはコンペイトウのような（いや、正確にはそれ以下の）、くしゃくしゃとした形になった。そのグラフを先生は、皆の前で披露しながら、「これは、駄目な能力の例です」と言った。そのとき、先生はこのような意味のことを言った。「こんな能力では駄目です。どの能力もバランス良く平均的に身につけなければいけません」、と。

その後、先生は黒板に〝桶〟の絵を描き、言った。「どんなに優れた能力を持っていたとしても、どれか一つでも足らないものがあれば、全体の能力はここまでになる」（桶の側板の一枚でも寸が短ければ、水はその高さまでしか入らない）。それから先生は、「バランスの大切さ」について力説した。この先生のように、当時は、《長所》よりも《欠点》に目を留める教育が行われていた。《欠点の克服》ということが、しきりと強調された時代でもあった。

しかし、もし仮に「デコボコとした能力」が「駄目」なのだとしても、それが先天の障害であるならばどうにも仕方がないではないか。だが当時にあって、私のその〝能力のデコボコ〟は障害としては認識されていない代わりに、〝努力が足らない〟からだと見做されていた。どうもあの当時（昭和四十～五十年代）の学校というのは、日本中どこでも、平均的な能力、具足円満でバランスの取れた能力、というのが生徒たちに強く求められていたようなのだが、その点、私は悪い見本の代表のような存在だった。

その体育の授業以来、私は、やらなければいけないことがある場合、自分の最も苦手なことから順番に手掛けるように自分の行動を制御してきた。私はこの時の授業が切っ掛けとなり、常に自分自身に、「バランスの良い能力」を求め続けた。だがそれは蜃気楼と同じで、決して自分のものになることはなかった。その授業から数年後、私はまたもや自分の「能力のデコボコ」を試されようなどとは夢にも思わなかった。

◆　◆　◆

普通科高校から転校した私は、転校先の通信制高校から、体育実技の単位が足らないと言われた。なぜ、体育実技の単位だけが足らなくなったのかというと、当時、高校にあって、男子が体育実技を履修している間、女子は女子だけの科目として、家庭科を履修しなければならなかったからである。

通信制高校では、体育は二年ごとに二単位取る仕組みになっているので、体育の単位を一単位だけ一年で取るのはできないと言われた。つまり、体育に必要な単位を取るには、あと二年、在学しなければならなかった（この辺は手記にも書いた通りである）。それで、どうしてもストレートに大学に行きたかった私は、当時、まだほとんど世の中に知られていなかった「大検」を受けることにした。

当時は大検に体育実技試験というものが存在した。この大検の体育実技試験というのは、身障者は免除されるのだが、それ以外は免除されなかった。もともと私は運動は非常に苦手であるのだが、大検の実技試験というのは、例えば反射能力であるとか、平衡感覚であるとか、そういうものがテストされる。おまけにこの時は精神科で処方されていたトランキライザーが、そののろまさに拍車を掛けた。私はそのまま大検を受けて落ち、その代わり翌年、通信制高校で体育実技だけを受講した。そしてさらにその翌年、念願の高校の卒業資格を手に入れた。

◆　◆　◆

大検落第から数年後、放送大学というのが新たに設立された。その設立から数年後、私もそこに入学した。ところが、そこにはやはり別の壁が存在した。体育実技である。当時、「バランスの良い能力」を目指していた私は、単位取得に際して、得意な科目からではなく、苦手な科目から撃破しようとした。私にとって、苦手な科目の筆頭と言えば、体育実技だった。

ところで、当時の放送大学での体育実技の取得というのは、自治体やその他の市民の集いで開催される催しに参加することで、単位に必要な時間数を埋めていくというものであった。それだと当然、障害を持つ一部の学生たちから、「私には障害があるのでその種の催しに参加できません」という声も挙がるのであった。が、それに対する大学側のコメントによれば、障害のある人も、そういう催しに積極的に参加しましょう、ということだった。

それで私は、単位が埋まるとされるとある体育行事の催しに参加しようと試みた。そして私は、その集いの主催者に、自分の持つ障害について説明した。ところが、そういう催しに参加しようとしたものの、主催者や他の参加者からの猛烈な反対に遭った。参加したためにトラブルになるのであるならまだわかる。だが、参加しようとしたその際、自分にはこれこれこういう障害があるから、配慮してほしいとお願いを出したことから、主催者側から、参加されては困るということでトラブルになった。参加以前の問題である。

当時、放送大学において単位取得に体育実技は必須であったが、障害の有無で参加が制限される催しが単位の認定に考慮されるのであれば、もはや私は放送大学においては単位は押さえられないと判断した。以後私は急速に向学心を失った。自分にとって学位とは、乗り越えられない壁のはるか向こう側にあるように思えた。

◆　◆　◆

私の知る限り、世の中は至るところで体育の実技を受けないと学歴のエスカレーターを登れないように工夫されているみたいだが、本来、自閉症者にとって、体育というのは、球技を始めとして、最も苦手とするものであろうと思う。いつか、体育という洗礼を受けなくても、私のような者でも就学でき、学位や学歴を身につけることのできる世の中になってほしいと思う。

近年、大検を受けなくても大学に行けるように制度が変わりつつあるみたいだが（学校教育法施行規則第一五〇条七号）、もし大学受験に大検が不要になれば、例えば私のように、特定の科目ができないために大学に進学できないということは減ると思う。だが、私の訴えてきたことは、大検を不要にしたりその科目を減らすことよりも、例えば発達障害がある者に対しては身障者同様に体育実技試験を免除するとか（言うまでもなくその前に、専門家による診断があることが前提になるが）、あるいは発達障害者専用の受験メニューを用意するとか、あるいは読字障害の人には試験問題を口頭で朗読してくれる人をつけるとか、そういうことである。すでに米国などでは、健常者によるそうした制度の悪用もみられるようではあるが、ともあれ、バリアが減っていくのは良いことである。

自閉症者が運動を不得手とするのは、苦手だとか努力不足だからとか、そういうレベルのものではなく、脳の障害（発達性協調運動障害）という、生物学的な理由による。だから、自閉症者が体育実技を履修するに当たっては、健常者と同列で採点・評価をされるべきものではないと思う。そもそも体育実技の授業を、通常学級において、健常者に混じって受けることに無理があると思う。こと体育実技だけに関して言えば、発達障害者には身障者と同じぐらいのケア・介入が必要なのではないだろうか。

アスペルガーの人たちの中には、大学に進学（そして卒業）している人たちも多く見受けられるが、いったいその人たちはどうやって大学に進学・卒業しているのだろうかと思うと、私にとってはほとんど驚異ですらある。世の中は広いから、私よりも遥かに勝った能力の人たちがゴロゴロしていても別に何とも思わないけど、願わくば、彼らはどのようにしてこうしたバリアを乗り越えてきたのか、そのノウハウをご教授いただきたいところである。

（二〇〇四・三）

8　健常者の〝ホンネ〟

私は自分のウェブサイトのゲストブックの注意書きに、「お書き込みいただいたものは執筆活動に利用させていただくことがあります」「お書き込みになられたものの全ての権利は当方に帰属します」ということもあらかじめ記してある。以上をお断りしたうえで、先日、健常者と名乗るある方から（仮にNさんとしておく）、こういう書き込みがなされた。

「はじめまして。（略）ご本を読んで、もし、森口さんが公認『障害者』として学校に通っていたら、どうだったろう？ と思いました。（略）森口さんのご本はもちろん、ご自分の視点から書かれていますが、他の人からみた視点も想像（難しいかもしれませんが）してみてください。もちろんいじめは、よくないかもしれませんが、もし障害があるのに隠していたら、こちらもサポートはできません。ただの変な人になってしまいます。障害者のように、考慮して扱ってほしいなら、障害者であると名乗りをあげることも必要だと思います。アスペの方も大変かと思いますが、まわりも大変だということを想像していただきたいと思います。（略）自閉症の方の言動が、加害者的影響を及ぼしていることもあるのです。自閉症を一方的に理解してくれ、というのではなく、森口さんのように頭脳明晰な方なら、双方向の理解を目指していただきたいと思います」

私はこれを読んで思った。はじめに、自分の手記だというのに、なぜ、他人から見た視点も考慮しなくてはならないのか？　自分の手記なのだから、自分自身の視点から書いてもよいではないか。もし手記に他人の視点を混ぜてしまったら、それは自分の手記にならなくなるではないか。

それともう一つ、私は「障害を隠していた」わけではない。カミングアウトしようにも、診断がなかった……というか診断が曖昧というか、幼少時の診断が覆されてしまっていたので、できなかった。また、「障害者であると名乗りを上げよう」にも、障害が軽度だったので、当時、障害者としては認めてもらえなかった。そういう状況の中で「名乗りを上げ」ていたら、今みたいに通級制度なんてのはないから、普通学級からも養護学級からも締め出されていたというのが実情である。実際、私は主任の先生に障害のことを打ち明けたところ、先生から、「それならなぜ、この学校に来るのですか！」と言われた（『変光星』一八一頁）。つまりこの時代、もしカミングアウトしていたら、義務教育を受けられなかった可能性がある。その辺は私の最初の手記にも書いた通りである。

だが私はゲストブックの規則にしたがってレスはしなかった。するとしばらく経ってNさんから、こういう書き込みがなされた。

「私は仕事で障害者の方と多く接しています。その方たちの言動は、もともと障害者だから、という前提があるので、受け入れられるし、それなりに愛情と理解をもって接することができます。問題は、プライベートでつきあうＡＳの人です。彼らは、確かに障害者なのですが、健常者として暮らしています。それが、ややこしいのです。平気で他者にメイワクを掛ける行動をとっていても、自分ではそれに気がつかず、しかも理解してほしい、というのでは、ただのわがままとどう違うのでしょうか。○○○が野放しで歩いているのと同じことです。いちばん対処に苦慮するのが、普通の人として暮らしているASの人です。私は障害があることを理由に、全て何をしても許してもらおうとする、ASの人の考えにはひどい甘えを感じます。障害があるなら、なおさら努力するべきです」（伏字は森口による）

確かに、ASの人の中には、〝僕には障害があるのだから、婦女暴行しても許される〟と考え違いをしている人もいるから、「障害があることを理由に、全て何をしても許してもらおうとする、ASの人の考えにはひどい甘えを感じます」のくだりも理解できなくはない。残念ながら、中には障害を免罪符にするASの人もいる。

だが、「メイワク」「わがまま」「甘え」などといった記述などもあり、私はこの発言がウェブサイトの趣旨に反すると思った。また、レス禁止のゲストブックでレスをする人が出てくるのを恐れた。それで私は、以下のようなメッセージをNさんに送った。

「お書き込みありがとうございます。ここは感想を記す場所であって議論をする場ではありません。したがって、議論を招くようなご発言は謹んでいただけるなら幸いです。以下に、議論のできる掲示板を示しておきますので、ASに関する一般的なご苦情は以下の掲示板などでお願いいたします。（以下略）」

すると、Nさんからこのような書き込みがなされていた。

「私は感想を書いたのですが、もし受け入れられないというなら、削除していただいて結構です。誰かと議論するつもりはありません」

私としては、発言を「受け入れられない」わけではなかった。基本的にゲストブックに誰がどのようなメッセージを残そうと自由なので、削除しないでそのままにしておいた。すると翌日、こういうメッセージが書き込まれた。

「私の発言を全て削除してくださるよう、お願いいたします。もともと不適切なところに書き込みしてしまったようです。私は自閉症と健常者との溝がいつの日か埋まることを切に願っています。きびしいことを書いたかもしれませんが、そんな愛情も、理解されないようですので。苦情を書いたのではありません。（以下略）」

例えば私には〝健常者〟のこういうところが理解できない。というのは、最初は「もし受け入れられないというなら、削除していただいて結構です」と、削除に条件がつけてある。が、その翌日には、ただ無条件に「私の発言を全て削除してくださるよう、お願いいたします」となっている。削除を望むのなら、最初から条件なんかつけないで、ストレートに「削除してください」と書いてくれれば、私も判断に迷わないで済んだと思うのだが。

それともう一つ、「きびしいことを書いたかもしれませんが、そんな愛情も、理解されないようですので」と書かれてある。だが、基本的に私には、愛情なるものがわからない。だから、私のような者に愛情を掛ける場合には、どのような種類の愛情であれ、その愛情が、理解されるかどうかということも含めて、見返りは求めないでいただきたいと願う。

私は健常者のことを非難しているわけではない。例えばこのNさんの書き込みを通じて、私は健常者の本音の部分を垣間見ることができた。とくにネット環境になってからは、匿名掲示板で健常者たちが、障害者についてどのように思っているかについても知ることができた。いわばタブーかもしれないこうした本音の部分でどのようにすればよいのかについて必要以上に迷わなくても済むようになった。世の中にネットが普及する以前だったら、こうした本音は、建前論や理想論に阻まれて、決して表に出てこなかったものだ。そして私は、その建前や理想の前で、何度も挫折感を味わったものだった。そういう意味で、私は勇気を持って本音を書いてくださったNさんに感謝している。

私も「自閉症と健常者との溝がいつの日か埋まることを切に願ってい」る一人だが、私は自分にもできる最大の歩み寄りとして、実名で手記を書いた。だが、「障害者であると名乗りを上げ」ても、その障害が周囲に「メイワク」「わがまま」「甘え」と受け止められている限り、いつまでも、適切なサポートとは無縁だと思う。

Nさんは「障害があるなら、なおさら努力するべきです」と言うが、私のような者の中には、不毛な努力をし続けた結果、燃え尽きる人もいる。だから、「あなたは努力するべきです」と言うよりも、どのように努力したらよいかということを知らせるほうがずっと親切なことだと思う。

さらに言えば、(本書六章でも書いたように)努力をすればするほど、周囲の〝迷惑〟になるということもある。Nさんの指している「努力」が、どのようなものなのか、少しでも具体的にわかれば、こちら側からの歩み寄りも可能になるかもしれないと思うのは私の楽観のし過ぎであろうか。

(二〇〇四・六)

9 関わり方がわからない

自閉症者にもいろいろおられると思うが、私の場合で言うと、ずっと人と関わりたいと願っていた。ただ、そのやり方となると、からきしぜんぜんわからなかった。だから、ずっと自分なりのやり方で、それなりに工夫して、人と関わろうと努力してきた。もっとも、それがずっと相手の〝迷惑〟になっていたであろうなどということは、つい最近になるまでわからなかった。

どのように〝迷惑〟なのらしいかというと、「自分なりのやり方で」というところが問題なのらしい。というのも、一般的に人は、人と異なるやり方を認めることができないものらしい。そのため、自分と異なるやり方でアプローチしてくる人を見ると、「何、この人！」となる。

一番悲しかったのは、私がその場の席のみんなと仲良くしようと努力している、まさにその真っ最中に、ある〝アスペ〟の人から、「何、この人！」と言われたことである。もっとも、その人やその人のお子様もやはり、ご近所から「何、この人！」とか「何、この子！」とか言われているらしいということを、私はその人のサイトで知った。自分が日頃そのように言われているからといって、人にもそのように言っていい理屈にはならないと思う（たとえ〝オウム返し〟であったとしても）。

　でもそのようなわけで、その人であれ、私であれ、人から「何、この人！」と言われる。私の場合、人との「関わり方がわからない」から、結果的に非難されたり孤立したりもするのだが、「関わり方がわからない」という、あくまでも方法論的な理由で躓いているにもかかわらず、先生を始めとしてクラスメートも含め学校の人たちは、私が孤立しているのは、あたかもそれは人間性や人格に問題があるからであるように言う。私にはそういった〝健常者〟の論理が理解できない。そこで何とかそれを「私なりの方法」で理解しようとしてはみるのだが……。

　とくに学校では、「友達を作る」ことが、いわば暗黙の義務のようになっている。そこで、本人は友達を作ろうとして、それこそ全身全霊を傾けて努力する。その結果、友達はできない代わりにたくさんのトラブルになる。すると今度はトラブルメーカーということで本人が悪く言われる。あるいは、友達を作ろうとする行為が切っ掛けとなりいじめに遭う。実際、仲良くしようと努力することは、相手が悪ければ、相手にいじめのための燃料をわざわざ与えているようなものである。

　例えは大袈裟かもしれないが、運転の免許のない人が、交通規則も知らないまま車を運転したらどうなるだろう。それこそ、「何、この人！」どころでは済まないはずである。同様に、対人関係のことを知らない人が、対人関係を取ろうとすると、あるいは、「仲良くしようと」人へのアプローチをしたとすると、それを見ていた人たちは、口には出して言わないだけで、おそらくは内心「何、この人！」と思っているのだろうと私は推察する。

　先ほどの〝アスペ〟の人は、本来なら言ってはいけないことを、アスペであるがゆえに、正直に言ってしまった可能性がある。でもお陰で私はその人の発言を通じて、「何、この人！」という一般人の反応を推測することができた。それが切っ掛けとなり、私はそれまでの自分の行動を振り返り、以後、自分からは決して誰とも自分の側からは近寄らないようにと心掛けるようになった。そしてそれは、少なくとも今のところは、うまくいっているようである。仲良くしようと努力することが悪いのではない。どうやらこの世では、自分なりの方法で仲良くしようとすることが問題になるものらしい。独自の方法であるがゆえに、それが世間様の言うところの、「自分勝手」「わがまま」になってしまうのだと思う。

例えて言うなら、道交法を知らない人が、自分なりの方法で車を運転しようとしても危険なだけである。どんなに善意で車を運転しようが、運転の仕方を知らなければ危険である。同様に、対人関係というトラフィックでいくら「自分なりの方法で」人間関係を作ろうとしても、それは、人に言わせれば〝迷惑〟な行為となるのが世間の現実なのである。道交法や車の運転を知らない人が、いきなり公道に出て車を運転できるわけがない。どうしても安全運転をしたいのなら、公道に出る前に、きちんと教習所で交通規則や運転の仕方を習う必要がある。

だからもし学校側や担任の先生が自閉症である当人に対し、「どうしても友達を作らなければならない」「みんなと仲良くしなければならない」と強要するのであれば、その前に当人に療育を受けさせるのが筋だと思う。

〝対人関係教習所〟で対人関係の運転の仕方を習ったことがない人の場合、実際の〝公道〟で何度も事故を起こすうちに、だんだん対人関係というものが飲み込めてくる。でもこの方法は、試行錯誤しているうちに、他人を何度も事故に巻き込むし、度重なる事故で本人が〝廃車〟になる可能性がある。またこれはあまりないことだが、そうした試行錯誤が時として、悪気はなくとも触法行為となる場合もある。運転の仕方を習っても、全ての人が上手に車を運転できるとは限らない。どんなに努力してもどうしても事故を起こしてしまう人は、車に乗らないという選択しかできない人もいるだろう。つまり、車庫から出ないで孤立することである。

　だが、孤立していることは、世間一般では悪いことのように言われる。通信簿にもこう書かれてしまう。「クラスの中へもっと自分から溶け込んで欲しいものです。孤立する面がしばしば見受けられます」（『変光星』二六六頁）と。ちなみに、この通信簿を書いた先生は、私が友達を作ろうとした際に、いったいどれだけ助けてくれただろうか？　むしろ、他のクラスメートたちとグルになって私をいじめたのではなかったか？目の見えない人の前に、あるいは足の不自由な人の前に、故意に大きな石をごろごろ置くような行為が許されてもよいものだろうか？　まして、人を指導する立場の人が！

　目の不自由な人には眼鏡や杖がある。足の不自由な人には義足や車椅子がある。しかし、人との関わり方が不自由な人に対しては、補えるものが何もない。それを全て本人が自力で自主的に自発的に何とかしなければいけないのが、私の経験した普通学級だった。補助器具に相当するものが何もない状態で放ったらかしにされているということは、どうぞ躓いてくださいと言われているのと同じことだ。

　どうしても対人関係がうまく行かない場合、対人関係という車の運転の仕方に問題があるのだから、いったんその車の運転を止めてみる必要がある。対人関係は相互の関係であるし、必ずしも自分だけが悪いというのではなく、相手の運転の仕方に問題がある場合もある。相手もやはり頻繁に事故を起こす車だったら、なおさらそうした相手とは関わらないことも必要である。よく陥りがちな思い込みとして、対人関係のトラブルの原因は全て自分の側にあるのだと思い込み、問題がある相手ともうまくやっていこうとして深みに嵌ってしまうことがある。そのような場合は、関わり方がどうのこうのというよりも、そのような相手と関わることが問題なのである。

　対人関係という車を一人で運転できない人の場合、他人とトラブルになりたくなければ、他人とどのように関わるかということに気を使うよりも、他人とどのように距離を置くか（車間距離）ということに気をつけるほうがいい場合もあると思う。あるいは、運転の上手い誰かに代わって交渉してもらうということも必要になってくる。ただ、学校に通ううえで、あるいは仕事をするうえで、まったく人と関わらないでいることは不可能であるから、許された範囲で、可能な限り、人との関わりを減らすことが、あるいは余計な人間関係から距離を置くことが、すなわちトラブルを減らすことに繋がるように思う。

ただ、こういう考え方は、「障害者の社会参加」という理念とは相容れないものであることは承知している。でも、ベストの選択ができない場合でも、「まし」という選択ができる場合もある。社会参加も必要なのかもしれないが、それ以前にＱＯＬ、すなわち本人が幸福かどうかという視点から見てみることもまた大切なことではないかと思う。

（二〇〇四・一一）

10

言葉を話すということ

話すことは苦手だった。今でもとても苦手である。正確には、一方的に自分のことを話すことはできても、人の話を聞き取ることが苦手である。また、人の話を聞き取れても、その内容を理解することが苦手である。だいたい私は、テレビで話される内容を含めて、どれだけ話し言葉を理解しているかについては非常に怪しい。話し言葉を聞いて理解するというよりも、話されている言葉の中から理解できる単語を拾い、それを繋ぎ合わせて辛うじて理解しているといったほうがいいのかもしれない。ニュースは事実の報道だから比較的理解しやすいほうなのだが、バラエティ番組となると完全にお手上げである。

また逆も真なりで、私は自分の考えをすぐに言葉にすることができない。頭の中のハードディスクからRAMにロードするのにとても時間が掛かるからである。だから話をするためには準備が必要で、あらかじめ頭の中のハードディスクからRAMにロードしておく必要がある。それができない状況では、私はほとんど話をすることができないか、できても、オウム返しか条件反射的な反応か、そうでなければトンチンカンな答えをすることしかできない。だから私は「質問に答える」ということが非常に苦手である。

そもそも、「質問に答える」というのは、その場ですぐに話す言葉を「考えな」ければならない。右記の

「聞き取る」「話す」ということに加えて、「考える」ということが加わるのである。ところが私は、「考える」ということがこれまた非常に苦手である。他の人は条件反射的に答えられる事柄でも、私の場合は聞いた言葉をある一定期間、熟成させてからでないと、自分の考えを話すことができない。熟成期間がどのぐらいであるかは質問の種類や内容によってまちまちである。三分のときもあれば三カ月のときもあれば、三年以上掛かるときもある。もちろん、三十年以上掛けても答えの出ないときもある。

　あるアスペルガーの方はこう書いている。「頭の中に思考はあるんだけど、それを言葉に翻訳するのには、大変なエネルギーが必要です。私の場合、こうしてパソコンで文字を書くことが一番スムーズに言語化できます。音声言語はとても難しいと思います。自分が喋っていることを、自分の思考と比較し正しい翻訳になってるか確認するのが大変です。そう、私は言葉に翻訳・変換する、という書き方が自分の言葉の表出としてはピッタリ来ます」(※1)。また、「思っていることを概念化できない」という自閉症の成人の方もいる。

　私の場合だと、話したいことはいっぱいある場合でも、当座で話せることは今ＲＡＭにある事柄に限られていたりする。そのため話の内容が繰り返しばかりになってしまう。酷い場合には自分の言っていることのオウム返ししかできない場合もある。そのために気を悪くする相手もいるし、実際、取材の方を怒らせたこともある。私にとっては、会話のキャッチボールというのが非常に苦手である（実際のキャッチボールも苦手であるが）。私の場合、即興的に言葉を喋ろうとすると、どうも話の内容が不正確になるようで、口頭だと、その気はなくても結果的に嘘の返事になってしまう場合もある。だから、もし話に正確さを求めるのであれば、その前に、「じっくりと考えることのできる時間」を与えてほしいと思う。

　自閉症支援活動家の服巻智子先生はこう書く。「自閉症の人は、何不自由なく言葉を操っているようであっても、言葉にする事柄の概念化、気持ち・感じていることの概念化・客観化、そして、言語化、および、言語にて何処からどのように手をつけて順序だてて、〝相手の理解を促進するように〟説明する言葉を構築するかというところに障害があるので、『実際のその場面で・その瞬間』的確に言葉に著わす、というのは、至難の業であるようです。『何不自由なく』ということは、リハーサルが十分できている場面・経験豊富な場面ではありえても、初めての場面・初めての感情などの場合、その場面では『不自由なく言葉を表現方法として操る』ことは、ほとんどありえないと言うことになるのですね。コミュニケーションの質的な障害というのは、こういう部分をも含んでいるのであって、言葉数が多いかどうかではないということなのですね」（※2）

例えば音楽のインプロヴィゼーション（即興）なんかだと、やあ凄いね凄いね才能あるね、ということになるのだが、同じことを言葉（会話）の世界でやっても、誰もそうは言ってはくれない。少なくとも私は、言葉を即興で操る能力を持つ人間には素晴らしい能力があるんだな、と思うのだが、しかし、そうした能力を持つ人たちが相対的に多過ぎるために、誰もそれが才能だとは認めてくれない。しかし私は、能力あるいは才能とは、それを持つ人たちの多寡によって決められるものではないと思っている。世の中にとって、少なくてもよい才能は少しだけ、そして、より多くを必要としている才能は、そのぶん多く、創造神が計量して下さっているのだと思う。だから、大多数の持つ才能の種類によって、少数派が同化を無理強いされるというのは、一種の圧制であり搾取だと私は思っている。

だが、現実の世の中では、「言葉・思考が不自由」という事実を決して認めてくれない。その昔、今で言う不登校になって、居場所を求めて情報収集をしようにも、今から二十年ぐらいか前だと、今みたいにインターネットというのはないから、情報収集の手段は全てテレビと新聞と書籍と電話と郵便である。だが手紙だと没になるので、大抵は電話で済ませようとするのだが、電話の仕方が悪いのか、あるいは話し方に問題があるのか、問い合わせのほとんどはトラブルになる。だから私にとって、情報収集というのは長らく、不毛の作業だった。

電話に限らず、だいたい今までの私の経験から言って、質問するときか、質問されてそれに答えるときというのは、まず必ずトラブルになる。質問しても・されてもトラブルにならないときというのは、相手の人徳に依存している場合である。だから、トラブルを避けたい私としては、質問を受けるという状況そのものをできるだけ避けたいと思う。あるいは、人に質問しなくても済むように、あらかじめ情報収集を徹底させるようにしたいと思う。その点、今の時代みたいにインターネットが使えるというのは非常にありがたい。

なぜだかよくわからないのだが、ある種の質問、つまり、「あなたは何歳ですか」「どこに住んでいるの」「どこの学校を出ているの」「あなたのお父さんのお仕事は何」「あなたのお母さんの本籍地は」などといった質問に答えることは、（どんなに誠実に答えているつもりでも、また、いくら語調やイントネーションなどに気をつけているつもりでも）相手を非常に怒らせるか、もしくは不愉快にさせることが頻繁にある（下手をすると嫌がらせを受ける場合もある）。だから私は、その種の質問に答えなくても済むように、生年月日も、居住地も、学歴も、出身地も、できる限り明らかにしている。だが、それでもその種の質問をしてくる人もいて、それで正直に答えたら、案の定、雷が落ちた（その人から激しく怒られた）。私はこの種の「個人的な質問」に伴うトラブルを回避する能力を持っていない。極端な話、対人トラブルを避けたければ、人と接触しなければよいのである。前章にも書いたことであるが、車の運転ができない人は、車の運転をしないのに限ると思う。

私にとって、「質問に答える」ということは、最も苦手なことの一つである。とくに、個人的なことについて質問される（そしてそれに答えていく）のが苦手である。これには、ある成人自閉症者の言うように「自分自身のことをうまく認識できない」ことも関係しているように思う。だが世の中で生活する以上、まったく世の人々からの質問に答えないというわけにはいかない。とくに、学校や社会といった、社会参加の途上でいろいろな人から浴びせられた、「どうしてここ（学校、イベントなど）に来るの？」という質問は、私にとって答えるのが難しかっただけでなく、答えることが非常に苦痛だった。答えることが難しいというのは、それが私にとって不都合な場合もあるということもあるが、それよりも大きな理由として、答えの内容があまりに複雑かつ膨大なので、頭の中のハードディスクから引っ張り出して順序だてて説明するのに労を要するからなのである。だから、個人的な質問を受けなくてもいいように、あらかじめ自分自身に関することを何らかの形で纏《まと》めておけばよいと思った。とくに、それまでの生い立ちを時系列に沿って記しておけば、「どうしてここに来たの？」などといった質問を避けられると思った。だからこそ私は手記を書いた。

というか、話し言葉の非常に苦手な私としては、世の中から誤解されないようにと、せめて書き言葉だけでも普通にしておかなければと思い、書き言葉を必死に訓練して本を書いた。ところがそれで、また新たな質問を生み出した。「どうして本を書いたのか」そして「どのようにして本を書いたのか」という質問である。もちろんその答えも本に書いておいた。ところが、本を書いたことで、講演の依頼が来ることはまったく想定外のことだった。これについてはあらかじめ原稿を用意することで対処している。ただ、講演につきものの質疑応答だけは主催者に事情を説明して遠慮せざるを得ない。ドナは質疑応答に見事に対応しておられるが、何でも、「寄せられる質問を予期してあらかじめ答えを頭の中に用意している」からなのだそうである。しかし私にとっては、それすらも非常に難しい。

じつは、最近この連載がネタ切れで、担当の方に「できれば、読者からのフィードバックがあると書きやすいです。『こんなことを書いてほしい』といった意見があるなら、私としてもとても励みになるのですが」と泣き言を書いた。その結果、アスペの会の人たちが話し合ってくれたそうなのだが、そういうわけで、一般的な事柄については答えることもできるのだが、個人的な質問というのはどうも答えにくい。もちろん、それらの質問には、答えていくように努力はするが、努力したからといって、必ずしも答えることはできないと思う。それよりは、「自閉症者のここが知りたい」といった、より一般的な質問という形で、その場で出た意見をリストアップしていただければ、その中から私が選んで書かせていただけるかもしれないと思う。

（二〇〇五・六）

※１：http://8140. teacup com/soreiyu2/bbs の二〇〇四年一二月九日のログより
※２：http://8140. teacup com/soreiyu2/bbs の二〇〇四年一二月七日のログより
（なお、現在はどちらも閲覧不能）

11 悪者を捜せ！

昔から私は、いろいろなところに相談事を投げかけてきたが、相談を受けてくださる立場の方々に、一番最初に自己紹介をするとなると、私の場合だと年齢の次に、まず「自閉症である」と言うことになるが、そうなると、真っ先に返ってくる反応の代表的なものが、「母親が悪い」とか、「育て方が悪い」といった類のものだった。私は、私の自閉症に関して、決して母親が悪いとは思っていないが、もし、彼らの言う通りに、本当に育て方が悪いのなら、果たしてどんな育て方が良いのか？と思うのだが、これがまた諸説紛々で、いろいろ探してみたものの、まだ、これといった決定打がないものらしい。

ある本に書かれていたとされるところの、さらに引用なのだが（ソース失念）、それによると、ある人が、どのように育てれば子どもが立派になるのか、偉大で素晴らしい人になるには、その教育方法には鉄則があるに違いないというので研究したらしいのだが、それによると、そういうものは、ない、というのがその結論だったらしい。

その本によると、例えば、ある人は大変厳しい環境で育ったからそれが良かったと言い、一方でまたある人は、大変厳しい環境にあったから萎縮して駄目になってしまったという。あるいは、またある人は自由放任にしていたために伸びやかに生きて、良さを発揮したという人もいれば、その一方では、自由放任にしていたために社会の常識から外れてしまって、道を誤ってしまったという人もいる。あるいはまた、英才教育を受けたのでピアニストとして有名になれたというのもあれば、逆に、英才教育を受けたものの、厳し過ぎてぜんぜん駄目だったということもあるとのことらしい。あるいは、戦争の頃に育ったので、鍛えられて逞しい経営者になった、という人もいれば、戦争の時期に育ったので、悪の道を覚えてヤクザになって射殺された、など。

つまり、その本によると、反対のケースが必ずあるということらしい。だから、子どもが立派になるための一定のルールはない、人が立派になるプロセスはわからない、というのが、その研究の結論だったらしい、とのことだそうである。

◆　◆　◆

例えば、あのドナ・ウィリアムズ女史であるが、彼女は幼いとき、変わっているという理由で親から虐待を受けたとのことだが、普通、幼児期の虐待というと、世代間で受け継がれるというのが定説になっているが、しかし彼女は常に博愛に富み、本を書き、何十カ国語にも翻訳されてベストセラーになった。それだけでなく、大学も出て、先生の資格も取って、もちろん、自閉症の子の面倒も見て、結婚もしている。また、先の本やドナさんとは関係ないが、同じ親から同じように育てられたにもかかわらず、きょうだいの片方が善良で、片方が極悪人という場合もある。

だから、どういう境遇を経ようとも、結局はその人の運というか、人徳というか、本人次第なのではないかと思う。少なくとも子どものやっていることだけを見て、親の育て方の是非はあまり判断してほしくないと思う。もちろん、育て方が悪い場合もあるかもしれないが、もし理想的な育て方をした親がいるとすれば、今度は、その理想的というがゆえに、甘やかしとか、恵まれ過ぎだとか、過保護だとか、溺愛などと言われて、悪い親ということにされてしまう場合もあるのではないだろうか。

一つだけ、はっきりと言えることは、親と言えども人間である、ということである。だから、どんなにベストを尽くしても、完全ということはあり得ない。誰にでも、将来のことはわからないわけであるが、例えば、会社が倒産してしまってから、なんで倒産する会社の株を買うんだ？　なんでそんな会社に就職するんだ？と、後から批判するのは簡単である。しかし子どもの未来は、株の上がり下がりよりももっと予測の不可能なものだと思う（あまり、母親の責任の追及ばかりをしていると、誰も母親になりたがらなくなることのほうが問題だと思う）。

私の場合、「母親が悪い」だの、「育て方が悪い」だの、「学校が悪い」だの、「先生が悪い」だの、「世の中が悪い」だの、「社会が悪い」だの、いろいろ言われてきたが（なぜか「父親が悪い」とはほとんど言われなかった）、でも私は、本当のところは、自分の「頭が悪い」んじゃないかな、と思う。生来の自閉症のために、頭に問題がある。

とにかく世の中では、クセのあるものより、具足円満でバランスの取れている性格が一般的に好ましいとされているから、それゆえに義務教育では「欠点直し」の教育が施されるのが常だった。それは、学校が行う場合もあるし、あるいは世論の意見を真に受けて、あるいは世の中から知らず知らずに洗脳されて、本人が自発的に行う場合もある、というか、世の中から「性格を直さなければならない」、と思い込まされてしまう場合もある。

「性格を直す」。これは、自閉症の私にとって、永遠の課題である。

私の場合、「学校」という場所で、絶えず自分の「欠点」を指摘され続けて思うことがある。そもそも、「欠点」って、いったい何だ。あるいは長所、って、いったい何なのか、と。

よく、人の「欠点」とか、「長所」とか言うけれども、しばしば言われるように、欠点は長所であり、長所は欠点でもあると思う。ならばそれらを、「特徴」と言い換えるのはどうかと思う。それがその人の「特徴」というのであれば、その人の意思と、使い方次第で、長所にも欠点にもなるはずである。

しかし実際には、人と違ったこと、変わったことは、とくに今までの日本では、欠点として見られてしまっていたように思う（でもその中には、もちろん、そうした長所の裏返しではない正真正銘の欠点もあれば、あるいはハンディというか欠落もあるのも事実であるが）。

よく言われることだが、欠点を直してから長所を伸ばすのか、それとも、長所を伸ばしてから欠点を直すのか、という問題があるが、私の経験と考えでは、その両方とも必要だと思う。

ただ、どちらが楽というか、効率がいいかと言うと、まず長所を伸ばして、加速度をつけて、その勢いで短所を直したほうがいいと思う。そのほうが自分に自信もつくし、しかも楽しいし、一石二鳥だからである。その逆に、短所を先に直そうとすると、それればかりに手間取って非常に時間が掛かる。そしてその間に、長所を伸ばすタイミングを逸してしまう場合もある。だいいち、自分の苦手なことばかりをやり続けていると、失敗体験ばかりになって、自信をなくしてしまうと思う。また、自分の欠点だけを見続けるわけであるから、そのために落ち込んでしまい、自分自身を必要以上に責めてしまい、そのために自信喪失にも繋がると思う。

で、教育という観点からすれば、まず、欠点を矯正して、世の中にとって有用な社会人になるべきなのだろうが（少なくとも私の知る世の中ではずっとそう言われてきた）、心情的には、そういう教育を受けることは、結構、個人にとって負担だったりする。つまり、クセのある性格、食み出した性格、あるいはハンディを持っている人たちほど、教育の現場で克服しなければいけない課題も必然的に多くなり、往々にして、個人一人では背負い切れなくなってしまう場合も出てくる。

学校という場では、（語呂合わせではないが）協調性ということがやたら強調されるが、自閉症の人の場合、対人関係、人間関係、社会との関係といったものが、どうしてもうまくいかない。だから、集団に合わせられないとか、わがまま、自分勝手であるとか、赤ん坊のときであれば、あやしても反応しないとか、大きくなっても友達ができないとか、あるいは、相手の気持ちや立場がわからないで、人を怒らせたり騙されたりするわけだが、そういうのは世の中では、障害ではなく、「性格」の問題として片づけられてしまう。

私のことを自閉症だと言っても、まず大抵の人は信じない。事実、私のことを自閉症ではないと思っている人に限って、必ず、私の性格を問題にしてきた。そういう人は、私の普通のところだけを目にして、「ならばそれ以外のこともできるはずだから頑張れ」とか、「性格が良くない」とか、「性格を直せ」とか、「あなたがいじめられたのは、あなたがいつも、そんなふうだからじゃないですか？」とか言う。でもそれは、（語呂合わせではないが）正確に言えば、性格ではなく、能力の問題だと思う。

なので、ひとくちに「性格」と言っても、環境的要因でなるものと、先天的要因に起因するものと、おおざっぱに言って二種類あると思う。後天的なわがままであるなら、その後の訓練で直るかもしれない。例えば、言葉使いが悪いとか、お作法が悪いとかいうのは、その後の本人の努力で、直すことができるかもしれない。しかし、協調性がないとか、じっとしていられないとか、喋り方が一方的というのは、環境要因もあると思うが、いくら本人が努力しても、うまくいかないものについては、療育の介入が必要なものもあるのではないかと思う。

世の中で、性格の問題と言われていたものが、じつは機能的な問題だったということは結構、あると思う。

事実、私自身もまた、自分自身の良くない傾向を、長年、自閉症ではなく、性格のせいだと思っていた。おそらく、世の中には、かつてのドナや私と似たような隠れ自閉症がかなりいるのではと思う。と言うのも、ハイファンクションの自閉症というのは、結構、紛らわしいというか、なかなか見た目にも、そして本人にもわからない。で、それらの人たちは、自分の性格が悪いと常に自分を責めている。そういう人たちにも是非、自閉症のことを知っていただき、行き過ぎた完全主義や罪悪感などから自由になってほしいと思う。性格や育て方などのせいではなく、頭のせいなんだということをわかってもらい、自分を責めるのを止めてもらえたら、と思う。「あなたは悪くない」のだと。

（二〇〇五・一一）

12 「相談」という名の戦い

「相談」と掛けて、何と解くか。私だったら、「雪だるま」と解く。なぜなら、悩みがあるから相談するわけなのだが、相談するとトラブルになって、余計に悩みが増える。それでまたその相談に行くと、それでまたトラブルになって、そのためにまた相談に行く。するとまた……の繰り返しだからである。だから、こういう悪循環を断つには、相談を止めるしかない、と思う。

でも、こういうことを書いたら、きっと至るところから反論が出そうだ。私とて、このやり方が決してベストとは思わない。本来ならば、こんな絶望的なことを書かなくても済むように、自閉症の人が相談の電話を掛けても、きちんと受け止められる世の中になってくれればと思っている。今はその前段階として、私にできることとして、自閉症に対する世の中の理解を求めるために、それなりに発言したり、原稿を書いたりして、非力なりに何とか世の中にわかってもらおうと、努力をしている最中である（発言の場があるということだけでも、じつは非常にありがたいことなのであるが）。

私が聞いた話と読んだ話を総合して書くが、こういう話がある。十何年ほど前、今はもう潰れたか解散した、ある不登校関係の会の主宰者のところに、深夜に、その会員の一人から、レスキュー・コールがあったらしい。しかし、主宰者は「なんでこんな時間に電話してくるんだ！」などと叱責し、怒鳴り散らすことしか、しなかったらしい。で、電話を掛けてきた会員は、その翌日に自殺してしまったらしい（そしてさらに酷いことに、その主宰者は、そこの会の通信に「A君への追悼」というサブタイトルの特集を出したが、要するに、そこの主宰者は、A君の自殺に対する言い訳を通信に書いた）。例えばこういうふうに、切羽詰ったギリギリのところで「然るべき立場」の人に相談して酷いことを言われるという事例は、残念ながら私や知人の経験を含めて、「よくあること」となっている。

私自身、窮状から抜け出すために、いろんな「然るべきところ」に相談に行ったが、そこの会を含め、どこも問題がさらに拗れることはあっても、誰も決して何の助けにもならなかったし、結局は不毛でしかなかった。

私は今までのことを振り返って、一般的な人生相談、あるいは、不登校の相談、あるいはカウンセラーなどに相談に掛かるという行為は、自分の能力を超えているのではないかと思うことがある。

そもそも、自閉症者自らが他者に相談するには、二重の困難が伴う。その困難とは、

①自閉症者が持つ、コミュニケーションおよび対人関係

②相談を受け止める側が持つ、自閉症に対する無知および偏見

の二つである。

少なくとも、コミュニケーションおよび対人能力に困難を持っている自閉症の人にとって、人に相談することは、かえって問題を大きくするだけだと思う。とくに、口頭で、対人で、電話口で、というのは、私の

経験から言って、決してお勧めの方法ではない。私自身、何度も電話相談で失敗をしている。少なくとも、コミュニケーションに難のある人が、巷の電話相談に電話を掛けるというのも考えものである。とくに、切羽詰ってギリギリのところで電話を掛ける、というのはトラブルの元と思っていたほうがいいと思う。どうかすると、相談を投げ掛けた相手から、突然、自宅に抗議（？）の電話が掛かってきて、酷く混乱されられることにもなる。そうなってしまうと、私のような自閉症者は、電話を掛けてきた相手に言いくるめられてしまい、まったく対応不能になってしまうのである。

だからもし、どうしても人に相談したいというのであれば、代理人を立てて行うか、あらかじめ、相談の内容を書いたものを持っていくといいと思う。（これは、病気やケガでお医者さんに掛かるときにも、同じことが言えると思う。もっとも、この方法にも、まず、どうやって代理人を探すのかという問題が残されているのだが……。）

もし、どうしても口頭で相談しなければならない場合は、もしも状況が許すなら、できるだけその場を録音することを勧めたい。というのは、もし相談で何かあった場合でも、その場の証拠を残すために必要だからであり、そのように残した証拠は、裁判の証拠になるという以外にも、後々の書き物にも使えるからである。

そもそも、なんで人に相談するのか、ということがあるが、その理由の一つに、「情報を探す」というのがあると思う。少なくとも、私の場合を振り返って、なぜ、専門家や関係者と呼ばれる人たちに相談に行っていたのかというと、当時は情報がなかったから、それを捜し求めるためだったように思う。

というのは、今から二十年前というか三十年前は、普通学級に通う自閉症者が不登校になっても、どこにも情報がなかったので、それこそ、一冊一冊本を調べ、一つ一つ相談の電話を掛けて、一つ一つ掘り起こしていくしかなかった。しかし、「情報」という点だけで言えば、今はインターネットがあるので、検索のキーワードの選び方次第で、求める情報がそれこそ選択に困るぐらいにザクザク出てくる。だから、今は情報がふんだんに手に入る時代なのだから、あとは手にした情報を元に、人に頼らずとも、ある程度までは、自分の頭で考えることも可能なのではと思う。

私の場合、（インターネットのない時代のことであるが）主に、情報を得るために相談していたわけでもあるのだが、相談の相手は、情報は持っていなかった。それどころか、相談をする最初に、私は自己紹介をし、「私は自閉症です」と告げるたびに、「母親が悪い」とか、「育て方が悪い」と必ず言われ、そうでなくとも、「あなたはわがままなのだから、そのわがままを直しなさい」と言われたり、「あなたは自閉症ではありません。性格に問題があるのです」と言われるのが常だった。そのように言われて反論しようとすれば、論争や喧嘩になる（それも、だいたい、こちらが一方的にやっつけられるという形で）。喧嘩するつもりはなくても、意見の食い違いなどから争いになることも多かった。

だから、相談でトラブルを防ぎたければ、相談は止めるに限ると思う。もちろん、相手の誤解にどうしても納得いかなければ、トラブル覚悟で論争するのもアリかもしれない。そのどちらが良いかについては、人によると思う。ただ後者の場合、感受性の強い人の場合は耐えられないところもあるのではないかと思う。ちなみに私は、だいたいは後者を選んできた。というのは、そのときは論争になっても、それによって、私の次に相談に来る人が救われるかもしれないと思ったからである。ただ、それによって、私自身は酷く疲れてしまった。少なくとも、相談によって、自分自身を救う行為にはならなかったことだけは確かである。

そのようなわけで、行き詰ったとき、助けを求めて、外部に相談しようとしても、トラブルになるだけである。そして結局は、どこでも、「手に負えないので余所に行け」と言われるのがオチである。だから（酷い言い方かもしれないが）、行き詰ったときは、どこにも助けを求めないで、現状維持をするしかないと思う。というのも、（ある本に書かれていたことだが）現状維持をしていると、現状維持をしているようで、やはり、現状が少しずつ自然に変化していく。もし海に落っこちた場合で言えば、もがけばもがくほど、深みに嵌って溺れるだけである。だが、そのまま静かにしていると、体が自然に浮き上がってくる。それと同じことで、窮地に嵌ったときには静かにしているしかないと思う。人為的に何かをしようとするのではなく、自然を待つというわけである。ＳＯＳを求めると、私の経験で言うと、かえって酷い目に遭う。少なくとも、相談「しない」ことによって、相談の相手から痛めつけられて、以前より酷い状況になる事態だけは避けることができる。

で、窮地にあるとき、もがくのを止めて、冷静になると、それまで見えなかった周りが見えてきて、その中に、案外、本当に助けてくれる人が見えてきたりするものだったりする。もがいて、もがいて、必死になって、「何とかの電話」とか、「何とか相談ホットライン」とかいうところの、何の縁もない、まったく見ず知らずの赤の他人に電話しても、結局は、「手に負えません」と言われたり、あるいは、どんなに相手にわかってもらう努力をしてみたところで、「あなたのことはよくわかったから余所に行け」と言われて、捨てられてしまうのがオチである。なので、助けが必要なときは、まず、焦らないで、冷静になることが必要なのではないかと思う。

私は思う。もし、人に相談をしなければ平穏無事に日々を過ごせたものを、なまじ人に相談し続けることによって、貴重な十代、二十代を、とことん台なしにしてしまった。だから、私の本音は本当は「誰にも相談しないほうがいい」と言いたいところなのだが、私が経験した当時と今とでは、状況が違っていることもあるかもしれない。そう願うのみである。少なくとも、相談を受ける立場の人たち、とくに不登校支援関係者は、学校に行けなくなった自閉症者を門前払いにしたり、その発言を杜撰に扱うことは止めにして、もっと自閉症や発達障害のことをしっかりと勉強してもらいたいと思う。

また、組織によっては、相談者から相談を受けて、その問題を解決するというよりも、相談者を情報源として利用するだけのところもある。そういうところは、問題の解決策を与えないばかりか、相談者からある程度まで情報を吸い上げたら、ある日突然「あなたのことはよくわかったから余所に行け」と言う。

あなたの貴重な人生体験を、相談するという行為によって、タダで相手にクレてやる理由はない。もし他人に相談する暇があるのなら、その代わりに何か手記でも書いたほうがいいと思う。

私に関して言えば、他者に相談することに見切りをつけ、その代わりに投書や投稿活動をするなど、発言を試みるようになった。実際、私の場合で言うと、相談するという行為は、やがて発言活動へと変遷し、その活動は、やがて出版という形で実るようになった。十二歳で初めて人に相談し、三十二歳で出版するまでに二十年掛かった。そして、本を出すことで、人を救うことができた。

昔は、世の中に向かって発言しようと思ったら、新聞に投書するなり、出版するなり、どこかの会に所属してそこから意見を発表するなど、いずれにしても、かなり困難で面倒な手続きが必要だった。でも今は、ウェブサイトやブログで、誰でも自由に意見を公にすることが可能である。また、今はネットの至るところに掲示板があるので、書き込みの可能な人は、そういうところに書き込んでみるのも一つの方法だと思う。もし、書き込んだ結果トラブルになるようであれば、書き込まないでじっと読むだけにして、過去の書き込みを検索するというのも一つの方法であると思う。

そのようなわけで、もし、相談の場がない、前例がない、情報がないというのであれば、発言の場を自分から切り拓いていくこともまた必要なのでは、と思う。さきに私は括弧つきで、「発言の場があるということだけでも、じつは、非常にありがたいことなのであるが」と書いたが、できれば、ありがたいことではなく、当たり前の世の中になってくれることを願う。

（二〇〇六・二）

13 "苦い" 経験

はじめに

今回、「服薬」のことを体験的に書いてくださいと言われたのだけれど、私は医者ではなく、薬学や生化学の専門家でもないし、あくまでも一患者の立場でしかそういう問題には触れられないことをお断りしたい。しかし体験的な記述というのであれば、治療や服薬の件については、拙著『平行線』の一四八‐一五五頁などにも詳しく書いたので、以下、それらと重複する記述を含むことをご了解いただきたいと思う。

初めての精神科における投薬治療

学校でのいじめのために二次障害が出てしまい、そのために最初に私が精神科の治療を受けたのは、今（二〇〇六）から三十年前のことだった。そんな昔のことだから、当時の精神科における投薬治療というのは、今と大きく異なっていた。何が異なっているのかというと、まず、診断が下りないということと、飲んでいる薬について、患者に対して一切の説明もなされず、薬の名前も教えられることがない、ということである。

薬の名前も、教えてもらえないというだけではなく、自分で調べるための情報もまた、まったくなかった。例えば、薬はまず必ずシートから出された状態で処方され、（また、こういうことは稀なのだが）シートで出される場合であっても、必ずネームのところが切り取られてあったりした（当時は精神科に限らず、それが当たり前だったりした）。また、『医者からもらった薬がわかる本』（法研、初版一九八五年）というアンチョコが世に出るようになってからは、出される薬は、（こちらに嚥下の問題がまったくないにもかかわらず）錠剤が粉砕されるようになり、本来ならば錠剤に記されているはずの記号を頼りにして、こちらで調べようにも、まったくどうにもならないこともあった（最初から粉末で処方されるということもあるのかもしれないが、私に渡された薬に関して言えば、〝粉末〟の中に糖衣錠のコーティングの成れの果てが混ざっていたりもした）。

そのようなわけで、私が思春期から二十二歳を過ぎるまで飲んでいた薬については、まったく情報がないので、したがって、どんな種類の薬を飲んでいたのかについては、私にはまるで知るよしもない。

メディケーションとメディテーションのココロとは？　答え。どちらも眠くなる。
あさねして　よるねするまで　ひるねして　ときどきおきて　うたたねをする

その当時にあっては、より的確な治癒のために、私なりにその種の病に関する本で勉強し、出された薬を信じて、必ず治ると確信して、処方箋の通りに飲んでみたりもした。しかし、いくら真面目に服用しても、良くなる徴候はいっこうに見られず、むしろ飲めば飲むほど意識は不明瞭となった。それはあたかも手指の先から足先までの全身が、見えない鉛の鎖でベッドに縛りつけられ、固定されるかのようだった。そのため食事と用を足す以外にはいつまでもボーっとしながら無為に過ごすしかなかったのだが、実際、副作用ばかりが強くて、そのわりにはまったく報われない治療だったように思う（『平行線』一五一‐一五二頁）。

それらの薬を飲むと、まず、味覚がわからなくなり、苦いものと辛いもの以外の味を判別することができなくなった。出された薬をぜんぶ服用すると、終日、熟眠状態になってしまったりもした。体温はひたすら下がる一方で、風邪を引いても〝平熱〟のまま、いつまでも症状がだらだらと続いたりもした。行動力は殺ぎ取られ、いつも横になっているしかなく、何も手につかなくなるのに比例して、焦燥感が襲い続けた。異常に眠いので一日中ごろごろするしかなくなったり、それでいて、薬が切れる頃になると妄想やパニックが起きたりもするので、そのパニックを抑えるために、また薬が強くされたりもした。こうなると悪循環である（『平行線』一五三頁）。

あと、それらの薬を飲むと、手が震え、手先が不自由になるので、細かい字や線などが書けないということがあったり、手や口の周りに不随意運動が起きたりもする。そのため、文字を書くと必ず間違いが出るし（したがって履歴書が書けない）、全身運動も不自由になるので（とくにバランスを要求するものなど）、各種試験、具体的には大検の体育実技試験で落ちたりもした。代わりに入った専門学校も、後に述べる注射の副作用で、実技や通学が難しくなり断念せざるを得なくなったりもした。そういうことであるから、当然のことながら勉強どころではなく、学業不振で、受験勉強も振るわなかった。

とくに、病院で起こしたパニックについては、その場で注射を打たれたこともあったが、パニックは、薬の悪循環の他にも、音や光などの外部刺激などの環境要因でなることもあるのだから、それを薬で押さえつけるのもどうかと思う。そういう場合は薬よりも、まず環境を調整することが必要なのではないか。

また、とくに注射は何回か受けたが（いずれも本人の同意はなく強制）、うち一回は打たれて一週間も経ったぐらいのときに、筋肉が痙攣し始めるようになり、その後、全身の筋肉が硬直して動けなくなり、当時通っていた専門学校を断念せざるを得なくなった。私は今でも、その注射の薬剤名がどうしても知りたい。

納得したうえで薬を飲みたい

今日であれば、「インフォームド・コンセント」や「アドヒアランス」という言葉があるが、少なくとも、当時は、お医者さまは、患者の疑問、例えば、

「薬の名前は、何ですか」

「この薬はどのように効くのですか」

「どのぐらい飲み続ければ効果を発揮するのですか」

などといった質問に答えてくれなかった（『平行線』一五四頁）。

もし、「ずっと薬を飲み続けなければいけない」のなら（当時にあっては、それすらも言ってもらえなかったのだが）、「それはなぜか」ということをきちんと説明していただきたかった。例えば、眠くなる薬が与えられるのなら、「今のあなたは、昂ぶった神経を休ませることが必要なんです」とでも説明してもらえれば、自分で納得して休むことに専念できたと思うし、薬による眠気と無理に戦うこともなかったのではないかと思う。

いずれにせよ、投薬するときには「見通し」を与えてほしいと思う。見通しがあるほうが、自閉の人にとってはより安心だからである（もっとも、当時も今も、私のことを「自閉症ではない」と言っている専門家はいらっしゃるが、それはここでは置いておく）。

あと、これは家族の側に言えることだが、「病気を治せ」という圧力をなくしてほしいと思う。「病気は自

分で治すものだ。だから、自分で治そうとする意思がないと治らない」という意見があるが、二次障害は別にして、自閉症というものはそもそも治るものではないし、もしきちんと自閉症という診断が出ているなら、そもそも「治せ」という発想は出てこないはずである。そういう意味でも診断は必要だと思う。

投薬への疑問

当時の投薬（服薬）や治療について、いつも私が不思議に思っていたのは、診断がつかない状態（もしくは、あやふやな診断）で、どうやって投薬していたのかという問題である。仮に、幼いときの診断があったとしても、それはとことん否定されてしまう。もしかしたらこれには、専門家にしかわからない深い理由があるのかもしれない（皮肉ではありません）。

とくに当時にあって、精神科の治療で薬漬けにされたことで、私はその後の健康と元気を奪われ、そのために、その後の社会参加の切っ掛け、とくに進学と就業の機会を失ったように思うし、少なくとも、普通の社会生活は諦めざるを得なかったように思う。少なくともこの点だけで言えば、医療が障害者を作り出してきたと言えるのではないかと思う。不適切な治療で本人を自立不能にしてしまうことよりも、適切な医療と療育で本人が自立できるように助けてほしいと願う。

その昔、一九七〇年代に、今で言う不登校（当時は登校拒否症と呼ばれていた）になった若い人たちの中には、先行きの見通しの不在の中で、これといった効果もないまま、試行錯誤的で実験的な治療のために活力を奪われ、精神科での入院治療で命を落とした人も多いと聞く。もし私が当時にあって入院させられていたら、それと同様の経験をしたかもしれない。そうした遺族の証言が、今日に至るまで、（少なくとも私の知る限りでは）出てくることがないか、出てきたとしても、「どうしてそういうところに子どもを入れたのですか」という心ない言い方で、市民の会（某フリースクールなど）によって叩き潰されてしまい、子どもを失われた遺族の方々の発言の意欲が根こそぎ奪われていることはとても残念なことである（『平行線』一五七‐一五八頁）。

転機

我が国における精神科の治療が大きく方針転換したのは、一九八四年の宇都宮病院での事件が切っ掛けであったように思う。そのときこの国の精神科医療は、内外の批判に晒された。そして私も、一九八五年の春頃を境に、精神科での治療において、大きな風向きの変化を経験することになるのである。

というのも、それまで通っていた病院は、ただ薬を機械的に出すだけで、患者とコミュニケーションがあるわけでなく、また、薬についていくら尋ねても、答えが返ってくるものではなかったからである。それで私は、納得の行く治療を求めて、それまで通っていた医院を見限って、新たに近所にできたばかりのクリニックに行った。そして私はそこで、今まで飲んでいた薬を、新しいお医者さんに見せた。（以下、『平行線』二六一‐二六二頁より引用）

すると先生は顔をしかめて、首を横に振りながら言った。

「これは、いくらなんでも、量が多すぎますよ」

思わず私は「本当ですか？」と問い直した。すると先生は、

「普通は、こんな量の処方は、しないものですよ」

と、いかにも目茶苦茶だ、といった表情を隠せないように言った。私は尋ねた。

「ちょっとわけがわからないんですけど、具体的にはどういうことなんです？」

するとと先生は、薬袋をじーっと観察して、そしてそれを手に取りながら説明した。

「普通は、この一袋が、一日の量なんです。しかしこの処方だと、一回が一日の量で、それを三回飲むことになっているんです」

「つまり、一日に三日分の薬が出されていたことになるわけですか？」

「計算ミスという以外に、ちょっと考えられませんね」

先生は、同業者の過ちがいかにも許せないという感じで、溜め息交じりに言った。

つまり、お医者さんであっても、計量ミス……というか、処方ミスをするということがある、ということである。

その新しいお医者さんによれば、薬が規定量？の三倍出されていたということなのだが、そういえば、それをまったく知らずにその処方で飲んでいたとき、その処方の三分の一しか身体が受けつけなかった。残りの三分の二は飲み残してである。やはり身体は正直なもののようだ。お医者さんは常に正しい投薬をしている……と信じたいが、このときばかりは、医者の処方よりも自分の身体を信じることも必要なのでは……と思わざるを得なかった。

そういう処方を三年も出されていたのだから、出された量を全部真面目に服用していたら、私は確実に廃人になっていたことだろう。まあ、廃人にはならなくても、滅茶苦茶な投薬によって勤労不能な状態に追い込まれてしまったから、いわゆる世間でいうところのニートであることは確かかもしれない（病気で働けない人をニートと呼ぶことには異論もあるが）。

淘汰？

先日、日本自閉症協会の掲示板を読んでいたら、精神病院の入院で何本も注射され、そのため意識を失くしている間に物理的な暴力を受け、身体に障害を負った、という内容の当事者の方の書き込みがあった。その方いわく、「整形外科で怪我の経緯を説明しながら治療を受けようとしたところ、治療を受けることができなかった」、とのことだった。さらに、無茶苦茶な注射によって、「脳の能力が低下してしまったため」に、「歩くときに物に躓いたり、ドアや出っ張りにぶつかり、痛い思いをすることが多くなった」とあった。

私にも精神科での入院や注射の経験があるだけに、その書き込みが嘘とは到底、思えない。私は自分の経験を元に、とあるブログに「薬漬け」について書いたところ、こういう意味の返事が返ってきた。いわく、「イヤになるほどよく聞く話」で、「似たような話を聞くのは数百回目」とのことだった。その人が言うに、『フリーター・ニートを定職へ』という時代に、自立したり働いたりすることのできる可能性がある人を、『薬漬け』にすることは、社会にも体制にも益はない」とのことだった。

ある発達障害の専門家は、私のような当事者を「サバイバー」と呼ぶが、失礼ながら私にとってはそのご発言はからきし意味不明である。なぜなら、命を奪おうとしてきたのは他ならない専門家ご自身たちだったからである（もちろん、全ての専門家がそうではないことは重々わかっているのだが……）。ある意味、私のような当事者が語ることは、関係者にとっては負の証言なのであって、そのため、発達障害の専門家の中には、そのような証言を語る当事者に関し、名指しで「この人は本当に自閉症だろうか」などと書いてみたりする人も出てくるのである。

服薬・私の場合

話をその新しいお医者さんに戻す。その新しいお医者さんも、私に対して自閉症としての診断はしなかった。そのためなのか、薬が弱くなっただけで、合わない薬を飲んでいるという感じは拭えなかった。それでも、うつの症状に合わせて、三環系抗うつ剤の一つ「アモキサン」（アモキサピン）を出してくれたりもしたのだが、眠くなって仕方がなかった。あと、このときは、マイナー・トランキライザー（名前は失念）を処方されていた。本当に自分に合う薬と巡り合うには、新薬が出るのを含めて、さらに十数年、待たなくてはならなかった。で、十数年後、その先生は私に「自閉症のことは自閉症専門のお医者さんに行ってください」と告げた。つまり、「餅は餅屋で買え」ということである。でも、〝餅屋〟の数が絶対的に少なければどうすればよいのだろう？

一九九九年頃から、国内でもいわゆるＳＳＲＩが保険適用になって、さらにお医者さんを変わって私も「ルボックス」（フルボキサミン）を飲み始めることになるのだが、この薬は、いわゆる飲み始めの好転反応（？）が激しいらしく、最初の二、三週間は軽い頭痛とともに、とてもイライラ……というか攻撃的になるので、このときばかりはマイナー・トランキライザーのお世話にならざるを得なくなったりもした。でも三週間が過ぎたら、とても情緒が安定して、それまで強く持ち続けていたいろいろな恐怖心が軽くなり、例えば、それまで恐怖心で固まってしまい、どうしても行くことの適わなかった歯の治療を受けることができたりもした。

ただ、ＳＳＲＩだけだと、飲み続けて四、五カ月もすると、妄想が出てどうしようもなくなったので、一時的に入院を余儀なくされた。そこで私は「リスパダール」（リスペリドン）を処方された。

ＳＳＲＩとリスペリドンを一緒に出されるのは矛盾ではないかと思われるかもしれないが（一方はセロト

ニンの働きを促し、一方は抑制する)、これによって私は、恐怖心が出るわけでもなく、かといって過度にイライラするわけでも妄想が出るわけでもなく、トランキライザーを使わないままでも、かなりの程度情緒が安定するようになった。少なくともハイになることはなくなり、それまで絶えず流れていた脳内音楽がなくなり、文案が閃かなくなり、執筆活動がぜんぜん振るわなくなり、作業の効率は非常に落ちたかもしれないが、半面、不快な刺激に対して敏感になることが少なくなり、イライラして当り散らすことが少なくなり、穏やかになった分、とくに人間関係で益を得ているのではないかと思う。

あと、また別の医者に行って、「インプロメン」(ブロムペリドール)や「リタリン」(メチルフェニデート)を出してもらったこともある。インプロメンは全身中の皮膚がカイカイ(?)になって、そわそわせざるを得ない感覚になった(専門家の言う「アカシジア」にとてもよく似ている)。またリタリンは飲んですぐに、激しい頭痛がしたので、いずれも服用するのは諦めた。

その後世の中に出たSNRIは飲むと激しい頭痛がするので服用できなかった。どのような感じかというと、リタリンを飲んだときと、まるでまったく同じような頭痛だった。(ドーパ繋がりなのか?)

副作用

ある種の精神科の薬を飲むと、代謝が落ちて体温が下がってどうしても太るから、そうなるとまた別の問題(例えばメタボリックシンドロームなど)がいろいろ出てくる。

また、長期の服用によって、不随意運動が出てくる場合があり、例えば口の周りなどが勝手に動いたりするようになる(外出時にマスクを掛けるのは、嗅覚過敏への対策の他にも、不随意運動を見た目に隠すという目的もある)。

それから、薬を長年ずっと飲み続けていると、もうそれだけで肝臓の処理能力を超えてしまい、何か他の病気になったときに他の薬が飲めず、その治療をしたくてもできないということがある。また、肝臓が悪くなると、非常に疲れやすくなったり（ただでさえ、自閉の人は疲れやすいのに！）、元気がなくなり、いろいろ体の具合が悪くなり、最悪、命が危なくなったりもする。この点、若いときは自覚症状がなくても、例えば中年以降に急に問題が出て来る場合もあるので気をつけたい。そういう意味でも、普段飲んでいる薬は、なるべく必要最低限を心掛けたいものである。そういうわけで、精神科の薬の服薬期間中はアルコール飲料はタブーである。また、薬の服用期間中は定期的な血液検査を怠らないことである。

おわりに

今まで投薬や治療について述べてきたが、中には、「薬に頼るな」「治療に頼るな」という考え方もあることを紹介しておきたい。これはとくに不登校関係者の中に多く見られる。いわく、薬に頼らないで自分の力で、というわけである。そうした意見の背景には、不登校に対する精神科における不適切な治療の実態がある。しかし、目が不自由であれば眼鏡を掛けたり盲導犬の助けを借りたりするし、足が不自由であれば杖をついたり車椅子に乗ったりする。同様に、脳の調子が悪ければ、薬でチューニングすることがあってもいいのではないだろうか。そのチューニングの方法を間違えたからすなわち投薬治療は全て悪であるという考え方は短絡的である。もちろん、健康で元気でどこの具合も悪くない人は、「薬や治療に頼らないで自分の力で」というのもアリだろう。でも、障害がなく、健康で元気な人がそうできるからといって、そうではない人にもそうしろと言って押しつけるのはいかがなものか。そういう人たちには、薬や治療にやむなく頼らざるを得なかった（そしてその副作用で苦しんでいる）人たちやその家族を、頭ごなしに批判、糾弾するのは控えていただきたいものである。

本章は、「薬を飲んだときの感じを書いてください」という依頼で書いたものであるが、「薬を飲んだ感じ」というう、かくも個人差の大きいものを、公の場で書いていいのだろうかという気持ちはあった。以上は、あくまでも私個人の場合であることをお断りしておく。

（二〇〇六・八〜一二）

14　友達というもの

「友達」という強制

「さあ、今からあなたは私にこう言いなさい！『私はあなたとお友達になりたいと思います』と言いなさい！　今すぐ私の言った通りに言いなさい！」

これは、「子どもの自主性を尊重する」とマスコミが標榜している、ある不登校支援団体の元スタッフが、私に実際に言った言葉である。[※1]　友達関係を強要する点で言えば、それこそ、彼らが批判するところの学校教育と何ら変わりはない。このように、学校の内側だろうと外側だろうと、友達作りには常に強制が付き纏《まと》う。もしその人がどうしても私と友達になりたいと思うのなら、まず、その人が私に「私はあなたとお友達になりたいと思います」と言い、自分の気持ちを示してから、私の気持ちを確かめるのが筋なのではないかと思うがどうだろう。

この逆もある。私が「私はあなたのお友達になりたいと思います」と、ある人に言ったところ、「やってみ

※1　本書一八〇頁の注を参照。

たら？」とだけ返事をされた。そこで、思いつくあらゆる方法で「やってみた」ものの、ぜんぜんその人と友達になれなかった（『平行線』二二二 - 二二三頁）。

また、「あなたに友達ができない理由は、あなたの趣味や好みが独り善がりだから」と私に忠告したクラスメートもいる。が、なぜ、「趣味」や「好み」といった個人の内心の自由について「独り善がり」と言われなければならないのか。

このように、学校教育や社会生活の場において、常に「友達作り」の圧力を掛けられてきたので、私としては「友達」という言葉を聞いただけで引いてしまう。なぜなら私はいつでも自由でいたいし、内心の自由まで拘束してくる友達は、はっきり言って邪魔で苦痛なもの以外の何ものでもないからである。

対等な関係

バイブルの一節に、「牛とろばとを組みにして耕してはならない」（申命記二十二章十節、新共同訳）というのがある。牛とろばは、力も異なれば、歩く速さも異なる。それを、同じくびきで一緒にして仕事をさせるなら、必ずどちらかが（もしくは、どちらも）疲弊する。友達というくびきで結ばれた人間関係もそれと似ていると思う。実際、私が友達になろうとして話しかけたクラスメートは私に、「あなたと付き合うのは疲れる」と言っていたし、また私のほうでも、そういう彼らと付き合おうとした努力に際して非常に疲弊したからである。

そもそも友達というのは、「対等で相互の関係」が求められる。が、私は対人関係とコミュニケーションの障害のため、この「相互」というのが難しい。また気力と元気がなく不自由なので、「対等」というのも困難である。また、友達関係には「相手の気持ちを考える」必要もあるが、それもまた私は非常に苦手である。そのため、どうしても関係が一方的になりがちであるし、また、そういう関係を友達と呼びたくない人もいる。

友達になるには、相手の気持ちも尊重しなければいけない。だから、いくらこちらが相手と友達になりたいと思っていても、相手もまた、自主的にこちらと友達になりたいと思っていなければ友達関係は成立しない。相手が友達になりたくないと思っているのに無理強いをすることは、相手の気持ちや自主性を尊重することにはならない。そもそも、友達を作るか作らないかは本人の勝手であり、また相手の側の選択の自由ということもあるから、無理に作ろうとすると嫌われるのがオチである。

友達の作り方？

そもそも学校などで、先生が生徒に「友達を作りなさい」と強要するのは、その先生が生徒の自主性を尊重していないからである。今の学校は知らないが、私の過ごした時代の学校は不思議なところで、友達作りも、何か義務みたいなところがあったようで、一人で過ごしていると、必ず、「いつも独りでいる。友達は作れないのか」と批判めいた口調で言われたものだった（『変光星』一八九頁）。だがよく考えてみれば、友達などという極めて個人的なことは、何も学校や先生や、その他の指図を受ける理由はないと思う。確かに理想は「皆、仲良くしよう」「友達一〇〇人できるかな？」というものなのだろうが、しかし人間関係の二の字もわからない幼い未熟な人間や、発達に問題を抱えている人が、いきなり「幅広い交友を持て」と言われても、困難極まりないのではないか。

世の中にはいろいろな人がいる。国語の得意な子もいれば、体育が得意な子もいる。同様に人間関係にも得手不得手がある。例えば、画数の少ない漢字から、学年が上がるにつれて、難しい漢字を覚えるべく指導が為されていくように、それと同様に人間関係も、のっけから高度な人間関係を築く必要はなく、最初は初歩的でも偏狭でもいいのではないか。そうやって自分の基準で友達を作って、それから少しずつ人間関係のレパートリーを広げていってもいいのではないか。

私が義務教育を受けていたときは、先生や同級生は、みんなに合わせる努力が足らないからいじめに遭うんだ、などという言い方をした。しかし、どう具体的に努力すればいいのかは、誰も言わなかった。指示はあっても指導がないし、そもそも指導できる人がいなかった。だから私はそこのところを全部、自分で工夫しながら、友達作りや協調性を実践したつもりなのだが、それでも不足あるいは、やり方がマズかったなら、本来、そこのところを指導してくれるのが、先生や学校の役目ではないだろうか。もし、どうしても友達を作らなければならないというのであれば、その前に療育を受けさせ、認知力をつけさせてから、コミュニケーションや人間関係の基礎から教えるというのが筋ではないか（もちろん、療育の目的が友達作りの強制であっては良くないのだが）。

もっとも、ここで注意しなくてはいけないのは、友達ができない原因が、本当に孤独が好きだからそうしているのか、それとも、友達が欲しいのだけど、どうすればよいのかわからないから結果的に一人になっているのか、という辺りを区別する必要がある点である。もし前者の場合なら、お節介は有難迷惑だし、もし後者なら、しかるべき援助が要るからである。

先生の中には、クラス中からいじめにあっている本人に向かって、「友達を作れ」と指示する人がいる。しかし、もしそのように言うのであれば、まず、その人をいじめている人たちに対して、その人の友達になるように指導するのが筋ではないか。先生自身がその人に対するいじめを行うというのは論外である。しかし、私が在籍した学校の先生は、いじめを放置・助長・加担する一方で、いじめられている当人に向かって「友達を作りなさい」と言ってきたわけだが、私に言わせれば、それは無理難題というものである。

そもそも、戦場の真っ只中で、わざわざ家を建設しようと思う人がいるだろうか。いじめという激戦地の只中で友達を作ろうとする行為もそれに似ている。激戦地の中で家を建てても、たちどころに破壊されるだけである。家を建てるためには、まず、家を建てる場所で戦いがなくなることである。同様に、友達を作るためには、まず、友達になろうとしている人との間で、いじめがなくなることが必要である。

友達を持つことの問題点

仮に友達ができたとする。ならばそれをどうやって維持するのか、という問題がある。行動力にゆとりがあるときや、何もないときには友達付き合いもできる。しかし例えば、忙しいときや、本人が病気のときや元気のないときはどうなのだろう。あるいは家族に何かあったとき、また、脅迫されたり何かの犯罪に遭遇しているとき、あるいは本人の精神に変調を来たしているときに、どうやって友達関係を維持すればいいのか。そのようなときは、自分自身を維持するのが手一杯で、とても友達関係を維持するゆとりはないはずである。そういうときはメール一通、電話一本すらも難しいのが現実で、そうなると、連絡できないうちに友達が離れていく。

だから普段から健康的および精神的な問題を抱えている人は、もし友達作りをするなら、友達ができた後のこと、つまり維持のことも考えてみる必要がある。経済的なゆとりがないと車が維持できないのと同じで、維持できないものは、現実の問題として、手放さざるを得ないのではないか。維持できないことがわかっているものは、最初から持たないことである。

あと、ネット時代の今日、友達や知人を持つにはリスクが伴う。まず、友達や知り合いができると、プライバシーがなくなる。とくに、一度でもカミングアウトしていると、個人的なメールや手紙で書いた個人的な内容が本人の承諾なく暴露され、場合によっては私信そのものが実名でネット上に公開されたり、勝手に本に掲載され、プライバシーが公にされてしまう（本書巻末二五九頁の補遺を参照）。それを大目に見れば見るほど、際限がなくなる。そして、一度でも出版物やネット上に載ったものは決して取り消せないのである。なので（これは私がカミングアウトしているという特殊事情もあるのかもしれないが）、プライバシーといった個人の権利を守るためには、必要最低限以上の交友を制限する必要が出てくる場合もあるのではないか。

言うまでもなく一般的に自閉・アスペの人は人間関係が得意ではない人が多い。だからそのような人が友達を作ると、益を得る以上に、トラブルに巻き込まれる恐れがある。例えば、友達になるや否や、いきなり宗教や訪問販売の勧誘をする人がいる。世の中には、最初からそれが目的で友達付き合いを求める人がいる。そして一度、友達になったら、その種の勧誘を断るのが非常に難しい人もいる。

あと、友達ができると、自分の時間がなくなる。だからもし友達を持つとすれば、そのような自分の時間を尊重してくれる人がいい。実際、古の人が「君子の交わりは淡きこと水の如し」（荘子）と言ったように（私が君子かどうかは知らないけれど）。

友達よりも理解者を

私にはあまり元気がなく、したがって、いわゆる「相互で対等な関係」が築けない。私に必要なのは、友達よりもまず、助けてくれる人であり、理解者であり、支援者である。そうした、助けてくれる人が、友達の役を兼ねていることもあるし、友達を連れてきてくれたり、友達付き合いを助けてくれることもある。

私には友達はいないが、その代わりに、ごく僅かではあるが、知り合いがいる。人によっては、それを友達と呼ぶのかもしれない。

私の場合、友達作りの努力を放棄して以来、皮肉にも友達ができるようになった。それで、なぜ、友達作りの努力をしている限り友達ができないのかというと、それは相手の側の自主性を尊重していないからである。友達になろうと努力するのは結構。しかし、友達を作ろうとして頑張っているその努力が、相手の側の自由や自主性を侵害していることもあるということを、私は自分の失敗を通して断言できる。

この点、学校の先生たちはずっと私に、「独りでいるのは良くない」「友達を作りなさい」と言い続けてきた。なので私としても、右記の原則に気づくまで、幼稚園時代から義務教育中、そして専門学校の期間に掛けて、それら先生たちの言う言葉の通りであろうと、最大限の努力を払ってきたつもりである。だが、今考えれば、なんと馬鹿馬鹿しくて不毛な努力をし続けてきたのかと思う。命を削ってまで友達作りの努力をするぐらいなら、その分のエネルギーを勉学や趣味や特技に振り向けたほうがずっとよかったと後悔している。少なくとも交友関係については、無理やり作るものではなく、自然な繋がりを大切にしたいと思うのである。

（二〇〇七・三）

15 他と違っているということ

「規格外れ」・「不良品」

私は消しゴムが大好きでこだわりとなっているのであるが、つい最近も、ミカンを輪切りにしたような柄の五色組の消しゴムを百二十セット、大量にゲットする機会があった。

すると、単品買いでは決して見えてこないことが見えてくる。つまり、工業的に作られているにもかかわらず、全体の二割ぐらいは、《他と違うもの》が必ずあるということである。基本は赤、黄、緑、青、紫色なのだが、例えば、赤い消しゴムにも、《通常の》（絶対多数派の）赤色の他にも、ときどき濃赤色のもあれば、オレンジみたいな色のもあるし、そのオレンジ色の中にも、赤に近いのもあれば、黄色に近いそれもあるのだが、そういうのは、たくさんある中に、ごくたまにしか混じっていない。同様に、緑色の消しゴム中に、ごく稀に黄緑色が混じっていたり、青玉の中にもごくたまに青緑色もあれば青紫色もある、あるいは紫色の中に青が混じっているという按配だった。不良品もあるのだが、中にはレアなものもあって、それらを一つずつ集めると、全部で九色十五種類ぐらいあった。

でも、そういうレアものというのは、よく見ないとわからない。しかも、他と違う二割というのは、その二割の中同士でも、やはり他と違う。しかも、違うということにも違いがあって、色が違っていたり、柄の出方が歪んでいたり、サイズが違っていたり、それらの二つ以上が違っていたり、本来単色でなければならないところがまだらになっていたりする。そういうものは、レアと見るか不良品と見るか、微妙なものも多く、見る側の視点や価値観次第でどうにでもなるものも多かった。

それらの《不良品》も、《良品》と比較してしまうから不良品となり、他との違いが欠点にしか見えてこないのであるが、しかし、それだけを集めて見ていると、それは決して不良品などではなく、他にはない個性的でレアなものに見えてくる。中には、それ自体では他よりもかえって完璧で美しい玉もあるのだが、他と比較するからこそ仲間外れになってしまい、他の仲間外れたちと一緒にせざるを得ないものもあった。中には、明らかに形がアンバランスでキズものでしかないものもあったが、それでも、消しゴムとしての用は足せる。つまり、不要なものは何一つないということである。

一方、残る八割というのは皆、互いに他と同じだったりする。工業品として歓迎されるのは、こちらのほうである。また、二割の中にも、他と違っているものではあっても、他の八割と一緒にできるぐらい「普通」に近く、線引きに困るものも多数あった。

『世界に一つだけの花』という有名な歌があるが、花が一つ一つそれぞれ違うのは、創造者が最初から、生き物という存在を、互いに違うことを意図して作られたからである。しかし、本来、同じに作られるはずの工業製品ですら、違いが出てしまうのである。これがもし厳密な工業製品なら、右記の二割は不良品として処分されてしまう運命にあったに違いない。しかし、その消しゴムを作った工場というか問屋は、そういう意味でかなりいい加減らしく（注：日本製ではありません）、袋の中にはゴミが混じっているものもあるし、規格に外れるものや傷のあるものや不良品も混ぜて出荷しているらしい。日本人的感覚に慣れた私としては、実にいい加減と言うかおおらかと言うしかない。

それと比べて日本の野菜は、なんと規格が揃っていることだろう。だがこれも、最初から規格を揃えて生産しているのではなく、規格外のものは排除することによって規格が成立している。規格が揃わないと箱に入らず、したがって流通に適さないから、やむなく規格外の野菜は廃棄されるが、それでも、廃棄されるその野菜たちが私たちのお腹を満たせないというわけでは決してない。廃棄する前にどうして味見をしないのだろうかとも思うのだが、しかし実際には、それらのほとんどはその機会すらないまま廃棄される。ミカンやリンゴ一つにしても、小さなシミや傷が一つあるというだけで、規格外となり廃棄の対象になる。

だが、そのままでは市場に出せないリンゴたちも、例えばジュースに加工することによって、市場価値を持つものもある。ちょっとだけ人手と手間を掛けることで、それまで買い手のつかなかったものが売れる存在になることができる。それと同様に、発達障害を持つ人に対しても、どうしてちょっとだけ手間を掛けてくれないのかなと思う。まして、ちょっと傷があるからという理由だけで、(「金八先生」ではないが) 投げつけたりぶつけたり踏みつけたりして、〝腐ったミカン〟にしていいという理由にはならないと思う。

ところで、鉛筆にＪＩＳ規格が適用されなくなってから、なぜか芯が軸の中心から外れた鉛筆が増えたように思う。確かにそれだと電動削りで削るときには支障が出る。しかし、手でナイフで削る分には問題がない。確かにそれだと手間が掛かる。しかしだからといって、本来の目的である筆記するという機能が失われたわけではない。そういう鉛筆を、ただ機械削りに適さないからというだけの理由で廃棄するとすれば、それはそれは勿体ない話だろう。

それと同じことを長い間、日本の教育はずっとしてきた。私が受けてきた義務教育も、さながらそんな感じだった。人材として使えるものをわずかな違いにより、いわば〝廃棄〟してきたツケが、今日のこの国の労働力の不足と引きこもりの増加と言えなくもない。とくにこれからのこの国は人口が減少に向かうのであるから、私たちは、《人》の持つ可能性とパワーを、もっと大切にしなければ、これから先、国としても社会としてもやっていけなくなるだろう。それゆえ、多少、他と違っていてもいいから、もっと世の中がおおらかで、私のような者でも許してくれることを願う。

違いは許されても間違いは許されない

違いには、許される違いと許されない違いがある。例えば、車体の色は基本的にどんな色でも自由であるが、しかし、交通法規を外して運転することは許されない。例えば、「違いを認めよう」と言って対向車線を走ることは許されないのである。あとは、言っていることとやっていることが違う人がいるが、そのような自己矛盾による〝違い〟も許されるものではない。

消しゴムに話を戻すと、画一的に同じに作られる工業製品であっても、中には、最初から「違い」を前面に出して作られる消しゴムもある。チェコのコヒノール社のマーブル消しゴムがそれで、幾層もの色の着いた溶けたゴムを重ねて作っているらしいのだが、その模様の出方が一つ一つ違う。それがどれも個性的なのである。また別のヨーロッパの会社の消しゴムは、多少の傷や凹みは製品として出しているようである。どっちみち消しゴムというのは、相手の間違いを消し去るために自ら身を削る存在なのである。このように、鉛筆で書かれたものを「消す」という役割さえ果たせれば、消しゴムはどんな形をしていようと、どんな色をしていようと、自由なのである。

しかし現実は、である。

「楠田枝里子公式ホームページ」http://www.erikokusuta.com/eraser/cake.shtml に、このような話が書か

れてあった。（以下、引用）

実は、日本のかなり多くの小学校で、こうした面白消しゴムの使用が禁じられているという。学校指定の白い四角い消しゴムで、まじめに勉強しなさい、ということなのだろうか。いやあ、とても信じられない。

消しゴムにまで、うるさく細かい規定など設けているから、子供たちは息がつまってしまう。個性が奪われ、いっそう勉強がいやになるのだ。

生徒の自由意志にまかせておけばよい。

幸いにも私の通ってきた学校では消しゴムについてまで細かく言われなかったのであるが、もしこの話が事実なら、こういう学校であるから、「ちょっと変わった子」の居場所がなくなるのだろう。普通の白い四角い消しゴムであっても、例えば消字機能や素材やメーカーなどといった、こだわりの対象は残されているのだが、「学校指定の」という辺りが、消しゴム好きとしては何ともいたたまれない。最近は「真面目消しゴム」の中にも、「カドケシ」や「でるけし」や「フチケシ」（？）といった、いろいろな個性的な消しゴムが出ているというのに、それすらも使えないなんて……（嘆息）。

四つ葉のクローバー

表題の「他と違っていること」であるが、さながらそれは、庭に一面にクローバー畑が広がっていて、そのたくさんの三つ葉のクローバーの中に紛れて、ときどき、四つ葉のだとか、あるいは非常に稀にだが五つ葉や六つ葉のがあったりすることに似ている。

なぜ四つ葉のクローバーができるのかというと、一説には成長点が傷つけられて四つ葉になるのだと言われている。そういうのは生物学的には何とかと言うのかもしれないが（倫理的に問題があるので何とかが何であるかは言わない）、そういうものを私たち人間は、幸運を運んでくれるものだとしてありがたがっている。

私たちは、四つ葉のクローバーを見つけたとき、それが他と違っているからといって、それを排除したり廃棄したりはしない。むしろ、他と違っているからこそ、私たちはそれを大切にする。

冒頭に書いた消しゴムも、当初は、人様にプレゼントするのに不良品や傷物があったら失礼だからという理由で始めた検品だった。がしかし、《不良品》として除外したはずのものが、今では私の大切な宝物となった。私はどうしてもそれらの中に、自らの障害のために、ついに社会の規格に合わせることのできなかった自分自身を投影してしまうのである。

（二〇〇七・九）

16 自分の力でやっていくということ

「頑張り過ぎ」の弊害

世の中は、「自分の力でやっていく」というスローガンが大好きだ。でも、へそ曲がりの私は、不登校になって以来ずっと、世の中に向かって、「自分の力だけではやっていくことができない」と訴え続けてきた。というのも、私は、学校では何の助けもないまま、健常者と同じハードルを乗り越えようと努力してきたからである。しかし、普通学級でも、高校でも専門学校でも、あるいは世の中でも、自力だけでやっていくことは、私にとっては結局、不可能同然だったように思う。もし必要な支援があれば、あるいは自分の力でやっていくことができたかもしれない。仮に支援がまったくなくても、一時は頑張って頑張り抜いて、自分の力だけでうまくいっているように見えるときがあるかもしれない。しかし私の経験からすると、それは必ず後で、あるいはそのどこかで、その無理の代償を（例えば二次障害を発症するなどという形で）払わされることになるように思う。

「努力することは大切」だと言われる。しかしそれも程度によりけりなのであって、自分の経験から言って、努力の結果、病気になったり、正気を失うような努力はしてはいけないと思う。なぜかというと（ある本にも書かれていたことだが）、いつも、ふらふらになるような努力をずっと続けていると、脳が持たなくなり、次の努力ができなくなる。その結果、正気が保てなくなり、あるいは元気が出なくなり、あるいは病気になってしまうなどして、進歩がそこで止まってしまうという逆説的なことも起こり得るからである。それどころか、正気や判断力を失うと、最悪、自分の命を危険に晒したり、あるいは触法行為に発展する場合もあり得る。

なので、もし、努力するとすれば、《正気を保つ努力》をすることが必要である。そして正気や判断力を保つためには、（事情が許す限り）無茶な努力はしないで、あえて「テキトーに怠けて暮らす」という生き方もあっていいのではないかと思う。とくに、根を詰めると、もうそれだけで脳のバランスを失ってしまう向きには、常に数十パーセントぐらいの、それぞれの人に合った出力で「休み休み暮らす」生き方もあってていいと思う。怠けることがいいとは決して言わないが、しかし病気のときや、もともと疲れやすい人の場合には、頻繁に休みを取り、質の良い睡眠を確保することが必要である。

これが、機械やシステムの話であれば、性能にゆとりを持たせて設計しておかないと危ないというのがむしろ常識なのであるが（安全マージン）、これが人間の話になると、なぜか「ギリギリまで頑張れ」ということになってしまう。しかし人間も一つのシステムなのであるから、ゆとりを度外視して頑張り過ぎたら、健常者であってもいつかは破綻するだろう。とくに、うつ病や統合失調症などでは、《頑張ること》は最もしてはならないことだとされている。健常者に比べて疲れやすいとされる自閉症者の場合も（タイプによるのかもしれないが）それと同じなのではないかと思う。

「自分の力」とは何か

そもそも「自分の力」とは何か。世の中は、「自分の力でやっていこう」というスローガンが大好きだ。しかし、本当の意味で、自分の力だけでやっていけている人は存在するのだろうか。思えば、私たちの命は、日々食べるものや、水や、空気に依存している。私たちはこの地球に依存して暮らしている。その地球は宇宙のシステムの中で存在している。また私たちは社会との関わりの中で暮らしている。となれば、誰も本当の意味で「自分の力で」生きている人なんて皆無である。私たちが身の丈にあった形で生きていくためには、有形無形のインフラが必要なのである。それを無視しておいて、「私は自分の力だけで生きています」なんて豪語する人がいるとすれば、それは傲慢以外の何ものでもないだろう。

メタ支援、メタ助けの必要性

私はこの、「社会との関わり」の部分に障害を抱えている。それで、自分には助けが必要なことは自覚できた。しかし、「助けてくれ！」と声を挙げるにしても、助けがなければしかるべき相手に届かない。電話相談で助けを求めるにしても、カウンセラーに助けを求めるにしても、私は数々の失敗を通して、そのための助けが必要だと痛感するようになった。

困った状況になって、助けを求める必要が生じたときも、どこに助けを求めていいのかわからないし、仮に助けを求めたとしても、餅を餅屋で買わないで魚屋で求めようとするといった、つまり本来は発達障害の問題であるはずのものを、例えば不登校や引きこもりの支援者に求めてしまうというように、不適切な場所に助けを求めてしまったりもする。（誤解のないようにつけ加えておくが、当時は発達障害の専門家が非常に少なく、不登校になった自閉症者が相談できる場所はまったくと言っていいほどなかった。）

そうなると、それこそ彼らの言うところの「期待のし過ぎ」になってしまう。しかし、何がどう「期待のし過ぎ」なのか、じつは本人自身にはあまりよくわかっていなかったりもする。「助けてくれ」と声を挙げることそれ自体が、相手にとっては「期待のし過ぎ」ということになり、即、批判と排斥と追い出しの対象になってしまう。あるいは、助けを求めた結果が、「自分の力でやっていきなさい」と言われただけというものだったりもする。あと、「手に負えないから余所に行け」ともよく言われたものだったが、じつは、余所に行こうにも他に行く場所がなかったりもする。つまり、何か困ったことが生じたとき、助けを求めに行った先でトラブルになり、そのための助けが必要になるというわけである。

そうならないためにも、助けを求めるための助け、あるいは助けを求めて躓いたときの助けが必要だと思う。メタ助け、メタ支援の必要である。支援者と繋がるための支援、あるいは支援者から痛めつけられたときの支援である。

（こういうことは母親がすればいいという意見があるが、例えば、母親が不在といったこともあるし、親に死なれたり、また、本人が自立していて、もはや母親とは関わっていないという場合もある。私の母親に関して言えば、もともと身体が弱かったところに、「自閉症は育て方が悪い」などといった意見の世間からの批判と総攻撃で、すっかり精神的にも肉体的にも痛めつけられたために、病気になってしまい、動きたくても動けなかった事情がある。）

そこで私としては、そのような〝メタ助け〟を実践してくれる支援者や関係者がいればいいと思うのだが、しかし例えば乳幼児健診などで比較的早期に障害を発見し、支援のルートに乗せることができれば、そのような〝メタ助け〟も必要なくなるのではないか。不登校にしても、自閉症の人が学校で不適応を起こさないように手厚い支援をしていけば、そもそも本人の意思に反して不登校になるような事態は避けられたのではないか。そうなれば、自閉症者が不登校の支援者に助けを求めるといった、的外れな行動も未然に防げたはずである。

そもそも、そのような〝メタ助け〟は、幼少時に診断されず、支援のルートから外され続けてきた成人にこそ必要なものだと思う。

その点、最近では、ネット環境の普及に伴い、誰でもダイレクトに世の中に発言できるようになった。書き言葉が扱える人であれば、ネットを通じて「助けてくれ！」と声を挙げることも可能になった。しかし、書き言葉や話し言葉が不自由な人もたくさんいるし、ネットに書き込んでもその場の空気が読めず、浮いてしまって相手にされない人もいれば、掲示板にモノローグを大量に書きつけて顰蹙を買う人もいれば、あるいは中傷行為に及んで問題を起こす人もいる。またデジタルデバイドという言葉があるように、全ての人が物理的にネット環境に繋がるわけではない。例えばかつての私のように、適切な声の挙げ方がわからないために、迷っている人、困っている人、悩んでいる人も多いと思われる。なので、やはりここは、過去の当事者たちの発言や事例などから本人たちの抱える困難を予測し、これから生じるかもしれない問題に先手を打って介入する必要があるのではないかと思われる。

自力の落とし穴

あとは、助けを借りないで自分の力だけでやっていくのが、むしろ相応しくない場合もある。例えばいじめに遭ったとき、誰の力も借りないで自分の力だけでそれに立ち向かおうとすれば、それ自体がいじめになる可能性がある。犯罪に遭ったときも、やはり支援なしに自力でそれに立ち向かおうとすれば、それ自体が犯罪になる可能性がある。相手に復讐しなくても、自分の遭ったいじめや犯罪に関する情報収集をするだけで犯罪になってしまう場合もある。

そういう場合は、相手と同じ土俵に立つことが間違いなのであるが、しかし自分の力だけで対応しようとしている限り、そうする以外に方法がない。だからどちらもそうならないためには、資格と立場がある人の支援と介入が必要である。そういう場合でも、本人と警察とがスムーズに意思疎通できるための何らかの支援が必要だと思う。

それをせずに、なまじ自力だけで対応しようとしたばかりに、とんでもない間違いを犯す場合もあるのである。そしてもし実際にそうなってしまった場合、捕まるのはたいてい、要領の悪い側、また立場の弱い側のほうなのである。

感謝するということ

なるほど自分の力ではやっていくことはできない。ならばどうすればよいのか。やはり、助けを借りる以外にないだろう。助けには、こちらが求めて戸を叩いて得られる助けの他に、とくに助けを求めなくても、自然に差し伸べられる助けというものがある。だからまず、これをきちんと認識できるようにすることが必要である（もっとも、自閉症の人はここがネックとなるのであるが）。その、自然に差し伸べられる助けを認識できたなら、それが自分にとって必要な支援かどうかを見分け、次にそれに感謝するというステップが必要である。

なぜ感謝が必要なのか。もちろん、心からの感謝ができればそれがベストなのは言うまでもないが、極めて打算的な言い方をすれば、必要な助けを差し伸べてくれた人に感謝をすれば、次もその人は助けを差し伸べたいと思うだろう。が、親切にしてもらっても感謝の言葉がなければ、どうして人は次も助けてくれようと思うだろうか？

「ありがとう」というたった一言が、どんな訓練よりも、どんな努力よりも、勝っている場合がある。自分一人では何もできないからこそ、人からの助けは大切かつ必要不可欠なものである。その助けを得るために、「ありがとう」という言葉は強力なツールになる。

もちろん、自閉症の本人にとっては、コミュニケーションの不自由さなどから、適切なタイミングで「ありがとう」と言うことが難しい場合もあるのは事実である。私もかつてはそうだった。しかし、そのように言える状況にある場合には、人に助けてもらったときや、親切にされたときには、なるべく「ありがとう」と言ってみよう。下手に自分の力だけで頑張るよりも、ちょっとした感謝の気持ちが事態を打開する場合もあるからである。

私の場合、まず、人の親切を認識できなかった。そして、認識できた場合でも、それを即座に理解し、言葉にすることができなかった。加えて、人の厚意や親切に気づくのが、大人になって結構経ってから、つまり、二十歳をだいぶ過ぎてからのことで、あまりにも遅すぎたように思う。（おまけに、親切にされたことでお礼を言うことや、目上に礼儀正しく接することは「おべっか」だから良くないことなのだと、同級生たちに洗脳されていたりもした。）

そのために私はとても損をしてきたと思う。自分の力だけでどうこうするよりも、まず、周囲に対する認知の力をつけるべきだったのであって、そしてそのためには幼いときからの療育などといった、継続した支援が必要だったように思う。

そういうわけで、もし（これを読んでくださっておられる）あなたが、自閉症の人に世話や親切をして、まったく何も返ってこないからといって、がっかりなさらないでいただきたいと思う。そのときにはすぐに本人が理解できなくても、数年後、十何年後、あるいは何十年後かには必ずそれを理解して、あなたに心から、深い気持ちの奥底から感謝する日がやってくるかもしれないからである。

もちろん、不要な支援（お節介）を仕掛けてくる支援者については、混乱やパニックを防ぐためにも、こちらから見限ることも必要である。また、感謝されると中にはブチ切れてパニックを起こし攻撃的になるアスペの人もいるので、全ての人に感謝するのが相応しいわけではないと思われる。

◆　◆　◆

今までの私は、「助けてくれ！」と世の中で訴えるそのたびに、敵を作ってきたようなものだった。「助けてくれ！」の声を挙げることすら、自分の力ではどうにもならないのが現実なものらしい。そんな私の辞書の中には、至るところに「不可能」という文字が満ちている。こちら側からの歩み寄りは、どんなに努力しても、全体の半分未満でしかない。自分の力でやっていける範囲はどう頑張っても四十九パーセント止まりで（こちらも完全無欠というわけではないので五十パーセントというわけにはいかない）、残る半分は、社会の側からの歩み寄りが必要である。今の私に努力できることは、この、自分の力ではどうにもできない部分については、社会に働きかけることによって、不可能という文字を一つずつ減らしていくことである。

（二〇〇七・一二）

17　いじめられる側から見えるもの

はじめに

月日の流れるのは早いもので、私が小学校に入学してから、はや四十年近くが経った。今（二〇〇六年）から十年前、私は義務教育での体験を手記に纏《まと》めた。今日でこそ特別支援教育ということで、例えば私のような、発達に問題のある子どもたちにもようやく支援が差し伸べられ始めているが、三十年前の当時にあっては、自閉的傾向があっても知能に問題がなければ、普通学級に行く以外に選択肢はまったくなかった。それで私は義務教育期間中、ずっと自分の力で普通学級に通うしかなく、それが社会参加でありインクルージョンなのだとずっと信じていた。しかし実際には、それはむしろダンピング以外の何ものでもなかったものらしい。

いじめの構造に関する私的考察

中学時代のいじめっ子の一人は、卒業文集に、「転校ばかりで友達がいなくて寂しかった」と書き、その仲間（やはりいじめっ子）でもあるもう一人は、「人間というのは十人十色だ。いろいろあるから面白い。その多様性を尊重しなければならない」という意味のことを書き残している。でも二人とも、実際私にやってきたことと言えば、それとは正反対のことだった。つまり、「寂しかった」のほうは、実際には仲間と党徒を組んで常に私に対していじめを行い、「十人十色」のほうは、「多様性を尊重」するどころか、「寂しかった」と一緒になっていじめに加わり、いつも私を排除した。

このように、いじめというのは、巧妙に隠蔽工作が行われていて、しばしば、いじめる側の発言は、普段やっていることと真逆だったりするので、表面的にはわからない。そもそも、いじめを行う側が、自分たちのしているいじめの隠蔽をするというのは、いじめをする人たち自身が、それを悪いことだとわかっているからに他ならない。

一方、自閉症の人がパニックを起こすと、それが周囲に「いじめ」と映る場合がある。が、この場合、パニックを起こしても、本人に悪いことだという認識がなかったりするので、したがって本人による隠蔽もなされない。その結果、自閉症児によるパニックだけが表面的に目につき、その一方で、その陰で行われているいじめは目に見えないということがある。加えて、健常児は得てして口が達者である一方、自閉症の人はうまくコミュニケーションが取れず、自分の立場を言葉で説明できないために、その立場も不利になる。その結果、通常学級の中において、その中にいる自閉症の人だけがいつも悪者扱いされるという事態が実際に起こり得る。

私は入学して間もない頃、多くの自閉症者がそうであるように、いじめに限らず、教室の環境に由来する些細な刺激でパニックを起こした。でも、パニックを制して我慢することを憶えた後も、いじめは続いた。具体的には、クラスメートたちは私を刺激して爆発させる遊びを思いついた。が、そのような環境は、自閉症者のバリアフリーということを考えた場合、決して良いとは言えない。視覚過敏、聴覚過敏、触覚過敏など、いろいろな感覚の敏感な自閉症の人の特性を配慮するどころか、それとまったく逆のことをやっているからである。このように、もし本当に自閉症者の障害と特性を配慮しようと思うなら、いじめに対する配慮も同時になされなければならないと思う。

いじめへの対処を難しくしているのは、いじめに立ち向かうと、それ自体がいじめになってしまうということがある。それはちょうど、掲示板の荒らしを諌めようとして書き込みをすると、それ自体が荒らしになってしまうのと似ている。この場合、荒らしを止めさせる権限を持つのは、掲示板の管理人である。参加者という対等な立場で対処しようとしても、火に油を注ぐ結果にしかならない。それと同様に、いじめる側と「対等な立場」でいじめを止めさせることは難しい。だから是非、教室という場では、先生の立場にある方には、いじめの防止と抑止に向けて積極的に動いていただきたいと思う。

しかし私がずっと経験してきた現実は、学校で、先生の立場の人が生徒の誰かを仲間外れにするものだった。具体的には、誰でもいいからとにかくスケープゴートを作らないと学級を纏《まと》めることができない先生もいれば、単純に個人的えこひいきや、憂さ晴らしでいじめに加わる先生もいる。このように、先生が生徒に実質上、いじめを指導していることもある。

義務教育期間中、私はいろいろ転校してきたが、担任の先生が私へのいじめに加担している教室では、クラスメートたちの私へのいじめも激しいものがあった。その一方で、これは非常に稀なことであるが、担任が私に対して理解があり、かつ、クラスへの指導も行き届いていたところでは、私に対するものだけでなく、いじめそのものがまったく存在しなかった。したがって、担任の先生がいじめを行うことを止めれば、確実にいじめはなくせるのではないだろうか。仮になくすことはできないとしても、いじめを減らすことは可能だと思う。少なくとも、先生は生徒にいじめを指導したり教えたりすることだけは止めていただきたいと思う。

いじめられながらいつも考えていたこと

いじめに関する議論の中でしばしば聞かれる意見の一つに、「いじめられる側が強くなればよい」というのがある。しかし、大勢が一人の人をいじめるというのは、さながら、（ある自閉症者のエッセイにも書かれているように）レンズで太陽光線を一点に集めて対象を焦がすのに似ている。その温度がある一定以上になれば、対象が燃え尽きるのは時間の問題である。また、どんなに頑丈な金属でも、繰り返しストレスを掛け続ければ、いつかは金属疲労で破壊されてしまう。しかも、一度、割れてしまったものを、仮に元通りに接合できたとしても、どうしても強さの面で、割れる前と比較して強度が劣るのは仕方がないだろう。このように、いくら「強くなれ」と言われても限界があり、どこまでも無限に強くなることはできない。

また、「いじめられる側に問題があるのだから、それを直せばいじめられなくなる」という意見もよく聞かれる。しかし私は、ある教室ではまったくいじめられず、クラスメートとも仲良くしていたのに、転校して別の学校と教室に行くと、そこでは一転、先生からも生徒からも激しくいじめられたりもした。自分はまったく変わっていないのに、周りの環境次第でいじめられたり、いじめられなかったりした。だから、「いじめられる側に問題がある」というのは詭弁なのではないだろうか。

また、「性格に問題があるのだから性格を直しなさい」という意見もよく耳にする。私はそういう意見を真に受けて、一生懸命、「性格」を直し続けてみたものの、一向にいじめは止む気配はなかった。具体的には、例えば、「あなたは友達がいないでいつも独りでいるから、その性格を直さなければいけない」と言われ、それで積極的にいろいろな人に話し掛けた。だが、それでも友達ができないので、さらに積極的に人に話し掛けると、今度は、「あなたはしつこ過ぎる（うざ過ぎる）から、その性格を直さなければならない」と言われたりする。要するに、「○○だからいじめられる」の「○○」のところをいくら努力して改善しても、次には「△△だからいじめられる」というのが待っている。このように、「性格を直す」というのは堂々巡りで無駄な努力だったりするわけであるが、まして、「○○」の部分が障害に起因するものであれば、なおのこと本人の力だけではどうにもならない。だがもし、本当に性格を直す必要があるのなら、まず、いじめる側が、いじめる根性やその陰湿な性格を改める必要があるのではないか。

また、ずっと私を悩まし続けた、教える側・いじめる側がしばしば持っている根強い偏見に、「友達がいないことは悪いことだ。友達がいない子は悪い子だ」という考えがある。しかし、「友達がいない」理由には、例えば自閉症やアスペルガー障害などといった、先天的なコミュニケーションや対人関係の障害のためになっている場合もあるのであるから、友達がいないからすなわち人間性に問題があるというような言い方は短絡的と言わざるを得ない。また、こういう考え方が、集団で党徒を組んでいじめる行為に拍車を掛けてきたように思うがどうだろう。

いじめという戦争

いじめは一種の戦争である。戦争があれば国土も国民も疲弊するのは当然である。一方的に攻撃され、一方的に敗戦させられ、「いじめられるほうが悪い」というのは、勝てば官軍というように戦勝国側の論理である。今は普通、国同士ではなるべく戦争は避け、できるだけ外交で問題を解決しようとする。それで、（ある掲示板にも書かれていたように）もし仮にいじめられる側に、いじめる側の言うところの「原因」や「問題点」があるとして、その「改善のためにいじめを行う」のであれば、どうしてその前に、「問題点」の改善を求めて話し合おうとしないのであろうか。しかし実際には、そういう手続きが踏まれた例は少なくとも私の知る限りでは皆無で、いきなり「いじめ」という実力行使が待っている。

このように、いじめを正当化する人たちはいろいろな言い訳を考える。中には、「いじめに遭うことは社会経験のために必要だ」と言っている人までいるが、「犯罪に遭うことは社会経験のために必要だ」と言う人は、たぶん、まず普通の世の中ではいないと思う。もしもそういうことを本気で言う人がいたら、その人は一般人ではないだろう。でもなぜかこの国では、いじめを非とする社会通念が（私の知る限りでは）薄いように思われてならない。実際、二十数年前の日本のある大手新聞には、「いじめられる側に問題がある」という趣旨で、大きく取材記事が載っていたことすらあった。このように、今から二十数年前は、世の中も世論もマスコミも、いじめられる側に厳しく、いじめといじめる側に対して、とても寛大だったように思う。

当時にあって学校でいじめをやっていた世代は、今や親になり、社会人になり、先生になり、社会で指導的立場を占めるまでになった。彼らはその学生時代、「いじめは正しいものだ」という社会通念の中で育っている。今日、大人たちが働いている職場環境で、多くの人がいじめやパワハラによって人間関係で疲れ、そのためにうつ病などの精神疾患に罹患する人が増え、あるいは会社を追われ、退社を余儀なくされる人が増え、また育児の現場では虐待が増え、学校では犯罪や暴力が増え、親たちはモンスター化し理不尽な理由で教師を攻撃する、というのも、原因を過去のいじめに寛大な風潮に遡れば、それも仕方のないことだと思う。いじめが社会問題化した二十数年前以来、ずっとその対策を取らなかったツケが、今日、ニートや引きこもりや虐待が増えるという形で出ているのだと思う。

二〇〇五年、この国の人口は、戦後、統計を取り始めて以来、初めて減少に転じた。これからどんどん、この国は少子化社会に向かっていく。したがって、人材を今以上に大切にする必要があるわけであり、そのためにも、健常者、障害者、そのどちらでもない者をも含め、私たちは、この国を支える人材を、いじめによってスポイルしてしまうようなことがあってはならない。また、いじめにより精神疾患が増えるなら、それはすなわちこの国の社会保障費の増大に繋がる。いじめられる側の人間にとって、いじめは活力を根こそぎ奪い取るものである。この国の将来とその維持・発展を考えるなら、絶対にいじめを容認することはできないと思う。

（本章は『児童心理』（金子書房）二〇〇六年六月号臨時増刊号『教師と親ができるいじめの予防と早期解決』に掲載されたものに、若干の手直しを加えたものである。）

18 「みんなと仲良くする」ということ

「みんな」の定義

いまだに私にはどのようにして友達を作ればよいのか、具体的にそのやり方がわからない。「相手の立場に立って考える」と言われてみても、私はその相手ではないのだから、その立場に立った見方はできない。無理にそのようにしようとしてみても、思い切りズレた見方になってしまい、かえって人間関係がおかしくなるということもある。結果、相手の立場に立った言動をすれば、それはそれで批判や苦情が出る。それよりは、友達などは作らず、一人で行動していたほうがよいという場合もある。

学校の先生は「みんなと仲良くしなさい」と言う。しかし「みんな」と言っても一クラス当たり（私が学生時代だった当時だと）五十人近くもいる。その五十人もいる「みんな」の中には、良い人もいれば悪い人もいる。そうした人たち、つまり「みんな」と仲良くしようと試みて、それでトラブルが起これば、「どうしてあなたはみんなと仲良くできないの？」と言われる。そうでなくとも、私の身は一つだから、とても五十人の一人一人全てには対応できない。私は「みんなと仲良くする」ために、最大限の努力を払ってきたつもりである。そして今では、それが自分にとってはどだい不可能であることも知っている。

そもそも「みんな」と言われても定義に困る。クラス中の「みんな」のことなのか？　それとも学校中の「みんな」のことなのか？　ご町内の「みんな」のことなのか？　市内全域の「みんな」のことなのか？　県内中の「みんな」のことなのか？　日本中の「みんな」のことなのか？　それとも世界中の「みんな」のことなのか？　しかし世界の人口は六十四億人もいる。一方、私はたった一人しかいない。仮にそれがクラスの「みんな」を意味するのだとしても、クラス内は幾つかの派閥に分かれていて、派閥同士で反目し合っていたりもする。その全てのグループに取り入ろうとすると「八方美人」と言われて非難すらされる。だから私は考えた。どうすれば「みんな」と仲良くできるのだろうか？

必ずしも「みんな」と仲良くなる必要はない

私には苦手な人は多々いるものの、それでも嫌いな人は一人もいない。なぜなら、ずっと私は学校で「みんなと仲良くしなさい」と教わりながら育ってきたからだ。「みんな」といっても一クラスだけで五十人近くもいるわけであるが、その「みんな」と仲良くするためには、自分の好き嫌いを言っている場合ではない。つまり学校は私に、嫌いな人がいることを許さなかった。もちろん、トラブルを避けるために意図的に避ける相手はいるが、それと相手を嫌いになるかどうかというのは、また別の問題である。

しかし、「みんなと仲良くしなさい」という考え方は、健全な人間関係を築くうえでは、むしろ問題のある考え方だと思う。なぜなら、「みんな」の中には、いろんな人がいるわけで、良い人もいれば、悪い人もいれば、親切な人もいれば、穏やかで優しい人もいれば、狡猾で意地悪な人もいれば、邪悪で危険な人もいる。「みんな」と仲良くなれと言うことは、それら悪い人や危険な人とも仲良くなれと言っていることに等しい。とくに、悪い友達を作ると、それ自体がトラブルの原因となる。だがその一方で学校の先生は「不審者についていってはいけません」とも言う。しかし「みんなと仲良くしなさい」ということは、その不審者とも仲良くしなければならないという理屈にはならないだろうか？

私は、経験的に言って、とくに先生方の間では、「友達を作りなさい。友達がいない子は悪い子だ」という見方が非常に強かったように感じている。しかし、非行仲間や不良仲間をたくさん作れる人は良くて、友達がいなくて孤立している人は、友達がいないがために、（私が中学校時代に経験したように）いわゆる不良や非行よりも先生から悪い扱いや評価を受けるということが、果たしてあってもよいのだろうか？

くれぐれも、学校（そして親も）は、達成できないハードルや、矛盾した助言を生徒や我が子に与えるのではなく、本人の力でも達成可能な目標を与えてほしいと思う。私は学校の先生たちにお願いしたい。つまり、実行不可能な助言や要求は最初からしないでほしいと。それとも、助言の相手をズタボロにして精神疾患に陥らせたいのか、と。ただでさえ私は、コミュニケーションや人間関係に困難を抱えている身の上である。なので、なにも「みんな」と仲良くできなくても、その中のほんの一部だけとでも仲良くできればよいではないかと思うのだが、どうしてそれが許されないのだろう？

『高機能自閉症　誕生から就職まで』（内藤祥子著、ぶどう社刊）の五九頁にはこのような記述があるので紹介する。（以下、引用）

先生は「自閉症の子どもたちに、私は決して、友達をつくりなさいとは言いません。むしろ、やめておきなさいと言います。いじめを起こさせないように防止するためです」と話されました。私はそれを聞いて、日からうろこのような気持ちがしました。（中略）自閉症の子どもと健常の子どもをただ一緒にするだけでは、いじめが起きかねないと思います。自閉症の子どもが、いじめにあって二次障害を起こし、挙げ句の果てに引きこもりや登校拒否になってしまった悲惨な話は、数限りなく聞いています。むしろ、友達をつくることより、自閉症の子どもたちを特別クラスに置いて、いじめから守ってやることの方がどれだけ大切か、ということをわかっていただきたいと思います。

「みんなと仲良くすること」の矛盾

今では私は、「みんなと仲良くしなさい」という助言が、間違いであり矛盾であることを見抜いている。確かに理想は「世界人類兄弟姉妹」であり、地球上の誰とでも仲良く平和に暮らせるのが最善であろう。しかし現実には良い人たちばかりではない。つまり、「みんなと仲良くする」ということは、良くない人たちとも付き合うことによって、自分の身を危険に晒すことなのだ。

とくに昨今は、「モンスター・ペアレント」「モンスター・ペイシェント」などに見られるように、大人・子どもを問わず暴力的で凶暴な人も増えてきた。なので、友達を無理やり作ったり「みんなと仲良く」することよりも、自分の身の安全を守ることや、危険な人たちからは離れることのほうが大事だと思うのだがどうだろう。いじめる相手や迫害する人物と仲良くなれと強いることは、虐待に等しいことである。

さらに言えば、「みんな」の中には、私のことを嫌いな人もいる。私以外の人には、私のことを嫌いになる自由もある。そういう人とも仲良くしようとすることは、はたして相手の自主性を尊重することになるだろうか？なので、「みんなと仲良く」することを教えるよりも、お互いの自主性の尊重のためにも、友達は自分で選んでもよいということを教えたほうがよい。もちろんその中には、「誰とも友達にならない自由」も存在する。生徒・子どもたちの自主性を尊重するなら、「みんなと仲良くしなさい」とは口が裂けても言えないはずである。

確かに、生徒・児童のそれぞれの自主性で友達を選んでいたら、自閉の子には友達がまったくできないという事態になるかもしれない。しかしここで先生がクラスメートたちに、「自閉症とはこれこれこういうものです。私たちのクラスの中にもそういう子がいます。こういう手助けを必要としています」と説明してあげれば、クラスメートたちのうちの幾人かは、自発的に当該児童とお友達になりたいと考える子も出てくるのではないかと思う。

あとは、助言や要求を与えるに際して、理想と現実の乖離を踏まえてほしいというのがある。例えば、誰かと仲良くしようとしたのだが、うまくいかなかったとき、その失敗を叱ったり責めたりするのではなく、「○○ちゃんは△△ちゃんと仲良くしようとしたんだよね。でもうまくいかなかったんだよね」などといって、その努力を受容する。これが大切なことだと思う。友達作りに理想を求め、うまくいかなかったら減点したり全面否定したりするのではなく、努力したことや、少しでもうまくいった分を褒めるというのが必要である。

いじめというバリア

何でもそうだが、「できないこと」は無理にしなくても・させなくてもよいのではないか。どうしても「できないこと」を本人にやらせていきたいのであれば、本人の試行錯誤に任せるよりも、一つ一つ指導をしていくのが必要ではないだろうか。

私はごく最近になり、縁あって、あるコミュニティに参加するようになったのだが、そこでは（たまに人間特有の至らなさはあっても）故意にいじめやいじわるをしたり、足を引っ張ったりする人は、今のところはほとんどないようである。不思議なことに、そういう環境では、とくに努力をしなくても、私のような者でもごく自然に友達を作ることができるものらしい。もちろんその前に、自閉症とは何かということについて、知り合いの力を借りつつ、前もって入念に啓発してあっての話なのではあるが。

思うに、かつて学校時代にいじめに遭っていたとき、「性格を直しなさい」と言われていたのが、いかにガセだったかということに、今さらになって気がついた。いじめに遭わないために、「性格を変える努力」や「問題改善」のための努力、あるいは〝アドバイス〟にしたがって自分を変える努力が、いかに馬鹿馬鹿しくて無意味だったかということである。友達や知り合いが大勢いる人でも、攻撃的な人や意地悪な人はたくさんいる。だから性格を直すことと、友達を作ることは、本来はあまり関係がないことなのだろう。

余談だが、「いじめられる側に問題がある」という考え方は、二十年ぐらい前は大手メディアを含む世論の常識また正論とされていたようだが、今日（二〇〇八）それと同じことを言うと、倫理的に問題のある発言として捉えられ、ある大手サイトでは削除の対象とすらなるらしい。時代は変わったものである。

◆　◆　◆

くれぐれも私のような者へ助言を与える際には、「人の言葉を文字通りに受け止める」という、自閉症の特性に配慮してほしいと思う。その特性を無視しているものの最たるものが、学校の先生のいつもの口癖でもある、「みんなと仲良くしなさい」というものだ。しかし以上のような幾つかの理由により、私は、必ずしも「みんなと仲良くする」必要はないと考える。

それに気づくまで私はそれこそ、「みんなと仲良く」なろうと必死の努力をしてきた。しかし、矛盾を孕んでいる助言はそもそも実践しようがない。それを達成しようと頑張ってきた私は、なんと不毛な努力をし続けてきたのかと思う。このエッセイを読んでくださっている指導者・保護者の方々には、くれぐれも子どもたちにそのような不毛な努力を無理強いしないでほしいと願うのみである。

（二〇〇八・九）

19　アスペルガーの光と影

他と違う、いろいろなアスペたち

私は、自閉症者の持つ多様性を紹介する意味で、自らのウェブサイト(「自閉症納言」のトップページ http://www. geocities. co. jp/Milkyway-Cassiopeia/8331/index. html)に、このように書いている。(以下、引用)

自閉症は内向的な性格を指すのではありません。自閉症の人でも外向的な人はいます。訥弁な人もいれば、多弁でおしゃべりな人もいます。陽気な人もいれば、内向的な人もいます。善良な人もいれば、邪悪な人もいます。知能に障害のある人もいれば、ない人もいます。知能に問題のないものは、高機能自閉症と呼ばれます。うち、言葉に障害のないものは、アスペルガー症候群とも呼ばれます。

ひとくちに自閉症と言っても、《いろいろ》です。「これが自閉症だ」という事例は、存在しません。それは、脳のノックアウトの状態が、一人一人異なるからです。あたかも、虹の色のように、その個性はさまざまです。こうした、「自閉症者のいろいろ」については、これまた、「いろいろな自閉症者」が言及していることでもあります。実際、そうしたVarietyは、症候群としての自閉症の特徴の一つではないかと私は思います。

しかし私自身、そのスペクトラムの多様性への認識を深めていくにつれ、右記のリストに、「穏やかな人もいれば、攻撃的な人もいます。素直な人もいれば、狡猾な人もいます。正直な人もいれば、嘘吐きもいます」と、書き加える必要があるかどうか、ここ最近ずっと悩んでいる。

というのも、一般的には、人間関係や対人関係や権謀術数などが苦手とされているアスペや自閉症であるが、少なくとも私が見てきた限りでは、それらの点で一見、健常者と変わらない能力を持っている人もいるし(もちろん、それは療育の成果なのかもしれないし、あるいは、たまたまそちらの方面の能力は障害されていなかっただけの話なのかもしれないし、あるいは、その人自身の知能が非常に高いためかもしれないが)、それどころか、アスペと診断されている人の中には、ごく少数ではあるものの、狡猾さや攻撃性、あるいは相手によって表裏を使い分けたり、臨機応変に嘘を吐くスキルなどにおいて、目立ったスキルを持っている、というか、健常者以上に巧みな人も存在するからである。

にもかかわらず、一部?の専門家の間、あるいは一般認識(これも「一部?の専門家」が広めたものなのであるが)では、「自閉症の人は純粋である」とか、「アスペの人には攻撃的な人はいない」などと、まことしやか言われているものだから(もちろん、そうしたタイプが多数であることは認めるが)、そうした専門家の誤解(偏見?)を馬鹿正直に疑うこともせずに鵜呑みにしてしまった人は、いざ現実に、攻撃的で狡猾で、嘘を吐くのが巧みなアスペの人を見てしまったときに、「この人はアスペではない」と信じ込み、さらに悪いことには、とりあえずは自分の知っている他の精神疾患のうちで、その人に最も近いと思われるもの(例えば境界性人格障害など)の事例にその人を重ね合わせてしまったりもする。

そうした誤解を防ぐためには、冒頭の引用に加えて、「アスペの人の中には攻撃的な人もいます。狡猾な人もいます。嘘吐きもいます。表裏を使い分けるのが上手な人もいます」などと、関係者や世の中に周知させておく必要があるだろう。実際、アスペの人の持つ多様性を理解しようと思うのなら、美しい面はもちろんのこと、加えてそうした一部のアスペ者の持つ、負の側面についても直視する必要があると思う。

アスペまた自閉症とはかくも多様なものなのであり、それは例えば、正直なアスペの人もいる一方で、虚言癖のあるアスペの人もいる。それで誠実に悩む人もいれば、自己保身のためにそれを徹底的に利用する人もいる。天使のような人もいれば、一方で悪魔のような人もいるのが、アスペの世界なのである。

だます当事者、だまされる専門家

先に私は、「何、この人！」と言ってしまうアスペの人のことを書いたが（第9章）、その記事が出た後に、その人の日記の中で（引用は個人特定されるため避けるが）、アスペの人が、言ってはいけないことを言ってしまうことについて言及されていた。その記述によると、少なくともその人は、言ってはいけない状況が判断できなかったからというのではなくて、言ってはいけない状況がわかっていて、それでも、相手次第でそういうことを言ったらしい。少なくとも、それは一般的なアスペらしからぬことである。状況が十分にわかったうえで、あえてそうした侮蔑的なことを言うというのは、普通は、悪意か敵意のある健常者のすることである。とはいえ、「いろんなタイプ」の存在するアスペのことであるから、中には、そういうタイプの人もいるのだろう。

確かに、たまたま、あるアスペの人が、その人にとっての痛い言葉（過去の不快な記憶を想起させるものなど）、つまり、いわば〝地雷〟を踏まれてしまったときに、一時的にパニックとか、フラッシュバックとかを起こすことはあるだろう。しかし、特定の人（？）に対してのみに、とくに正当な理由もなく、常に激しい怒りを抱き、その人と会ったときには攻撃することしかできないとか、何かにつけてその人を批判するというのは、アスペという障害以外にも、何かがあると思うのだ。あからさまに人を攻撃しておきながら、周囲にはそれを「パニック」「フラッシュバック」と説明する行為は、アスペを免罪符にしていることと変わりがない。

私はこの点で、つまり、「攻撃アスペ」が真性アスペと見做されている点について、現時点では、専門家による誤診の可能性をも完全には否定しない。なぜなら、「アスペの人には攻撃的な人はいない」と発言している専門家自身が、その攻撃的なアスペの人を思い切りヨイショしていたりするからである。

なぜ、そういった矛盾した現象が生じるのかというと、普段？は攻撃的なアスペの人であっても、それがある程度の社会性を持ち合わせた人であれば（表裏のある人であればなおのこと）、社会的な地位や知名度のある専門家の前では、攻撃性を引っ込め、しおらしく振る舞うためであろう。そのため、その人の正確な全体像を把握できない（つまり、その人の裏側を見ない、または見えない）ためなのだと考える。

アスペ原理主義

アスペと呼ばれる人の中には、対人能力に欠落がある人もいる一方で、それとは逆に、対人能力において、健常者以上の能力を見せる人がいる。そういう人であっても、もしかしたら対人能力においても、じつはある程度の障害があるのかもしれないが、少なくとも私から見れば、健常者と同じ線上にいる。

そういう人には、対人能力や社会性がより障害された他のアスペの人を攻撃したり、悪く言ったり、迷惑呼ばわりするのを止めてほしい。とくに、この最後の「迷惑呼ばわり」するというのは、この世の価値観やその人の言うところのＮＴ（定型発達）のやっていることと何ら変わりがない（とくに、相手を攻撃しておいたうえで、そのリアクションを「迷惑だ」と呼ぶのは相当にアレなんだが)。そういう人が、この世の価値観や健常者の無理解を批判するとしても、それは所詮、自己矛盾でしかない。

当事者がこの世に向けてアスペの文化や価値観を発信するのは必要不可欠なことである。しかし、歩み寄りというのは相互のものであるから、自分たちが向こう側(健常者)の世界に受け入れてもらいたいと思うなら、健常者のほうからアスペのほうに歩み寄るのと同時に、アスペのほうからも健常者に歩み寄っていく必要がある。

したがって、相手(健常者、NT)の世界を、何でも頭ごなしに「おかしい」と決めつけ、排撃するというのはいただけない。確かに世の中はおかしいことだらけなのは認めるが、健常者の中にもいろいろな人がいるのに、それを十把一絡にして決めつけて批判するのもやはり同様なのではなかろうか。そういう人は、健常者やこの世を激しく批判し、攻撃するだけでなく、自分と異なる文化を持つ他のアスペの人に対しても批判と攻撃を容赦しない。残念ながら、一部のアスペの人には、そうした原理主義的な傾向が見られる。

「多様性また多様な価値観を認めよう」と人に教えているあなた(本稿の読者全員ではないが、実在の人物に直接言うとトラブルになるので、この場を借りてその人に向けて書くことにする)、なぜ、あなた自身は自分自身と異なる多様な価値観を認めようとしないのですか?

確かに、ファッションやお洒落や流行に興じている人たちについてだが、あなたから見ると表面的な、中身のない、価値のない、くだらないことかもしれない。確かにそういう価値観を嫌悪する人もいる。しかしである。

例えば、発達障害の人が衣装や服飾のセンスを磨き、ファッションデザインの世界で入賞することもあるだろうし、あるいはその世界で自立して生きていく可能性だってあるわけである。また、あなたが批判なさるところの音楽活動だが、その世界で創作的な活動をしている人が、それが切っ掛けで世の中に認められ、自立する可能性もまったくないわけではないのである。

いや、ファッションや音楽だけに限らず、芸術や文化というのは、ある人たちにとっては総じて無意味で無価値なものなのであろう。しかし世の中にはそれに情熱を注ぐ人もいるのである。多くの楽曲が（もちろん商業主義もあるにせよ）情熱によって生み出されていることを考えれば、そうした創造性と熱意を批判する人は、およそ音楽と呼ばれるものを聴く資格はないだろう。加えて、芸術的なものに接することは、あなたの言う多様性というものの本質に迫ることにもなるだろう。

さらに言えば、いわゆる〝普通〟の就学や就業の機会が閉ざされてしまった発達障害当事者にとっては、好むと好まざるとにかかわらず、（その是非は別にしても）もはや、そうした道を試みるしかない人たちもいるのである。その、いわば最後に残された道をすらも批判するということは、発達障害者の自立の可能性を否定することとも同じだと思う。少なくとも発達障害者の側に立つ発言ではないだろう。

このように、ある人たちが蔑むところの、そうしたものに夢中になったとしても、人様に〝迷惑〟を掛けたり不幸にさせたりするのでもない限り、それによって自立の機会を得たり、人生を明るく楽しく彩り豊かに生きることができるのであれば、それのいったいどこが悪いというのだろうか？　なぜそれが批判されなければならないのだろうか？

それを、ただ、馬鹿らしい、意味がない、くだらないなどと言うのは、はっきり言ってあなたの偏見である。そもそもあなたの言う「多様な価値観」の中には、あなたが理解できない、もしくは理解したくない価値観も含まれるのだから、あなたがそれを批判するのは矛盾でもあるし、また、了見の狭い見方であるとも言わなくてはいけないだろう。

おわりに

私は、その人を観察してつくづく思うことがある。それは、発達障害者がこの邪悪な世の中でやっていけるようにさせるためには、「性格を直す」ことなどよりも、じつは、嘘を吐くスキルや表裏を使い分ける技術や狡猾さを教えたほうがよいのではないか、と（もちろん、それが倫理的に許されるとは到底思えないが）。なぜなら、性格を直すという行為は、（その人が私に対して常に攻撃的であるように）攻撃的な相手を、より一層、攻撃的にさせるだけだからである。

しかし、そうした激しい攻撃性も、もしかしたら、世の中からの長期にわたる迫害体験のために、他者に対して常に攻撃的なスタンスでしか臨むことができないという、悲しい現実によるものなのかもしれないのだから、本当はそういう人に対して、愛と思いやりと赦しの精神をもって臨む必要があるのは私もわかっているつもりではあるのだが。

以上で述べてきた通り、アスペの「いろいろなタイプ」の中には、こういう例外的とされるケースもあるのだということを頭の片隅にでも入れていただけるなら幸いである。こうしたタイプの人は、表向きには立派で心地のよい言葉を発するために、その人を支持する保護者や関係者は多いようだ。しかし、そうしたキャッチーで人を引き寄せるメッセージの裏には、そうした影の部分もあるのだということを決して忘れないでほしく思う。

（二〇〇八・一二）

20

できること・できないこと

最初にお断りしておくが、私自身が「迷惑」という概念を許容しているわけではない。「迷惑」という言葉ほど、差別的で、人を排除し、社会参加の壁となる言葉もないからだ。はっきり言って私はこの言葉が世界中で一番嫌いである。がしかし一方、世の中では、そういう言葉を好んで使う人もいるし、それが社会生活を営むうえで重要なキーワードとなっているのが現実である。そして私は（自分がその言葉がいくら嫌いだからといっても）そういった価値観はそれはそれで認め、それと共存したいと思う。したがって以下は、自分の価値観とはまた別に、世の中のそれを受け入れたがために、あえて「迷惑」という言葉を用いていることをお断りしておきたいと思う。

さっそく本題だが、私に向かって「迷惑」という言葉を口にした人は、その大抵が必ずその二言目には「死ね」と言っている。つまり、「迷惑」という言葉は、「死ね」という言葉とセットになっているものらしい。どちらも、相手の存在を疎ましく思い、それを否定する言葉である。おそらくは、「迷惑」という言葉を発する人の思いの中では、「死ね」という言葉を裏に秘めているのだろう。

しかしながら、世の中が「迷惑」という言葉を好き好んで使うから、世の中にわかってもらいたいがために私もあえてこの言葉を使うが、自分のできることをしているときには人に迷惑を掛けないようで、自分のできないこと、もしくは、できても非常に無理の掛かるようなことをしているときに、他人や周囲に迷惑を掛けてしまうものらしい。人はしばしば、できないことに挑戦することを勇気があるなどといって誉めそやすが、私に言わせれば、それは、自分の能力を度外視した、問題のあることではないかと思う。

私は、できないことを拒否するようになってからは、ほとんど人に迷惑を掛けることはなくなった。二冊目の手記の末尾にも書いたが、「闘いを止めたら、とたんに世界が明るくなった」のだ（『平行線』三一三頁）。振り返って、自分が人に迷惑を掛けていたときというのは、自分にできないことを引き受けていたり、自ら進んでやっていたときだったように思う（そういう意味では、学校生活や社会参加は、自分にできないことの連続であるから、人に迷惑を掛けたくないと思うなら、学校に行かない、あるいは社会参加はしないという選択をしてもよいのではと思う）。なので、自分にできないことは、「拒否するスキル」が必要だ。拒否するスキルを持つには、まず、状況を把握し、判断する能力を養う必要があるだろう。

しかし一方、自分にできないことをいつまでもしないままでいたら、いつまで経ってもできるようになれないことも事実である。だから、そういうものが指導してもらえたり、訓練できるような場所が、成長過程のどこかにあればいいと思う。現実世界の路上で交通事故を起こせば最悪、人命に影響するが、シミュレーターの中で事故を起こしても、それは仮想世界のものに過ぎない。言い換えれば、迷惑を掛けることが許される場所、トライ・アンド・エラーができる場所が必要である。そういう場所を、失敗が決して許されない学校や実社会とはまた別の場所に作っていくことが必要なのではないかと思う。

しかし一方、いくら練習しても訓練しても、できるようになれないものがあるのも事実である。

以下、別所に書いたことを引用する。（※1）

しばしば言われる問題に、「欠点を克服して苦手なことをできるようにすることがよいのか、それとも、長所や得意なことを伸ばすことがよいのか」ということがある。もちろんどちらも大切なのであるが、少なくとも私が学校生活を過ごしてきた時代にあっては、前者の「欠点や苦手なことの克服」ばかりに圧倒的な重きが置かれていたといっても過言ではない。

しかし、当時にあって苦手なことや欠点、あるいは好ましくないとされた癖のようなものも、大人になり、年を重ねていくにつれ、とくにそれらの克服のための努力をしなくても、自然に薄らいでいくように思えてならない。それらの多くは発達の歪みによるものであるから、本人の発達と成長と共に薄紙を剥ぐように徐々に解消されていくもののようである。これは事実、いま私が興味関心を抱いている分野は、私が子どもの頃や学生時代には最も苦手な科目だったり、取っつきにくかった分野のものだったりもする。

つまり、その時は苦手と思える分野であっても、やがては時が解決する場合もあるということである。問題は、精神や脳にまつわる発達の速度が標準より遅いことで、それまでは、本人も周囲も発達障害特有のさまざまな問題に悩まされることになる。しかし発達障害の人も、時間をかけて大人になる。その発達の速度が一般よりはとても遅れているとしても、本人なりのペースで成長していくということである。

したがって、欠点、弱点、その他の克服については、その時々にとらわれず、長い目で見る必要があると思う。つまり、若いときの欠点や苦手な分野の克服は、ある程度は必要ではあるかもしれないが、それはほどほどにしておいて、それよりも長所や得意なことを伸ばすことを優先させるほうが、本人の成長にとっても効率が良く、意義あるばかりでなく、幸福な生き方にも繋がっていくのではないだろうか。

自閉症は治ることがないとされる。しかし私は、三十代そして四十代と年齢を重ねるにつれ、いわゆる「自閉症らしさ」が薄れていく感じを得ている。それは、自分で努力して克服していった分もあると思うが、それだけではなく、感覚的に言って、遅まきながら生物学的な発達を遂げていった結果、ようやく「大人」になれたのかな？　とも思うこともある。

ただ、コミュニケーションや人間関係がある程度まともになったのと引き換えに、なぜか身体症状が強く出るようになり、例えば、非常に疲れやすくなったり、不随意運動が出るようになったり、平衡感覚が以前にも増して悪くなっていたりもする(あるいは更年期障害や老化のせいもあるかもしれないが)。自閉症が穏やかになったように見えて、じつは形を変えて出るようになっただけで、基本的な障害の部分はそのままなのかなと思ってみたりもする。

もう一つ、人に迷惑を掛けるというのは、身体の調子の悪いときに無理をした結果ということもある。例えば、不随意運動が起きるときなどというのは、身体症状の他にも脳の他の場所も一時的に具合が悪くなっていたりする。そういうときに何か判断したり人と話をしたりすると、とんちんかんになって人とトラブルになるという按配である。あるいはその場で気絶して救急車が来たりしてみんなに迷惑を掛けるというわけである。だから、身体の調子の悪いときは、無理をしないで休むに限ると思う。

何ごとも、できないことはしないに限る。どうやら神様は《僭越》ということを最も嫌うものらしい。本人は努力のつもりで、自分にできないことを無理やりやっても、誰もそれをチャレンジャーということで褒めてはくれない。むしろ、それでトラブルになった、世の中に迷惑を掛けたということで、手痛いしっぺ返しが待っているのが現実だ。どれもこれも、自分にできないことをしようとした報いである。だから、世の中に迷惑を掛けたくないと思うのなら、まず、自分の能力を弁えよう。そのためには、まず、自分の能力を見極めることが必要だろう。

考えてみよう。他の人にとっては軽々できる、あることが、ある人たちにとっては必死の努力を要することであるとするならば、それは、生活の質を著しく下げることにはならないだろうか。人は誰でも幸せに暮らす権利がある。だから、自分のできないことは代替する手段があってもいいと思う。それは例えばサービスを買うことでもあるし、何らかの用具の力に頼ることかもしれない（例えば料理ができなければ、すでに調理してあるものを買うなどといったことである）。ただ、そのためには、とてもコストが掛かるのだ。

だから、理想は、自分の得意なこと、そうでなくても自分のできることで糧を得られるというのが一番良い。そうすれば、自分にとって必要な助けを買うことができる。実際には「できること・できないこと」というのは真っ二つになるものでもなく、「できること」の中にも幾許か「できないこと」が混じっていたり、「できないこと」の中にも幾許か「できること」が混じっていたりする。問題は、「できること」の中に一つでも「できないこと」があると、本来は「できること」までもが、「できないこと」に変貌してしまうことである。逆に言えば、「できないこと」も、ほんのちょっとの助けがあるだけで、「できること」に変貌する可能性もあるということである。

少なくとも私ぐらいの世代は、「自分の苦手なことをすることが良いことで、自分の得意なことをするのはわがままだ」みたいな社会通念の中で育っていたりする。社会を構成する人のそれぞれが、それぞれの得意なこと、好きなことをやっていけば、きっと世の中は多様性に富んだ豊かなものになると思う。なのに、それを阻む考えを流布させた人たち（勢力？）というのは、じつは、日本の国の発展を望まない人たちなのかなという気がしないでもない。

ある歴史上の有名な日本人は、「人間というものは、いかなる場合でも、好きな道、得手の道を捨ててはならんものじゃ」（司馬遼太郎『竜馬がゆく』）と言ったらしい。好きな道の追究ということは、自分らしさの追求でもある。赤が赤であるためには、青が青であるためには、他の色と混ざってはいけない。確かに、赤と青が混ざることで紫色ができたり、青と黄色が混ざることで緑色ができたりする。しかし、赤も青も黄色も紫も緑もオレンジも茶色も黒も白も、全部、一緒くたに混ぜてしまったら、それぞれの色を失って、全体が灰色になってしまう。灰色の世界の、いったいどこが楽しいのだろう？（実際に右記の色を混ぜると、むしろ限りなく黒になってしまうのだが。）つまり、自分らしさを保つためには、自分の色を尊重し、他の色を尊重するということが必要である。なので私は、「あなたは、自分の好きなこと、得意なことをやってもいいんだよ」、と言いたい。

（二〇〇九・三）

※1　「THE BIG ISSUE JAPAN」九五号の拙稿「幸せな生き方へ。まず長所、得意なことを伸ばす」（http://bigissue-online.jp/2012/10/02/moriguchi-naomi/）

21 働けるということ

「働かない権利」？

ある発達障害関連の番組を見ていたら、「障害者には働かない権利がある」という意味のことを堂々と主張する人がいてビックリした。おそらくは、その発想は、一部の不登校支援者・当事者たちの言う「学校に行かない権利」という発言をもじったものと思われるが、それを言うなら生存権のほうであって、働かない権利ではないだろう。なぜなら、日本国憲法では勤労の義務と権利を定めているからだ。しかしながら憲法上のその義務を果たすことは、発達障害者とってはとてつもなく高いハードルとなるのもまた事実である。例えば、私などは高校を不登校になり途中で転校していたりなどするのだが、そういった学歴上のハンディは就職の大きなハードルとなるからである。

就労と自立を阻む数々の壁

というのも、少なくとも採用側は、屈折のないきれいな履歴書、つまり、スムーズに義務教育を終え、スムーズに高校を出、スムーズに大学を出ている人ばかりを欲している。なので、学歴で躓いてしまうということは、限りなく就業を制限されてしまうことに等しいと言える。そのため、書類選考の段階で弾かれてしまうのが現実である。

　また、私の経験した限りでは、自閉症の人は不登校の支援者からも排除される（この問題については次章および二五章で詳しく述べる）。なので、就業の機会から外されるという状況を防ぐためにも、義務教育での支援だけでなく、高校での支援、発達障害者が不登校になった時の支援、進学における支援、また専門学校や大学に入った後の支援が、もはや急務とすら言えるだろう。しかし私の学生時代にあっては、そうした支援はまったく望むべくもなかった。

　さて、この履歴書というのが曲者で、（今は緩和されているらしいが）私が十代後半から三十代ぐらいの時代にあっては、「履歴書は手書き」というのが暗黙の了解であった。しかし、この手書きというのがまた大きなハードルで、ただでさえ「文字を書く」ということに困難があるところに加え、しかも「記入を間違えても修正液とかは使ってはいけない」とのことだから、履歴書一枚完成させるのに、何枚も書き直した挙句、三日三晩徹夜してようやく書き上げるというものだったりもする。しかも、書類選考で撥ねられても提出したものは返してもらえない。そういうものを十数枚も書くということは、もはやこちらの能力の限界を超えているわけで、結局、履歴書を書くという行為そのものが、採用側にとっては効率の良いスクリーニングになっていて、それによって例えば、私のような〝不適格者〟は確実に排除されていくという仕掛けだったりする。

　加えて、二次障害のためにメンタルな病気になってしまったこともいわゆる〝普通〟の仕事に就くには大きな関門である。これにも大きな二つの理由があって、病気そのもののために（少なくとも私の場合）普通の仕事はできないということと、病気であるということからくる差別の問題がある。

また、二次障害の治療のために精神科に掛かると、めちゃくちゃな投薬によって健康を奪われるということもある。今日でこそ人権ということが叫ばれるようになったので、以前よりは少なくなったものの、実際、二十数年前ぐらいまでの精神科では、患者を薬漬けにして廃人にしてしまうのが普通だったりする。治療によって殺されてしまう人もいる中、そういう状況で辛うじて生き延びたものの、それでも健康を害したり、活力を奪われてしまった人が、どうやって働いていけばよいというのだろうか？（働くとか以前に、普通に日常生活を送ることすら困難だというのに。）

さらに言えば、病気や障害を持っていると、勤労で得た所得よりも、勤労のために病気になったり持病や障害を拗らせるなどで、医療費のほうが高くつくという現実もある。そのような人の場合は、勤労は決してベストの選択ではないだろう。とくに、（発達障害者にとっては二次障害としての）精神系の病の場合は、無理をし過ぎた結果、正気や判断力を失ってしまう場合もあるだろう。

このように、社会参加しようにも、四重にも五重にもバリアが張り巡らされているというのに、どうやってそれらを自力で乗り越えればよいのだろうか。しかし仮にこれらのバリアが全て取り除かれたとしても、依然、本人自身が持つ困難、つまり、社会性やコミュニケーションの問題が残っていたりもする。

世間は私みたいな存在に「働け」と言う。しかし、いざそうしようとすると、こちらの能力を超えたハードルを用意したり、あるいは「迷惑だ」と言って排除したり、あるいは働く意欲があっても治療と投薬によって働けない身体にされてしまい、多剤多量処方などによって殺されてしまったりもする。つまり、世間は言っていることと実際にやっていることが真逆なのである。だから私は、勤労に関しても、いわゆる世間の要求をそのまま鵜呑みにしようとは思わない。

したがって、「働かない権利」を主張するのではなく、病気や障害、治療による後遺症、また適性や社会制度などのために、現実には世間の望む方法で働けない人もいて、そのために経済的に困窮する人もいるのだから、そういう人については、憲法で定めている生存権のほうで救い上げていくというのが順当なのではないかと思う。

自分にもできること

今日では徐々に達成されつつあるが、理想を言えば、早期診断を受け、幼少の頃から義務教育、高校、大学と支援を受けられるようにし、本人の能力を伸ばし、二次障害にならないように、社会的また経済的に自立できるように援助してほしいと思う。日本国憲法に従うなら、国は、発達障害者を含む国民が勤労者また納税者となれるよう、あらゆる支援と援助をするべきなのである。

しかしそれらがまったく期待できず、結果、学歴にハンディを来たしてしまった当事者にとって、残されているのはいわゆるガテン系の仕事か、さもなければ個人事業主としてやっていくしかないだろう。しかしガテン系の仕事は、注意散漫で疲れやすく体力や元気のない人にとっては最も苦手な仕事と言える（それでもそれを勤めている人に私は敬意を表するが）。となると、あとは個人事業主となるしかないだろう（ただし、それが障害者でもある場合は、障害を明らかにするという意味でもあるから、ある意味、非常な覚悟が必要なのであるが）。

そのようなわけで私は、人生の早い時期に、いわゆる〝就労〟を諦めざるを得なかった。その代わり、自分にも「できること」を、精一杯やっていこうと思い、作曲をしたり、作詞をしたり、あるいは原稿を書いたりして、いろいろなところに投稿したりしたものだった（ただ、こういうものは、とても狭き門であるという欠点がある。また、それで仮に見込みがあったとしても、相手が障害に理解がある人ではない限り、マネージャー役の人がいないとやっていけないといったことがあるのだが）。私の場合、原稿を書くには、まず、まともな日本語を身につけることから始めなければならなかったのだが、それでも、複雑怪奇な人間関係よりは遥かにやりやすかったと言えるだろう。

マスコミの偏見

このように、いわゆる「普通の仕事」「就業」とは別に、自分にもできる仕事をするという選択肢もあると思うのだが、しかしこれらには、いわゆる世間から仕事として認めてもらえないという、大きなハンディが存在する。残念ながら世間もマスコミも、そういうものは仕事をしているとは認めたくないものらしい。そのことは、例えば私が本を商業出版したときにも言える。

その昔、私が某テレビ番組に出演したとき、そのオンエアの際に、放送局側が番組のゲストの解説者の音声の出力をどんどん絞る、ということをやった。聞き取りにくいのでこちらも受信機のボリュームを上げざるを得ないのだが、十分に送信側の音声の出力が下がったと思われたところで、番組の一番最後で、いきなり元の音声出力に戻ったうえで、その番組の司会がこう言った。「次回の番組では、収入があり、自立している人の紹介です」、と。

どうやらこの国（少なくとも世論形成機関であるこの国の某公共放送）の暗黙の定義では、経済的に自立できる活動のみを仕事と呼ぶのであり、そうではない活動は、例え収入があっても仕事とは呼ばないものらしい。どこかに雇われたりしなくても、また、経済的に自立できてもできなくても、「自分にできることをする」ということが、どうしてこの日本という国では認められないのだろうか？

人間関係のスキルやいじめや意地悪、権謀術数などに長けている人だけが職場で出世し、高い賃金を得る一方で、対人関係が苦手なお人好しが職場から弾き出され、収入の機会を失うというのも、考えてみればおかしな世の中だと思う。だからもし、この世の定義するところの仕事、つまり、何らかの会社組織に属し、その中で雇われるという形態の仕事に就くことだけしか自立として認められないとするならば、(非常に残念なことではあるのだが) 非倫理的なことも敢えて教え、実践していく必要があるかもしれない。逆に、そうした非倫理的なことは一切できない、やってはいけないと思う人がいるならば、そのような仕事を含め、一切のこの世的な活動を行うことはできないと思う。要するに私が言いたいのは、いわゆる(この世の定義するところの) 自立をしている・していないによって、その人の価値を測らないでほしいということである。

過酷な労働環境

とくに、昨今の企業は労働者を正社員として雇用するのではなく、パートや派遣で賄おうとしている。また派遣側も賃金の三割とか五割をピンはねし(本来、「ピンはね」とは一割を撥ねるという意味だから、それよりも酷いということである)、生活できるだけの賃金が労働者に行き渡らないようになっている。また、厳しい労働環境のために病気や障害を負うケースも多い。それは、肉体的な傷や障害の場合もあれば、精神的な疾患の場合もあれば、あるいはその両方ということもある。とくに昨今はずっと、職場のいじめが増えていて、そのためにうつ病や統合失調症などになり、働けなくなる人も多い。

健常者にあってさえそのような過酷な労働状況にあり、身体や精神を壊してしまうのであるから、まして障害者、まして二次障害を負った人が、そうした環境でまともに働けるとは到底思えない。ある有名自閉症当事者があるシンポジウムで「障害者の雇用のためにはまず景気を良くしてほしい」という意味のことを言っていたが、今日、障害者の雇用の問題を語るには、その前に労働環境や経済の問題を語らなくてはいけないだろう。

その昔、大家族のような共同体にあっては、強健な働き手がその集団にいたお蔭で、その中に働けない人がいたとしても、その存在が許されていた部分もあるように思うし、金銭的な価値はもたらすことはなくても、共同体の中で何らかの役割は持たされていたように思う。しかし現代は核家族で、いわば国家が大家族に代わる役割を担っているようなものであるから、その集団の中にあって働けない人は、同じくその集団の中の強健な働き手によって支えられる必要がある。しかし、今の日本は働き手が金銭的に搾取され、持ち家を奪われ、過酷な労働環境によって健康を奪われ、結婚もできず子孫も残せず、生活保護者や障害者になっていく。そうした中で、いったい誰が、この国を支えていくのであろうか。

極めて大雑把に言えば、障害者が雇用されていくためには、まず健常者が健全に雇用される必要があるだろう。そのようになり、社会が潤って初めて、障害者も受け入れられるものなのだと思う。健常者がまともに雇用されない状態で、障害者がまともに受け入れられるとは思わない。また障害者が支えられて生きていくためには、健常者が健康に働けなくてはいけない。いじめのある職場では健常者も障害者も病気になってしまうだろう。なので、障害者福祉を叫ぶのであれば、その前に、経済が潤沢で、この社会が健全であることを求めなければならないだろう。

◆　◆　◆

そのようなわけで、長期不況（この原稿が載る頃は本格的な世界恐慌かも）の今日において、あまり障害者に高望みしないでほしいと思う。もちろん、障害があっても経済的に自立しているその道のエリートはいる。そういう人は、自分の得意なことを仕事に生かすことができた幸運な人なのだと思う。マスコミが成功例だけを取り上げるのも、一つには当事者たちを励ましたいという理由があるのだろう。しかし、そういうごく少数の成功した事例を追うだけで、その他多数である、自立に挫折している（そして、今も自立しようと努力し続けている）事例と、当事者たちの自立を阻んでいる社会的要因を見過ごさないでほしいと思う。少なくとも、冒頭の「働かない権利がある」などというふざけた発言をオンエアする時間があるのなら、その限りある貴重なリソースを、もっと切実な問題提起に振り向けてほしいと思うのだがどうだろう。

（二〇〇八・九）

22
追い詰められるということ

不登校になって

私が人生の中で何が最も困ったのかというと、高校で不登校になったときの支援が何もないことだった。

私が不登校になった当時というのは、まだ発達障害者への支援どころか、不登校（当時は登校拒否症と呼ばれていた）の支援もなされていない時代だった。当時の公的相談機関は、むしろ私を心理的に打ちのめし、正気を失わさせる切っ掛けになったたし（そこら辺のところは二冊目の手記『平行線』七四 - 九八頁に詳しく書いたたし、当時はカウンセラーというのは資格なしに誰でも自由になれるものだった）、今では不登校生の居場所と見做されている通信制高校も、当時は「働きながら学ぶ社会人のためのもの」で、私のように普通科高校から通信制高校に転校したというケースは、「二十年のこの学校の歴史の中でも、おそらくこれが初めてではないかと思います」と言われたりした（『平行線』一〇七頁）。

で、当時の「登校拒否症」の対応というのは、投薬治療がデフォルトで、医者の処方からしてオーバードーズで、そのために患者は薬によって動けなくされ、そのために健康を損ねたりもした。その当時から数年後にぼちぼち世の中に現れ始めた、いわゆる登校拒否の何とかの会などは、私が投薬治療の害について訴えても、「どうしてそんな治療を受けたのですか」「どうして薬に頼ったのですか」などと上から目線で決めつけて言うだけで、（少なくとも一九八八年九月の故・稲村博氏による「三十代まで尾を引く登校拒否症」（朝日新聞）という発表があるまでは）投薬治療を受けた当事者の声は受け入れていなかった。というか、むしろ、そうした害について訴えることは、少なくとも私が直接彼らと関わって知り得た限りでは、当時の彼らの世界ではタブーだった（今日では状況はだいぶ変わっているのかもしれないが）。

当時何が最も必要だったのかというと、やはり、きちんとしたカウンセリングを受けて、（例えばいじめなどの）学校生活から来る心理的負荷を軽減してほしいというのがあったわけで、それは、ただ学校を休めば解決するという問題ではないのである。というのは、私のような者は体験による記憶が焼きついてしまうわけであるが、そうした忌まわしい記憶が頭の中で勝手に反復して、結果、学業や受験勉強に影響を来たすということがある。つまり、発達障害者のカウンセリングには健常者とはまた違った対応が必要だということである。

あとは制度的な問題というか（これは前にも何回か書いたが）、今では高卒認定として知られる当時で言う大検であるが、体育実技試験を免除されるのは身体障害の場合のみであり、私のような障害は障害として認められておらず、結果、他の科目には問題なくても、体育という科目だけが不合格になるために大検を通ることができないという問題もあった（幸いなことに今日の高卒認定では体育実技試験は存在しない）。

それで、不登校になって何が一番困るのかというと、その後の進路が絶たれてしまうことである。例えば、世の中の多くの資格試験は大学の特定の単位を修めていることが必須だったりするわけであるが、大学に行けないということは、世の中に存在する多くの資格が取得できないということにもなる。だから、その後の進路は、必然的に学歴に依存しないものの中から探していかなければならなくなる。しかしこれらも、社会性とコミュニケーションの不自由さとスタミナ不足などのために極めて困難だったりする。

最近、発達障害当事者のスピーカーがたくさん増えてきていて、その多くが大学を出ているようであるが、彼らの多くは就業の困難さを訴えることはあっても、就学のそれを訴える者は少なく、まして不登校経験を訴える人はまだいないようである（もしかしたら語っているのかもしれないが、たぶん編集でカットされているのだと憶測する）。そうした人たちには、どうやって学生時代を乗り越えてきたのかを是非語っていただきたく思う。というのは、この国ではおおむね、学歴があっての就業だからである。

支援者の無理解

さて、私が不登校になってからだいぶ後になって、雨後の筍のように出てきた不登校関連の（今日でいう）NPOたちであるが、彼らは善意のボランティアではあっても、発達障害の専門家ではないから、発達障害の人が救いを求めても、それは彼らが私に言うところの「期待のし過ぎ」ということになるらしい（聞くところによると、引きこもりやニートの支援者についても同様のことが言えるらしいが）。やはり（何度も言うようだが）、餅は餅屋で買うべきなのであり、魚屋や八百屋とかで買うべきではない。しかし不登校や引きこもりの中には発達障害が原因でなるものもあるのだから、総合スーパーに行けば何でも売っているように、彼らが発達障害に対しても理解を持っているに越したことはないだろう。

しかし現実は（全てではないとは思うが）一部？の不登校関係者は、発達障害という概念そのものを、「近年の発達障害ブームには困っている。昔なら普通学級でよかった子どもが、どんどん障害者にされていく」などという言い方で頭ごなしに否定する傾向がある。しかしそれは、「障害者にされていく」のではなく、障害がありながら今まで障害認定されなかった人たちは、普通学級に通うしかなかったのが現実なのだと私は言いたい。さらには、そのような、「自分の力で普通学級の中で頑張ってきた」障害当事者について、彼らは、「学校に頼らないで自分の力でやっていく」という言い方で愚弄したりもする（実際、学校や支援の外で発達障害者がどうやって「自分の力で」やっていけばいいというのか）。また近年、彼らは「リタリン」やSSRIといった、発達障害者にとって必要不可欠な医薬品についても疑問の声を投げかけたり、さらには、「特別支援教育」に対しても露骨に反対の声を挙げていたりもする。

このように、彼らは発達障害の概念やその具体的な支援手段や救済手段を否定することで、発達障害者の自立の足を引っ張り、その利益を侵害していると言わなければならない。その一方で彼らは、発達障害当人のハンディや困っていることは、全て本人の性格や努力不足のせいにして、（彼らが実際に私に対してそうしたように）本人を責めるという有様だ。

また、不登校関係のNPOによっては、彼らより以前からの発言者を駆逐しているところもある。これは私の経験だが、一時期、私はある不登校関連の（今でいう）NPOに頻繁に投稿していたことがある。しかし、そこのNPOで発行される通信には、私が投稿するたびに、私の原稿は没にする一方で、その内容とは真逆な記事や、明らかに私の投稿した内容への反対意見としか思えない記事がタイミングを合わせて何回か載ったりもした。このことからも、彼らは、自分たちと異なる立場や意見を持つものを排除しようとしていることが窺える。このように、限りある私の経験と独断と偏見から言わしてもらえれば、彼らと関われば関わるほど迫害されるだけだし、最悪、意見や立場の違いなどから大勢から吊るし上げられそうになることもある（本書二五章の一八六頁参照）。

「ゴキブリを一匹見たら百匹いると思え」、ではないが、少なくとも私の知る限り、フリースクールや不登校生・引きこもりのためのいわゆる「居場所」に期待するのは問題かもしれないだろう。ときおり報道される暴力・殺人事件にまでは至らなくても、有名どころにも酷いところがあるからである。彼らの一部には、相談者を心ない言葉で自殺に追い込み、さらにはその隠蔽や言い訳をそこの発行物で行うところもある（本書第一二章の七二〜七三頁を参照）。そうでなくとも、彼らは相談に来る当事者を情報源として自分たちの売名行為に利用した後は、ただ、捨てるだけでしかないからである（以上は、今から二十年くらい前に、私が実際に複数の団体の複数の不登校の支援者たちと関わった感触から書いている。今日では多少は事情が変わっていることを願うのみである）。

つまりは、今は大人となっている、こうした当事者が社会的に頼りにできるようなインフラは、（少なくとも私の経験で見る限り）どこにもないものらしい。本来なら味方となり、本人を支えなければいけない人たちが、当事者に敵対し、迫害するものになっているからである。

発達障害への偏見

このように、発達障害の当事者は支援を求めた先でもいろいろと迫害されるわけであるが、世の中の偏見に、「発達障害の人は犯罪率が高い」というのがある。実際、その昔（一九六〇年代ぐらい）に米国で、今で言うアフリカ系米国人の犯罪率が高い、と、まことしやかに言われていた時代がある。しかし今日ではそれは、彼らが教育や雇用などの、当時の社会的インフラの恩恵に浴する機会に恵まれなかったためと認識されている。

当時の彼らへの偏見とまったく同様の言われ方が、今日の日本の発達障害の人たちに対してなされているのは偶然だろうか？　しかしそれは、発達障害の人だから犯罪率が高いというのでは決してなく、（障害の有無とは関係なく）正気を失った人が犯罪を犯すのであり、発達障害の人が正気を失うまで追い込まれる事態が多いということである。

今、成人となっている多くの発達障害の人たちは、まさにこの国の憲法で定められている、「その能力に応じた、適切な教育」を受けてこなかった。また、しばしばいじめなどの対象となりながらも、相応しい支援を受けることなく過ごしてきた。今日、義務教育における発達障害者への支援は徐々に進んでいるが、成人への支援はこれからである。彼らが社会の一員として責任ある義務を果たすためにも、発達障害者へのより一層の支援と理解を社会に普及させる必要があるだろう。

このように、つい最近まで、発達障害者がいったん不登校になったら最後、本人の自立の可能性が絶望的にまで断たれてしまうのが現実だった。なので、もし国や民間が、そうした人たちに教育や就労といった自立の機会は提供できませんと言うのなら、国はそうした人たちに、いわば最後のセーフティネットとして、最低限生活できるだけの社会保障を用意するべきだろう。またそれを可能にするための、国家レベルの潤沢な経済活動が必要である。しかし今の時代、それすらも危うくなっているのだが、最低でも国富が流出するような事態は避けるべきだろう。

犯罪の引き金

昨今の恐慌により、今や五体満足な健常者であっても、何の予告もなく突然解雇されてしまい住まいを追い出されるわけである（その結果、健康にも害を及ぼし障害者となっていく）が、追い詰められる健常者が増えるに従い、健常者による犯罪が増え、社会不安が増してきているのも事実である。人が自暴自棄になるほど危険なこともないだろう。それは実際に自暴自棄になってみればわかることである。それは得てして、自殺や犯罪などの引き金になるからだ。つまり、健常者・障害者を問わず、「追い詰められた人」を救う何らかの手立てが緊急に必要であるだろう。それは、追い詰められた当人のためだけのみならず、同時に、社会を犯罪から守ることでもあるからである。

犯罪の中には、あくまで悪意と憎悪によって計画的に引き起こされるものもある一方で、それとは別に、追い詰められて正気を失った結果、突発的また衝動的に起こるものもある。後者の場合、本人の精神が混乱していることは本人自身が一番よくわかっているわけで、その混乱を解消しようとするがために、信頼に足ると思われる専門家や関係者や支援者を頼るわけなのだが、その期待が外れたとき、あるいは相談やカウンセリングなどによってさらなるトラウマを負わされたときは、あたかも緊張した最後の糸が切れるように、一気に壊れてしまう。そのような場合は、犯罪を犯したくて起こすのではなく、最後の望みが潰えたために自分の意思とは関わりなく、絶望と狂気のためにそうなってしまうのである。

そのように人間が壊れてしまう体験は拙著の手記の二冊目にも書いたが、そういうことが良くないことであることは、もちろん本人自身が一番よくわかっている。それを悪いといって非難するのは簡単だ。だから、そういう不幸な事例を防ぐためにも、専門家や関係者、あるいは発達障害の枠を超えて、誰であれ人の相談を受けることをなりわいにしている人は、誰であれ人が悩みの相談を持ち掛けてきたときには、真摯に受け止めてほしい。たとえ、解決策の見出せない八方塞がりな状況であっても、話を聴いてくれる人がいて、相談内容をしっかりと真剣に受け止めてくれる人がいてくれるだけでも、気持ちのうえでだいぶ違う。

とくに、いじめ被害に関する相談を「そんなことはない」などと言って受け流したりすると、結局は被害者は自分一人でいじめ（もしくはいじめる人物）に立ち向かわなければならなくなる。それはつまり触法行為を犯さざるを得なくなる場合もあるということである。もちろん、そうならないための相談、言い換えれば、追い詰められた深刻な相談は、一個人で受け止めるには重過ぎるかもしれない。だからこそ、何らかの対策や支援が必要だろう。その「何らか」が具体的に何かについては今はすぐに言えないが（それを具体的に考えていくのは専門家の仕事だと思う）、そのヒントとなることは、今までの私の著作や言論や作品の中でも精一杯訴えてきた。

言うまでもなく、そこまで発達障害者が追い詰められないようにすることはもちろんであるが、不幸にも追い詰められたときのセーフティネットもまた必要であるということである。それにも二つあって、一つは、物質的な必要を支えるもの、そして、もう一つは、精神的な支えとなるものの両方が必要である。「人はパンだけで生きるものではない」（マタイによる福音書四章四節、新共同訳）からである。

相談を受け入れるということ

そのようなわけで、職業上の立場であれ、個人的立場であれ、寄せられる相談にはなるべく乗ってほしいものである。ただ残念なことに、相談する振りをして他人を中傷したり人を騙そうとする心ない人がたまにいるので、そのようにして寄せられる相談の全てを受け入れてよいわけではないのは言うまでもない。というのは、例えば、出会い系サイトなどの「サクラ」（なりすまし）が、深刻な内容（じつは架空）の相談メールを出してきて、それに返事をすると「サイト利用料」として、法外な値段を要求される場合もあるからである。

あとは、あまり親しくもないのに、あるいはほとんど初対面の状態でいきなり深刻な相談を寄越す人というのは、本当に深刻な場合もあると思うけど、だいたいは裏があると思っておいたほうがよいかもしれない。というのは、そのようにしてお人好しを同情・信用させて、その人の側につかせようとしたり（つまり、その人にとっては排斥したい特定の人物がいるので、自分の側についてくれる味方を増やそうとしていたりなど）、利用しようとしたりする場合もあるからである。逆に言えば、親しくもない人や初対面同然の人に相談を差し上げたなら、裏があると誤解されることもあるということである。

こう書くと、「相談や悩みごとがあるなら対価を出してカウンセラーなどに掛かるべきではないか」という意見が出そうだが、少なくとも私の個人的経験では、〝カウンセラー〟に相談して酷い目に遭ったことがあるので、本音はむしろカウンセラーに頼るなと言いたい気持ちだ。なぜなら、自分のことは結局は自分しか知らないのだし、他人に相談しても、その相談はその人にとっては所詮、他人ごとであるからだ。それよりは、自分で情報収集してなるべく自分で判断したほうがよいと思う。その情報収集の手段として専門家に頼るのはアリかもしれない。あと、自分の相談内容をよく吟味するなら、その中に答えが含まれている場合もあるだろう。

「期待のし過ぎ」

そのようなわけで、私個人に関して言えば、いろいろな理由から、人に相談する代わりに原稿を書いたほうがましだと考えている。なぜなら、相談するたびに裏切られ、そのたびに敵を作ってきたからだ。相談しても、その声はどこにも届かないことを私は知っている（もちろん、相談相手の心にも）。とくに、前例がない事例は、相談してもナンセンスと知りおくべきだろう。人によっては無理難題を吹っ掛けていると思われて怒り出すからだ。

だから今後も私は過激なことを書くかもしれないし、場合によっては私の書いた原稿によって人を怒らせることがあるかもしれない。もしそれが駄目だというなら、私のような者の相談を受け入れることのできる、人なり場所なりシステムなりを今すぐにでも用意してほしい。でもそれを言ったなら、必ずや、「期待のし過ぎだ」「手に負えない」という声が待ち受けているだろう。

その昔、私が中学生のときに「いじめ問題」で相談したとき、世の中はそれを「期待のし過ぎ」「手に負えない」として、誰も取り合おうとしなかった。

その昔、私が高校に行けなくなったときに「登校拒否症」の問題で相談したとき、世の中はそれを、「期待のし過ぎ」「手に負えない」として、誰も取り合おうとしなかった。

その昔、私が二十代になって、今でいうニート、引きこもりのことで相談したとき、世の中はそれを、「期待のし過ぎ」「手に負えない」として、誰も取り合おうとしなかった。

でも、今日の世の中では、「いじめ問題」に真摯に取り組む人も出ているし、また、「不登校」にしても、ニートや引きこもりの問題にしても同様である。このように、かつては「重すぎる」とされた相談、つまり、かつて世の中のいわゆる〝関係者〟〝支援者〟が私に対して「期待のし過ぎ」「手に負えない」と言って取り合わず門前払いにしてきたことも、今日では、きちんと向き合っている人たちがいるということである。

だから、(これはとくに不登校・引きこもり支援の関係者に言えることなのだが)相談者を頭ごなしに「期待のし過ぎ」「手に負えない」と決めつけないでいただきたいのである。最低でも、「手に負えない」とされる当事者が声を挙げることを許してほしいし、せめて、声を挙げる機会を授けてほしいのである。そして、できれば、そうした発言に対して、世間もマスコミも、もっと注目していただきたい。

かつて、今から二十年前に、「三十代まで尾を引く登校拒否症」(一九八八年九月、朝日新聞)という発表をした先駆的な研究者に対して、いわゆる市民運動家たちが集団による抗議運動で、その研究者を社会的に葬り去ってしまったことがある。あれから二十余年が経つわけであるが、当時三十代だった「登校拒否」の当事者は当時と同様、五十代の無職となった今でも世の中から放置されているのが現状である。しかしその研究者個人に集団で抗議したその運動家たち自身は、当時で言う二十代後半だったかつての不登校の当事者であった私の声を受け入れようとはしなかったし、その訴えにも耳を貸そうとはしなかった。

実際、彼ら（不登校・引きこもり支援の関係者）は現在も、「中年になった引きこもり」に対しては、相変わらず冷たい態度を示し続けている。事実、三十五歳以上の無職は統計上ニートに勘定されることすらない。最近、厚生労働省がようやく重い腰を上げ、今年度から引きこもりの支援を四十歳までに引き上げたが、それ以上の年代にはまだ支援の手が差し伸べられていないのが現実である。

思うに、それらの世代は支援者の「手に負えない」ので、おそらく故意に省かれているのだろう。というのは、現実的問題というか、その手のＮＰＯも利益を上げなければならないわけなのだが、そのためには当事者を社会参加させたという実績が必要である。しかし、三十五歳以上の引きこもりの人は就職が難しく、また深刻な問題（親が高齢、または死別など）を抱えている場合が多いからである。このように、本当に救いが必要なところは今のところ無視されているのが現実である。

これは「中年になった発達障害者」に対する支援も同様である。というのも、引きこもり・ニートの中には発達障害のためになっている人たちもいるからである。なので、このまま行けば、いずれ「老年となった発達障害者・引きこもり」について相談するかまたは声を挙げざるを得なくなるのは必至なのだが、そのときもやはり今までと同様に、「期待のし過ぎ」「手に負えない」という批判を甘受しなければいけないのだろうか？（もっとも、老年の当事者の問題を発言しようとすると、私より年長のアスペ当事者に攻撃されるのが頭の痛い問題ではあるのだが。）少なくとも、こうした支援から置き去りにされた当事者が、行政や民間の福祉や支援を期待するのは、世の中または〝常識〟の言い分に従えば、たぶん〝間違い〟なのだろう。

◆

◆

◆

そもそも私の発言活動は、世の中にSOSの声を挙げることから始まったのだが、ずっとこう書いていると、少なくとも私にとっては、なんか世の中は実際にはずっとシフトしているだけで、自分を取り巻く環境の状況はあまり変わっていないという気がしないでもない。それはあたかも、蜃気楼か虹を追っているみたいでもある。世の中に、こちらからいくら歩み寄っても、世の中と自分とはいつまで経っても平行線なのである。しかしそれでも、声を挙げること自体は無駄にはならないと思う。なぜなら、今、自分の役には立たなくても、必ず、後世の役には立つからである。

（二〇〇九・一二〜二〇一〇・三）

23
学校というもの

いじめの本当の原因

なんで学校という場ではいじめが起こるのか。学校に限らず職場でも近所でも、およそ閉鎖社会と呼ばれるところ、濃い人間関係の存在するところでは、必ずいじめが発生する。今まで私は学校でのいじめをなくそうと、学校改革の方法についてずっと悩んできたのだが、最近になって、それは「囲い」の問題なのではないかと思うようになった。つまり、学校という場は、同じ囲いの中にヒツジとオオカミとを共に入れているようなものであるからである。

ならば、ヒツジならヒツジだけで、オオカミならオオカミだけでそれぞれの囲いに入れてやればとも思うのだが、（「さかなクン」さんがかつて朝日新聞（二〇〇六・一二・二掲載）で書いていたように）同じ水槽に入れられた同一種類の魚というのは、必ず「いじめられ個体」が発生するものらしく、その個体を取り除いても、また別の個体が「いじめられ個体」として発生するというのである。このことからも、「いじめられるほうが悪い」という考え方は、まやかしであることがわかるだろう。

私は子どもの頃の虫取りで、カマキリと蝶を同じ虫かごの中に入れておいたことがあるのだが、当たり前のことながら、蝶はカマキリによって捕食されていた。もし、虫かごの中で蝶とカマキリを一緒にしなければ、少なくとも蝶は広々とした空間の中で生きていけただろう。しかし、狭いかごの中のカマキリの存在が、その命を落とすものとなった。

あるいはこうも言える。土器と磁器を同じ洗い桶の中で掻き回せば、繊細なほう、弱いほうが真っ先に壊れてしまう。やはり、理想は個別に洗ってやることなのだが、それが不可能な場合でも、せめて土器同士で、磁器は磁器だけで洗ってやるというのが、常識的なやり方だと思うのだがどうなのだろう。

しかし、人間が相手となると、なぜか話が違ってくる。弱い人間に「強くなれ」と言ってみたり、自分より強い相手に向かって「逃げないで、立ち向かえ」と言ってみたりする。しかし、人間の多様性ということを考えるなら、強い人間も、弱い人間も存在していいではないか。カマキリはカマキリのままで、そして蝶は蝶のままでいいではないか。土器と陶器と磁器の違いや個性を認めてほしいし、磁器に陶器や土器並の〝強さ〟を求めないでほしいと思う。

話が逸れたが、このように、いじめ問題は、しばしば当事者間の問題とされがちだが、そのじつ、「囲い」「分類」の問題だと思われる。のであれば、「いじめ」をなくしたければ、まず、「囲い」をなくすのが先決だと思われる。つまり、今の学校教育そのものを根本から見直さなくてはならないということでもある。そもそも、狭い部屋に数十人を押し込めて授業をするというスタイルを、いったいどういう理由や根拠から、百年前から変えずに今日にまで継承しているのかということである。

危険な学校

しかしもしどうしても生徒を「囲う」のなら、せめて囲いの中だけは安全に保ってほしいと思うのだが、どうやら学校という場は、それすらも期待してはならないものらしい。

拙著の一冊目の手記（『変光星』九九 - 一〇二頁）にも書いたが、私は小学校の頃、学校の写生の時間に、学校の敷地内で給食搬入のトラックにぐるぐる追い回されたことがある。しかしその事実を先生に伝えることは、「言い訳はよしなさい」ということで、先生により固く禁止された。もう一つの私の経験だが、私はドッヂボールで至近距離から頭を攻撃されその場で気絶したことがあるのだが、その場で救急車が呼ばれることもなく、ただ、横にされただけだった（同二七八 - 二八二頁）。

このように、生徒は、学校で命に関わるような危険な目に遭っても、学校関係者の誰にも訴えることはできないものらしい。自分の命を守ることすら禁じられるのであれば、もはや、学校に行くのは危険極まりないことだろう。

本稿を書いている時点でもこういうニュースがあった。部活で熱中症で倒れた生徒の腰を蹴って平手打ちして生徒を死なせた先生が、停職六カ月で済んだというものである。このように「囲い」の中で事故や事件が起こったとしても、首謀者はいとも簡単に許されてしまう。一方で、被害者の命はとことんまで軽視される。このように「囲い」の中は治外法権なのであり、この世の法律が通らない、いわばアウトローな場なのである。そういうところに自分の身を預けることが、とても正気の沙汰とは私には思えない。

なので、現在いじめられていて緊急避難を余儀なくされている人は、とりあえず、危険な囲いから出る必要があるだろう。ウサギを餌にするのでもない限り、狂犬とウサギを同じ囲いの中に居続けさせる必要はないのである。確かに、義務教育はこの国の憲法が定めていることであるが、同時に私たちには生まれながらに生存権がある。自然法に従えば、学校と命とどちらが大切かということである。

いろいろな試み

もしも「囲い」が必須のものだとしても、せめて最低、ヒツジはヒツジ同士で、オオカミはオオカミ同士で分けてやればとも思うのだが、変な平等意識のせいで、それすらもできなくされている。もしそうした意識を変えることができないのであれば、安全な「囲い」に移動するか、「囲い」を取り外す（もしくは、「囲い」から出る）以外にないだろう。

問題は、どのように「囲い」を取り外すかなのだが、それこそ創意工夫に富んだいろんな方法があるだろう。「脱・学校」の動きの中でいろいろ模索する人たちがいて、例えば、フリースクールやホームスクーリングを試みる人たちもいる。また、バウチャー制度[※1]を提唱するいじめ研究の専門家もいる。ここではそうした一つの、私の案を書いてみることにする。つまり、ネット社会における義務教育のあり方についてである。

私はなぜ放送大学を蹟いたか

なぜ、ネット社会である今日において、勉強は学校で大勢集まって学ばなければならないのか。すでに塾ではいろいろな業者によってネットスクールが展開されているが、それと同様のものを義務教育・準義務教

※1　バウチャー制度（教育バウチャー）とは『ウィキペディア（Wikipedia）』によれば、「私立学校の学費など、学校教育に目的を限定した「クーポン」を子どもや保護者に直接支給することで、私立学校に通う家庭の学費負担を軽減するとともに、学校選択の幅を広げることで競争により学校教育の質全体を引き上げようという、私学補助金政策」のことを指すが、ここでは、さまざまな市民団体やＮＰＯ等が展開する教育システムを受講することを同様のクーポンで賄おうとすることを指す。

育課程にも含めてほしいということである。

以前、私は放送大学に在学していたことがある。なぜなら、「番組を見ながら」授業を受けることができるという触れ込みだったし、これなら自分でもできるという見込みがあったからである。しかし、実際に在籍してみると、いろいろと躓くことになった。例えば、中間レポートは自宅でそのまま出せるものもあるのだが、中には、「現地の○○に出向いて調査してそのレポートを提出せよ」というものもあった。当時、外出に困難を抱え、パニックを起こすため、一人で電車に乗れなかった私にとってそれは大きな障害になった。

また、試験の場合も同様で、やはり「学習センター」に自分の足で出向かなければいけない。しかし、右記の理由に加え、病弱のため、試験当日に現地に出向けなかったりもした。この中間レポートや、試験のところも、全てネットで済ますことができれば、少しは私にとってもやりやすいところとなったと思うのだが贅沢だろうか？

さらに言えば、学習センターの人間関係ということがある。放送大学には、障害者も来るには来ているのだが、そのほとんどはカルチャークラブ感覚の社会人である。だから障害を持った人はどうしても浮いてしまうということがある。

何よりも、放送大学で最大の困難となったのが「体育実技」だった。今日では状況が改善している（体育実技が必須ではなくなった）が、当時は体育実技が必須で、「いろいろな団体が主催する体育関係のイベントに個々が参加することで単位を修めてください」という通達だった。しかし私の場合、そもそもコミュニケーションがアレだから、「いろいろなイベントの主催者」とコンタクトを取る段階で躓いてしまったりする。それがうまくいった場合でも、「事前のトラブル防止のため、障害をカミングアウトする」と、とたんに「参加しないでください」と主催者から通達があったりする。つまり、少なくとも私にとって、体育実技の単位の修得は事実上、不可能だったりもした。

しかし、(体育実技は別として)学校運営の全てをネット上で展開するなら、授業も、中間レポートも、期末試験も現地に行かずに済ますことができる。また、体育実技や部活動の類についても、前述のバウチャー制度を用い、かつ、きちんと障害者を差別せずに受け入れるところ、もしくは、その障害に合わせて受け入れるところがあるなら、あるいは私のような者でも単位取得が可能になるだろう。

あと、蛇足かもしれないが、学校をネット上で展開すると、しばしばいじめの恰好の場となり得る「休み時間」や「掃除」や、体育館での椅子並べなどという苦役からも開放されるのである。私は平衡感覚が生まれつきとても悪いから、教室から椅子を持ち出し体育館まで運ぶのに(とくに階段に差し掛かる辺り)多大な苦難を要したりもした。この種の物理的な危険と苦役を伴う雑務もネットスクールなら関係なくなる(もっとも、掃除のスキルは金を稼ぐ手段になり得るから、学校の掃除の時間はむしろ必要だと主張する専門家もいるのだが)。


このように、もしネット上で授業・試験が完結する学校があるなら、それは取りも直さず、今の学校でのいじめ解決の切り札になるだろうことは想像に難くない。とくに公立の学校をネット上の学校で設立すれば、前述のバウチャー制度による私学助成といった現行の憲法との矛盾点も解決できるだろう。少なくとも今日では、話も手紙も買い物も外出せずともできるのである。学校が物理的に危険な場所となっている今日、学校もそのようにある必要があるだろう。

その他考えられる方法としては(もちろん、十分な議論のうえであるが)、現在、高卒認定として行われている試験に、新たに、中卒認定、小卒認定を加えることである。いずれも、「こうあるべき」であるとまでは言わないまでも、少なくとも一つの方法として試してみる価値はあると思うのだがどうだろう。

（二〇一〇・九）

24　再び〝性格を直す〟ということ

私が学校という場で頻繁に言われた「忠告」また「常識」に、「友達を作りなさい」「性格を直しなさい」「勉学よりも性格が大事」「性格に問題があるからいつも独りでいるのだ」「いじめられるあなたの側に原因があるのだから、その原因をなくせばいじめはなくなる」などというのがある。あまりにも頻繁に言われ続けたので、そのように洗脳されてしまったきらいすらある。私がまだ若かったときは、それら〝忠告〟〝常識〟を鵜呑みにして、その通りにしようと努力してきた時期もあった。

例えば、「友達を作りなさい」という忠告についてだが、友達というのは相互の関係である。だから、一方が友達になりたくないのに、もう一方がその人と友達になりたいと思っていくら努力しても、残念ながら友達にはなれないと思う。友達になるためには、お互い双方の側で、友達になりたいと思っている必要がある。だから、例えば自閉症者Aが、健常者Nと友達になりたいと思っても、健常者Nの側で、自閉症者Aは得体の知れない奴であるから自分たちの友達にはしたくないと思っているのであれば、Aは健常者Nと友達になることはできない。Aに友達ができるためには、最低でもNの側に、Aと友達になりたいと思っていることと、Aの障害に対する理解があることは必要なことだと思う。その理解を呼び掛けるのが、クラスメートの担任を始めとする先生方に課せられた役割だと思う。

またNの側にも友達を選ぶという、選択の自由がある。相手NがAとは友達になりたくないと思っているのに、Aが一方的に友達を作ろうといろいろアプローチするというのは、どんなに努力してみたところで（というか、努力すればするほど）、Nにとってはただ、「しつこい」「ウザい」「迷惑」なだけのことなのではなかろうか。そのような不毛な努力を続けるぐらいなら、勉学に努力を注ぎ込んだほうがどれだけ本人にとっても益のあることかと思う。とくに集団的いじめがある場所では、周囲が本人を、わざわざ「浮かせる」ように行動しているのだから、いくら友達を作ろうとしてもそれは非常に困難なことであると言わざるを得ない。

なぜか学校というところには、少なくとも私の世代では、小学校でも中学校でも高校でも専門学校でも、「友達を作れ」という強い圧力が存在したように思うのだが、しかしよく考えれば、学校は勉強の場であるのであれば、友達作りよりも勉学に専念できる学校があってもよいのではないだろうか（私が知らないだけで、すでにあるのかもしれないが）。極端な話、友達は作らなくてもよいから、勉学だけに集中できる学校があれば、それは自閉症者にとって、ある意味、理想の学校になると思う。もし、どうしても友達を作らなくてはいけないのであれば、人間関係を学ぶことのできる学校や場所が必要だと思う。

私は小学校時代に七校転校して、一つの法則（？）を見出した。それは、先生が当該児童へのいじめをやっているところでは、生徒同士でも当該児童へのいじめが生じ、先生が当該児童に理解のあるところでは、生徒の中でも当該児童への集団的、組織的いじめは生じなかったという事実である。だから、先生が当該児童にいじめや差別をやっておきながら、その一方で、当該児童に向かって、「いつも独りでいるのは良くないことだから友達を作りなさい」と忠告してみたところで、当該児童としては、文字通り、どうしようもないというべきか、如何ともしがたいところがある。一応、先生から言われたことだから、友達を作ろうと努力はする。でもその努力は、本人が先生から嫌われていたり、除け者にされている限りは決して実を結ぶことはないということである。

私が中高生だった今から二十数年前は、「いじめられる側に問題がある」と、大手マスコミでもまことしやかに語られていた時代があった。ある大手新聞には「いじめられる側に問題がある」という結論で取材記事が載っていたこともある。今日でこそ「いじめ」は悪いことだという認識がようやくでき上がっているが、しかし当時は、「いじめ」というのは、悪い行為に対する当然の報復であり、正義の行為なのだという認識が相当に根強くあった。そのためなのか、「いじめられるあなたの側に原因があるのだから、その原因をなくせばいじめはなくなる」という論理が平然とまかり通っていた時代だった。そんな中で、当時いじめられていた私としては、「いじめられる原因をなくする」ことに一生懸命になっていたきらいがある。この、「原因をなくする」というものの一つに、「性格直し」が挙げられると思う。

「性格直し」と言っても、前にも書いたように何を基準に性格を直していけばよいのかがわからない。だが、それ以外に、例えば「怒りっぽい性格を直しなさい」という忠告も、実際に怒りっぽくなっている原因は、じつは教室がガヤガヤうるさくて、それでパニックになっているという場合もあるし、（いじめなどが度重なって）疲労困憊しているので怒りっぽくなっているという場合もある。だから前者なら、教室における感覚的刺激を減らすことが必要だと思うし、後者の場合だと、じっくりと休息を取る必要がある。いずれにしても性格の問題というよりも生理的問題であるから、私の場合に限って言うと、学校でのストレスを軽減するために、牛乳をたくさん飲むこと（一日一リットルぐらい）がいじめへのストレスの対処に有効だったようにも思う。また、パニックについては、砂糖断ちをしてから非常に頻度が少なくなった。今でも私は精神安定のために甘い物をコントロールしている（ただし、これらの方法は個々の体質があるのでお勧めという方法ではありません。たまたま私の場合はということです）。

あと、人間関係がうまくいかない原因の一つに、対人関係の実際的なやり方がわからない、あるいは、それまでの人間関係を誤学習してきたというのが挙げられると思う。

ある日本の自閉症の方はこう書いている。

「物心ついてから人から心ないこと言われるのが当たり前のようになり、私が人から言われた心ない言葉は人に言っていいものだと思い込んでいました。そのため私自身が人に言われた心ない言葉、行動を同じように他の人にしてしまい、相手を不快にさせたことが何度かあることを思い出しました」

（『こんなサポートがあれば！』梅永雄二編、エンパワメント研究所刊、一一四頁より）

これと非常に似たようなことは私にも心当たりがある。つまり、「人から言われた心ない言葉」や、人からされた心ない行為などを、そのままパターンとして誤学習してしまい、それらを正しいものと思い込み、人にも言ったり行ってしまったりしたことがままあった。もともと他人の言葉や行動をオウム返ししてしまう傾向のある人にとって、誤学習にはくれぐれも気をつけなければならないと思う。もし、人から言われたことや、されたことが正しいものかどうか迷ったら、「自分にしてほしいように人にしなさい」「自分にしてほしくないことは人にもしない」の線で判断してみるのもいいと思う。世の中で行われている行為の全てが正しいとは限らない。真似る行為そのものは悪くなくても、真似る対象を間違えてしまわないよう、それを自分のものとして受け入れてしまう前に、その善悪をチェックする必要はあると思う。

それで、結果から言えば、〝怒りっぽい性格〟をあらゆる手段で制御するようになってから、友達ができるようになった。あと、「売り言葉に買い言葉」という言葉があるが、ものの言い方を穏やかにするだけで、人間関係がかなり違ってくるということもわかった。できるだけ穏やかさを保つために、日頃の健康管理を徹底させ、切羽詰まった状況を避け、常に自分自身を《穏やかな環境》に保ち続ける必要があるのもわかった。もっとも、その代わり、私の場合、いわゆる〝勤労者〟になることを放棄した。もし〝仕事〟をするために今も世の中と闘っていたなら、今頃私はこの世に存在しなかったかもしれない。

（書き下ろし）

25 ブラックな支援者たち

いじめから逃れる

過日、とある方から質問を受けた。質問の内容は、「あなたはどうやっていじめから逃れたのですか」というものだった。例によって私は質問にその場で答えることが苦手なので、この場を借りてお答えしたい。つまり私の場合は、「学校に行けなくなる」ことによって、いじめから逃れることができた。

この辺り、「学校に行けない」という方もおられれば、選択した結果「学校に行かない」という人もいらっしゃると思う。いずれにしても大切なのは、今まさに災難が生じている場所に向かって、わざわざ自分から出向く必要はないということである。

例えば火災があった時、正常な感覚の持ち主の一般人なら、まさに燃えている現場の只中に留まりたいとは思わないだろう。あるいは洪水があったとき、まさに泥流の流れている現場の中に飛び込みたいとは思わないはずである。また戦争になったら、一般市民である限り、戦場となった場所から疎開するのが生存のためである。あるいは、いつもギャングの溜まり場となっている場所にわざわざ出向きたいとは思わないだろう。学校でいじめに遭ったがために、学校から逃げるというのも、それと同じである。

実際、「三十六計逃げるに如かず」とも言われるし、バイブルにも「思慮深い人は災難が来ると見れば身を隠す。浅はかな者は通り抜けようとして痛い目に遭う」（箴言二七章一二節、新共同訳）と書かれている通りである。このように、命を守るために、《逃げる》という行動が必要になる場合がある。義務教育、つまり子どもを学校に行かせることは「国民の義務」でありまた権利であり、したがって「行かなければいけないもの」なのであるが、しかしそのために生存権が否定されるのであれば、「学校に行かない」という選択があってもいいと思う。それでもまだどうしても学校にこだわる人には、学校と命を秤に掛けて、どちらが大切かをわかってほしいと思う。

避難所の選択

そこで、学校から避難して、とりあえず生存することを選択したとする。でも、発達障害の人にとって、避難所の選択を間違えると、学校以上に痛い目に遭うことがある。残念ながら、不登校を支援している団体や関係者は、少なくとも私が実際に見聞きした限りでは、当時はまだ（今でいう）発達障害に対応していなかったようで、極めて有体に言えば、不登校支援の関係者と関わることは、自閉症の人にとって非常にハードルが高いように思われる。以下に私の実体験を書いてみる。

人間性に問題のある主宰者

私が一番最初に関わった会は、当時刊行されていた書籍二冊に紹介されていた、「回り道の会（仮名）」という、ある会だった。

そことコンタクトを取ると、「A君への追悼」というサブタイトルの、そこの会の通信が送られてきた。

どうやら、つい最近、この会で、自殺者が出たようなのだ（第一二章の七二〜七三頁参照）。なので、弔いのつもりで、その会の集いに出席した。

びっくりしたのは、その集いで、主宰者が参加者のみんなの前で、初対面で私のことを、「この人は、いじめる人間」と紹介したことだった。

それに抗議すると、「ジョーク、ジョーク」と言われたり、「だって、そうでしょ。あなたはいじめる人間。そうでしょ、そうでしょ」と言われる。それで、

「私は学校生活の中でいじめる側になったことは一度もないです」と言うと、

「私はその場にいなかったのでわっかりませーん」と鼻で笑われたことがあった。

あとは、

「ここは親の会だから本人の来る場所ではない」だとか、

「私は五十五歳なの。あなたのような若干二十歳過ぎの人とで」とか、主宰者から意味不明のことを言われたりもした。極めつけは、

「あなたがいじめられたのは、あなたがいつも、そんなふうだからではないですか?」と言われたことだった。

そのように言われたとき、たぶん「A君」は、こんなふうに追い詰められて自殺したのだろうなと思ったりもしたものだった。

例えばこういう、人間性に問題がある人が不登校の会を主宰している場合もある。このように、不登校の会の中には、それまでしきりとマスコミに取材させていたものの、自殺者が出た途端に取材拒否になってしまい、その後、会自体がいつの間にか消滅してしまったところもある。当時としてはマスコミにもよく出て

きた有名な会だったのだが、今日、その会の名称でネット検索しても一つもヒットしないので、その会についてネットでは調べようがない。

ディスコミュニケーション

その会で問題が起きたので、電話相談を通じて別の会を探して、そこで紹介されたのが、「ほにゃららの会(仮名)」だった。

私が彼らと付き合ってみて、まず感じたのは、彼らには恐ろしいまでに、聞く耳がないということである。というのは、体験的なことを話すと、その内容が何であれ、「そんなこと、本当にあるの?」と言われるか、さもなければ「そんなこと、当たり前でしょ!」という反応の、基本的に二通りの答えしか返ってこないからである。

どうやら、この会は、相談者に対し、常に批判的なスタンスで接していて、受容の精神が恐ろしく欠けているようだった。

私は話し言葉やコミュニケーションに難があるので、あらかじめ手紙を先方に出しておき(まだネットやメールのない時代なので)、それから先方の返事を電話でお伺いしますと伝えた。

すると先方は、それをよいことに延々と一方的に喋ってばかりで、文字通り、息つく暇もないまま、こちらに一言たりとも話させてくれない。何か用件があってこちらから電話しても、こちらがその内容を伝える前に、そうした長い演説が始まるものだから(要するに、こちらの言うことを聞かないで話し出すものだから、先方は思い切り私の言おうとする内容を誤解している)、ちぐはぐでピント外れな話ばかりをずっと黙って聞いていかなければならない。

そして、それが二時間三時間もずっと続く。ときどきこちらが少しでも口を挟もうとしたら、「どうして聞かないの？」とか、「ふーん、何にも言えないのね」などと言われる。先方が延々と一方的に喋り続けていて、それでいて、そのように言われる。

また、先方にとっての使用禁止語彙がたくさんあるので、私が何か言えば、「その言葉は使わない！」「その表現は使わない！」と言われ（私が乱暴な物言いや不適切な言葉を使っているという意味ではないです）、自由にモノが言えない。表現の自由の点で、がんじがらめだったりもする（対応したスタッフがたまたまそういう人だったのかもしれないけど）。

とくに、「回り道の会」と「ほにゃららの会」で共通していたのは、どちらも、こちらから掛けた電話でもこちらからは自由に話すことができず、もっぱら相手の誘導尋問に答えることでしか自分の意思を表明することが許されないということである。なので、「問い合わせ」も実質、不可能だったりする。

どうやら、その種の支援組織の中では自分の意見は言えないものらしい。ひたすらスタッフの言いなりにならなければいけない。それに一言でも意見すれば喧嘩になる。もしかしたら先方も、私とはまた似たようで違った障害なのかもしれないが、そういう、問題のある人が支援者だったり主宰者だったりスタッフとして採用されていたりしている。

あとは、そこで出している機関紙に何回か投稿を試みるわけだが、（繰り返しになるが）マナ板に載せられるのはまだましなほうで、投稿するたびに、それとは真逆の意見がたくさん載っているということが何回かあったりもする。最初は偶然かと思うのだが、三回、四回と立て続けにそういうことが起こると、偶然とも思えなくなったりもする。それで、「投書はどのように扱われているのですか？」と訊くと、「森口さんの希望されるのとは違う仕方で使わせてもらっています」という返事がきて、しかもその先の問い合わせが拒絶されたりもした。

その種の支援組織は、確かに行動力はある。ただ、聞く耳がまるでないというか、こちらの言うことを聞かないで早合点したまま行動するので、おかしなことになってしまうのである。しかも、相手は善意（？）でやっているだろうだけに、それに意見や苦情を述べることを相手は許さない。これがもし企業だったら、「消費者相談窓口」のようなセクションがある。しかし、この手の市民組織には、それに相当するものはないらしい。

私が一番びっくりしたのは、『ほにゃららの会』に関する相談はどこにすればよいのですか？」という問い合わせを「ほにゃららの会」自身にしてみたところ、「ちょめちょめの会（仮名）に行ってください」と言われたことだった。どうやら、苦情処理を他の独立組織にアウトソーシングしているらしい（？）のだが、言われた通り「ちょめちょめの会」にそういう電話を掛けると、どうやら、こちらの信用が失われてしまったらしく、その後「ちょめちょめの会」は、一切私と関わろうとしなかったりもする。嵌められたと気づいても後の祭りである。

あと、私は障害のために自分の考えをすぐにその場で話せないのだが、彼らはあたかも、（意図的にやっているのか、それとも無知によるものかはわからないが）質問攻めにすることで、こちらの持っている障害の弱みを突くようなことを平気でしたりもする。もちろん、こちらは事前に障害についての説明を相手にしているわけなのだが、それでもこうなるわけである。そもそも、障害のことを説明したところで、わかってくれる人たちではないらしく、こちらの障害に配慮してくれるわけではない。

挙句の果てに「あなたのことはよくわかったから、余所へ行ってください」と言われたりもするわけだが、「よくわかった」と言っている人たち自身、「自閉症は育て方のせい」だとか、「躾が悪い」とか、「自閉症はわがままだから性格を直しなさい」「障害があると思い込まされている」と言っていたりする。

このように、不登校関係者からも、初対面で自分が自閉症だと言うだけで、「親の育て方が悪い」と言われて、その人がまったく会ったこともない、自分の親が悪く言われたりもしたものだった。あとは、「考え方のバランスが悪い」ことで叱られたり、「性格を改めなさい」などと説教されたりもした。また、こちらの障害のため能力的にできないことや苦手なことに対して、彼らは「……するべき」という物差しを持ち出してきたりもする。

少数派による少数派の排除

不登校が社会問題化してから三十年近くが経つが、その間、現時点までの不登校にまつわる議論や報道の中で、不登校になった障害者という視点がずっと欠落しているように思われる。この点、私もずっと世の中やマスコミや関係者に向かって声を挙げ続けていたのだが、まったく取り上げてもらえなかった現実がある。

実際、不登校支援者の一人は「病気で学校に行けないのは病欠であるから、したがって登校拒否ではない」と主張しているわけであるが、それで結局は「手に負えないから余所に行ってください」という言われ方で、病気や障害と闘いながら自力で学校に通い続けた結果、学校に行けなくなった人の立場が除外されてしまったりする。つまり、異質なものを受け入れると標榜している彼ら自身、彼らよりもさらに異質なものを排除していたりもする。マイノリティとされる人たちが、自分たちよりさらに少数派を除け者にするというわけである。

少なくとも私は、精一杯、「自分の力で学校に通っ」て行かざるを得なかったわけだが、しかし一方、彼らは、「学校に頼らないで自分の力でやっていこう」と主張しているので、この段階ですでに話が噛み合わなくなってしまう。要するに、少なくとも私の知る限り・経験した限りでは、不登校者を対象とした市民組織やフリースクールというのは、学校に「行『け』ない人」ではなく、自発的に学校に「行『か』ない人」の居場所になっているものらしい。

このように、マスコミに何度も好意的に取り上げられる有名なところが、そういう対応をする。ここだけの話であるが、不登校の人にとっては評判が良いと宣伝されているところでも、私の感触ではブラックリストに入れてもおかしくないと思えるところもある。また、彼らから排除されるのは、私のような者だけかと思っていたら、ネットを見ていると、他にも視覚障害の人が不登校の支援者から排除された、という意味の書き込みもあったりもした。

私は、自分の経験からでしか申し上げられないものの、少なくとも私の知る限りでは、自閉症の人が不登校の支援者に関わることは、時間と労力の無駄であるどころか、敵を作ることになりかねないように思う。実際、意見が違っているという理由で、私は彼らから集団で吊るし上げに合いそうになったことがあるので(本章一八六頁で後述する)、そういう状況でも切り返せる人ならまだしも、コミュニケーションのもともと苦手な人にとっては、はっきり言って危険ですらあるだろう。

要するに彼らは、相談者を最初から助けるつもりはないらしく、ただ、相談者から情報を得るだけで、ある程度情報を吸い上げた時点で、突然「余所へ行け」と言う。まさに「注文の多いレストラン」である。

それから十何年を経て、現在では発達障害者も受け入れているようになって好評を得ている、不登校や引きこもりの人のためのとあるフリースペースも、その黎明期には人柱が存在し、陰で涙を飲んでいたのである。

差別する支援者

繰り返しになるが、いわゆる不登校児の居場所でマスコミに頻繁に出てくるところというのは大抵、学校に「行けない」人たちではなく、自らの意思で学校に「行かない」人のための居場所であり、もともと健康で元気な人の居場所のようになっているものらしい。

実際、彼らは不登校問題の議論の中で、

「元気な登校拒否があってもいいのではないか」

「病気で学校に行けないのは病欠であるから、したがって登校拒否ではない」

などという言い方で、病気や障害と闘いながら自力で学校に通い続けた結果、学校に行けなくなった人たちの声が表に出ることを阻害し、その居場所を奪ってきた。

しかし、学校や社会では誰の助けも得られないので、私は精一杯「自分の力で学校に通って」いかざるを得なかった。しかし一部の不登校の関係者は、「学校に頼らないで自分の力で」と日頃から主張している。少なくともその不登校の関係者と、彼らが支援している不登校児＝健常者らにとっては、学校というのは「頼る」存在なものらしい。しかし私にとっては、学校というのは実に「頼りない」存在だった。だからその中で精一杯、自分の力でやっていくしかなかった。しかし彼らは血の滲むようなその努力を悪しざまに言うのである。

また、彼らは「訓練」という言葉に反射的に嫌悪感を示すものらしく、「障害を克服するために、学校で自主的に訓練してきました」とでも言おうものなら、彼らから猛烈な批判と反対の嵐に遭う。このように、「障害を持ちながら普通学級で頑張った結果、学校に行けなくなる」という事例は、少なくとも私の知り得た不登校の関係者の間では、批判、糾弾されるだけの存在らしい。

どうやら彼らの間では発達障害の概念は否定されていたらしく、彼らに言わせると、なんでも私は、「障害があると思い込まされている」ということになるらしい。だから障害があっても障害として認知されない分については、できないことがわかっていても、自力で何とかしなければならない。このように、支援を求めたがゆえに、かえって負担が増えるということもあり得る。しかしなぜか彼ら自身は、インクルージョン教育を推進する団体と緊密に繋がっていたりもするのである。

あとは、彼らが、精神科での治療に頼らざるを得なかった不登校者を、「薬に頼った」呼ばわりして批判することも問題だと思う。彼らは、精神科におけるむちゃくちゃな治療で子どもを失った可哀想な親が、重い口をようやく開いたところに向かって、「どうしてそのようなところに子どもを入れたのですか」と糾弾し、その同情すべき親の発言の意欲を根こそぎ削ぐということもやった。

少なくとも私の知っている限りでは、精神科での治療を受けて副作用の障害を負った当事者が自ら語ることを、（少なくとも私が彼らと関わった当時の一九八八年秋においても）彼らは絶対に許そうとはしなかった。

このように、互いにスタンスが真逆なので、私の主張は彼らの間で受け入れられるべくもないもののようだ。見た目でわかる障害であれば、彼らも一応は理解を示すよう（？）なのだが、少なくとも彼らの一員であるためには、見えない障害を持つ者であってはならないものらしく、自閉症者などは真っ先に排除の対象となるらしい。もちろん、そのような彼らが、相談先や支援者として受容してくれるべくもないということを、私は彼らとの数々の不毛なやりとりを通じて学んだ。

実際、不登校関連の会や組織は、学校以外の場所でも、自分（たち）の力で社会の中でやっていける人たちのための居場所であり、学校でやっていけず、社会でもやっていけない人の居場所ではないのである。実際、学校でも社会でもやっていけない人は、不登校の人たちやその親たちの集いの中で主宰者などから批判され、排除される。この点、（前述の「回り道の会」のように）例えば個々のライフスタイルについて、○×式の評価が与えられるところもあった。ずっと引きこもっていたり、社会参加できない人の場合はもちろん「×」である。

不登校を対象とした親の会やフリースクールや、いわゆる「居場所」やフリースペースには一見、目に見える制服はない。しかしその代わりに思想の制服、精神の制服、魂の制服がある。もし彼らの仲間になりたいと思うのなら、言いたいことはおろか、考えていること、思っていること、感じていることに至るまで、がんじがらめに制約されることだけは覚悟しておいたほうがいいと思う。例えば、友達ですら、「さあ、今からこのように言いなさい！　『私はあなたとお友達になりたいと思います』と言いなさい！　今すぐ私の言った通りに言いなさい！」と言われ[※1]、自分の意思で選ぶことは許されない。義務教育を始めとする学校生活でも、友達作りを強制されることは多々あったが、さすがにここまでは言われなかった。

このように、言われたことを暗唱させるというのはマインドコントロールの手法でもあるのだが、これに

※1　これは正確には以下の通りである。私が問い合わせのために「ほにゃららの会」に電話をしたところ、当時会を辞めたばかりのスタッフの某さんの自宅に電話を掛けてくださいと言われたので、その指示の通りに某さんのところに電話を掛けたら、こちらの用件を聞かれることもなく、いきなり標記のように言われたということである。「ほにゃららの会」が直接私にそう言ったわけではないが、「ほにゃららの会」が指示した先でそのように言われたということは、私にとっては「ほにゃららの会」からそのように言われたのと実質同然のことなのである。

限らず、この手の組織は、相談者の意見や主張は受け入れないで、マナ板に載せて批判の対象とする一方で、その相談者に対して、「いろいろな考えを受け入れないと駄目でしょ！」と言い、実際、相談者の意見や考え方を変えさせようとする圧力を掛けたりもする。

このように、彼らと関わることには、（少なくとも私の経験した限りでは）学校以上の内心の強制が伴うのである（それでもなぜかマスコミは、そういう居場所を「自主性を尊重する『ほにゃららの会』」と報道するのだが）。

義務教育への回帰

少なくとも私企業にはＣＳＲ（企業の社会的責任）というのがあるが、この手の私塾やＮＰＯにそれに相当するものがあるのかどうかはわからない。いくら私のような者が不登校支援者から排除されるといっても、不登校支援者の側に、障害を持った者や異質な者を必ず受け入れなければいけないという義務があるわけではない。基本的に、かつての私のような者を受け入れるかどうかは、彼らの自由なのである。

なので、私はあえて義務教育にこだわりたい（もっともその前に、義務教育が物理的に安全である場所であることが大前提となるのだが）。学校で受け入れてもらえなかった人を受け入れるとされる場所で、私のような者が排除されるのであれば、結局は義務教育がそういう人たちを受け入れていく以外にないだろう。また、義務教育はその理念から、本来は就学年齢にある国民（と、日本に居住する人）の全ての人を受け入れなければならない。

とくに昨今は特別支援教育により、発達障害の人も受け入れられるようになってきたが、義務教育や他で、不登校生を対象としたフリースクールにおいて除外された人をも受け入れることにより、不登校生を対象としたフリースクールは、その本来の役割、つまり、自分の意思で学校に行かない健常者を受け入れることを果たすことができるのである。なので、今私の書いていることが、不登校支援の関係者を益することはあっても、不利にすることはないと思う。

そもそも、障害（者）をケアするというのは、本来、高度に訓練された専門家でしか対応できないことも多いのであって、善意ではあってもその多くは素人の民間ボランティアに依存しているフリースクールやいわゆる「居場所」にそうしたケアを求めるのは、今まで彼らがさんざん私に言ってきたように「期待のし過ぎ」なのである。したがって、私のようなニーズのある者が不登校支援のフリースクールや「居場所」や会に少したりとも期待を寄せるのは場違いなことであり、もしそのような要求をそうした場所に行けば、それは的外れであるばかりでなく、支援者にとっても、支援を受ける本人にとっても苦痛をもたらすものになるのである。

さらには、あるところのように不登校業界の中でもそれを代表するようなところは、メディアに露出することをいつも第一に考えているものだから、生徒を社会参加させたという実績が必要なのであり、そのためには、どうしても、「手に負えない存在」を切り捨てざるを得ないところがあるのだろう。そうした、民間の支援者から切り捨てられた存在を受け入れるためにも、特別支援教育や高校・大学・専門学校などにおける発達障害者の支援のより一層の拡充が求められるだろう。

お餅紛失事件

不登校支援者の問題点をざっと書いてきたが、そもそも、発達障害に関する相談と発言の場を不登校の関係者に求めたのが間違いとも言えるのかもしれない。

なぜなら、「餅は餅屋で」、と言うからである。

実際、餅が餅屋で買えれば、それが理想である。

しかし、かつて私が学校に行けなくなったとき、相談に行こうと思うのだけれど、なかなか周囲には「餅屋」がなかった。

それで、お餅を売っているかもしれないと私が望みを掛けた、餅屋ではない他のお店に行くわけなのだけれど、そこには、やはり、お餅はなかった。

お魚屋さんだとか、パン屋さんだとか、八百屋さんにも行ったけど、当然ながらお餅は売っていなかった。お菓子屋さんなら売っているかもしれないと思ったけど、残念ながら私の行ったお菓子屋さんには、お餅は売っていなかった。何軒も、何軒も、梯子もしたけど、どこにもお餅を置いているお店はなかった。

それでも行く先々で、私が無理やりお餅を要求するものだから、いろいろなお店の店主から怒られるばかりだった。そして必ず、こう言われた。

「余所に行ってください」、と。

でも、何軒梯子しても、餅屋はどこにも見当たらなかった。お餅の代わりに仕方なく買った何かで食当たりするばかりだった。どんなに有名なお店でも、そもそもお餅を売っていないところでお餅を買うことはできない。

どうやら、お餅を売っていないお店でお餅を買うことは間違いないものらしい。

それは、わかっている。

でも私は、どうしてもお餅が欲しかった。

そんなある日、私は思った。

どこにもお餅が売っていないのなら、自分でお餅を作ればよいのではないか、と。

それで私は自分で作ったお餅を、いろいろなお店に売り込んだ。

しかしそもそも、お餅を扱っている問屋はなかったので、「こんなの、要らない」と言われたりもした。

またあるときは、お餅のサンプルを五十カ所に送ったこともあった。しかしお客さんは、ほとんど来なかった。

それで私は、世の中にお餅を必要としている人はいないのだと諦めかけていた。

それでも自分のお餅を諦めずに送っているうちに、とても有名で有力な問屋から電話が来た。

「送っていただいたお餅をなくしてしまったので、もう一度、大至急送ってください」

それで私は大至急、お餅を速達便でその問屋に送った。

すると、再びその問屋から電話があり、こう言われた。

「送っていただいたお餅をなくしてしまったので、大至急送ってください」

私は、すでにお餅を送っていることを伝えると、先方は、こういう意味のことを言った。

「そのお餅は到着しています。しかし、送ってくださったそのお餅をなくしてしまったので、大至急、送ってください」

それで私は大至急、再々度その問屋に速達でお餅を送った。

するとその問屋から、再び電話があった。

「あなたが送ってくださったお餅を紛失してしまったので、大至急送ってください」、と。

私は、お餅は再度速達ですでに送っていることを伝えると、先方は、こう言った。

「そのお餅は到着しています。しかし、送ってくださったそのお餅を再びなくしてしまったので、大至急、送ってください」

それで私は、お餅を送るのを止め、その代わりに、お餅の利用目的について、その問屋に尋ねようと思い、そのスタッフに電話をした。

するとそのスタッフは不在で、代わりに電話に出た人によると、「○○さんは三カ月の休暇を取っています」とのことだった。

なので、三カ月待ったあと、その問屋に再び電話をした。

すると、「○○さんは六カ月の休暇を取っています」とのことだった。

それで、さらに三カ月待ったあと、電話をした。

すると、「○○さんは十カ月の休暇を取っています」とのことだった。

それで、さらに四カ月待ったあと、電話をした。

すると、「○○さんは一年の休暇を取っています」とのことだった。

それで、さらに二カ月後に電話をした。

すると、「○○さんは問屋を辞められました」とのことだった。

それで、私はその問屋の代表者に、お餅の請求の件で尋ねてみた。

すると、代表者いわく、「心当たりがないからわからない」、とのことだった。


こうしたことからもわかるように、「お餅」（自閉症当事者の発言や作品、またその原稿）というのは、彼らの間では非常に杜撰に扱われる。「当事者が原稿を載せてもらうときや原稿を依頼されたときには対価をもらうべきだ」という某発達障害当事者活動家の意見があるが、もしそれができれば理想であろう。しかし例えばこういう経験をすると、創作物で対価を得るという発想は根こそぎ奪われてしまうのである。現実には、対価などという以前に、投書した原稿は大抵の場合は没になる（それどころか何度も紛失の憂き目に遭う）のだから、原稿をどこかに載せてもらえるだけでも相当に稀な機会と言わなければならないだろう。

今だったらEメールという便利な手段があるけど、当時は「大至急」と言われたら速達と書いて郵便ポストか郵便局に出向かなければいけなかったから、当時、かなりの引きこもりだった私には、それだけでもかなりの困難だったのだが、それでも自分の足で「お餅」を出しに行ったのを今でも覚えている。

この後も私は、「お餅」を請求したその団体に電話で問い合わせ続けたが、電話を掛けても、こちらの用件を聞かれることは一切なく、「○○さんのところに電話を掛けてください」もしくは、「『ちょめちょめの会』に電話を掛けてください」とだけ言われてガチャ切りされる。しまいには、私が彼らに電話を掛けて名乗るだけで、即、電話を切られたり鼻であしらわれるようになった。このように、この手の組織に問い合わせ一つするのにも、普通の常識的な問い合わせ方法では、はぐらかされるか拒否されるばかりで、果てしなく時間をロスするだけである。自閉症の人にとっては、極めてハードルが高いと言わなくてはならないだろう。

かくして、それからも不毛なやりとりが続き、「お餅」の行方を巡って代表者との激しい喧嘩もしたが、先方は、「お餅」を再三請求した事実も、そして紛失した事実も、最後まで認めようとはしなかった。それどころか、彼らは私の訴えを「事実と違う」と、なんとスタッフの多数決で決めつけ、「私たちスタッフ全員で説明しますので、こちらに来ていただくことはできませんか」、と私に告げた。つまり、私を特定の場所に呼びつけて集団で吊るし上げようとすらした。

説明するなら一人でもよいと思うのだけど、なぜ、「私たちスタッフ全員で説明しますので（略）」なのか。それが自閉症者に対する相応しいコミュニケーションの配慮の仕方なのか。いや、この場合、何も自閉症でなくても、気の弱い人なら、きっと参ってしまうに違いない。ここまで来ると、もはや支援者のすることではないだろう。

誤解のないようにお断りしておくが、私は原稿を紛失されたことで怒っているのではない（もちろん、十分に怒るに足る理由だが）。文字通り再三原稿を「大至急」請求しておきながら、その請求理由を説明しようとしないこと、および、「心当たりがない」と関係者がシラを切り続けることに対してである。ちなみに、原稿の紛失に対する謝罪は、今に至るまで一切ない。それどころかその組織は、彼らが原稿を紛失させたことを、私の空想だと決めつけたりまでした。

というわけで、（私が実際に経験した範囲では）彼らは、マイノリティ・イン・マイノリティの声を大変粗末にしていると言わざるを得ない。発言をいい加減に扱うことにより、どうやら彼らは、彼らと異なる意見の持ち主が自ら発言を諦めるように仕向けているものらしい。このように彼らは巧みに自分たちとは違う立場や意見は徹底的に排除しているのが現実である。結局、その「お餅」の請求理由については、いまだに謎である。

余談だが、先述の「回り道の会」の主宰者が「ほにゃららの会」の集会に参加したことがあるそうだ。「回り道の会」のレポートによると、そこの主宰者はその集会において発言しようと挙手し続けたらしいのだが、一度も当ててもらえなかったそうだ。それで、「回り道の会」の主宰者は、その経験を印刷物にして「ほにゃららの会」に送りつけたらしい。「ほにゃららの会」側の弁によると、「いきなり印刷物にして送りつけなくても、問い合わせてくれればいくらでもお答えできたのに」という意味のことを私に言っていたが、後から思うに、「回り道の会」の主宰者は、「ほにゃららの会」への問い合わせ行為が一切無駄なことを（何らかの筋で）事前にわかっていたのだろう。

おわりに

今まで述べてきたように、不登校の支援組織やいわゆる「居場所」は、少なくとも私の知る限り、発達障害の人を受け入れることを頑なに拒むが（というか、彼らは発達障害の概念を否定していたわけだが）、一方、発達障害の人を支援するフリースクールは、不登校の人も寛大に受け入れている。不登校の中には、発達障害のために学校に行けなくなる人も多いので、やはり、大は小を兼ねると言うように、不登校の支援組織を支援するよりも、発達障害の支援組織を国としても支援していったほうが、限りある国の予算にとっても優しいと思う。不登校の支援組織のために予算を使うなとは言わないが、不登校の人たちと同時に発達障害の人たちも助けていくためには、効率的な予算の使い方があると思う。

とりわけ（いじめとか障害があるといった）切実な理由で学校に「行けない」場合は支援は必要だが、単にサボりたいなどといった身勝手で思想的な理由で学校に「行かない」人たちは、故意に法律に従わないアウトローな自己責任なのであるから、そうした人たちについては国としても支援する必要はないだろう。

少なくとも私が私なりに不登校の支援者と関わって学んだことは、不登校の支援者は障害を持つ人のニーズはまったく考慮しないどころか、それを無視するか、あるいはまったく逆のことをするということである。

私は自分の経験だけをもって一般論として語るつもりは毛頭ないが、「誰も助けてくれない」のは、まだましなほうで、実際には、支援者と思える人に関わるたびに敵が増えていくのが現実なものらしい。少なくとも私の人生の中では、学校も、（かつては）医者も、カウンセラーも、不登校支援者も力になれなかったわけであるが、自分の持てる限られたエネルギーを、そうした支援者たちからの迫害への対応に用いなければならないのであれば、最初から（ダメもとで）支援などは当てにせず、全てを自分の力だけでやっていったほうがいいとも言える。もちろん、何の支援もなく自力だけで社会参加がうまくいく保障はどこにもない。それは過去にもさんざん私が力を込めて訴えてきたことでもある。しかしそれでも、支援者たちを敵に回し、彼らとの戦いに労力を費やし、身体も精魂も尽き果ててしまうよりは遥かにましだとも言える。

そういうわけで私は、（ある発達障害当事者活動家が提唱するように、）支援者たちやＮＰＯなどとのトラブルなどが生じた際の相談窓口（第三者機関が望ましい）の創設を強く望む。というのも、一つには支援者からコンタクトを拒絶された相談者には、連絡や話し合いのための別のチャンネルが必要なのであり、またもう一つは支援者たち（＝健常者たちの集団、組織）と、何のバックもない障害者本人である一個人が対立した場合、その力関係はあまりにも不公平だからである。

聞くところによると、フリースクールやフリースペースと呼ばれるところは、「ちゃんとやっているところ」と、そうではないところとの落差が大きいらしい。本章を読んでこられた読者の中には、私がたまたま、「外れくじ」を引いたのだと思われる方がいらっしゃるかもしれない。しかし「回り道の会」について言えば、当時は新聞やテレビや書籍にも何度も取り上げられるほど有名な会だったし、「ほにゃららの会」についても同様で、その名称を言えばたぶん誰でも知っていて、世間的な評判はむしろ良かったりするので、決して「外れくじ」を引いたわけではないと思う。むしろ、「当たりくじ」ですらそうなのであるから、「外れくじ」の実態は推して知るべしだろう。

それにしても「回り道の会」にせよ、「ほにゃららの会」にせよ、どうして、昔からマスコミは、酷いところばかりをことさら好意的に報道するのだろうか。「回り道の会」については、その中で自殺者が出たということは今日に至るまで報道されていない。近年のニュースによれば、幾つかのフリースクールでは主宰者などによる生徒へのレイプや暴力が発生しているらしい。君子危うきに近寄らず、である。

本章を書くにあたって、かつてお世話（？）になった支援者たちに取材することも考えた。しかし、前述の先方の対応から考えて、また、自閉症である私の能力を考慮しても、取材は不可能と考えた。

もちろん、以上に書いてきたことは私が実際に経験した限りの話だから、これが不登校業界の全てではないことは言うまでもない。聞くところによると、二〇〇七年の時点で日本国内に五百余ものフリースクールがあるそうであるが、私はそれら全てを自分の目と耳と足で確かめるだけの体力も気力もない。これは楽観的な憶測に過ぎないが、中には誠実に活動している不登校支援関係者もいることだろう。私が経験したことがすでに過去のことであり、現在は当っていないことを願うのみである。

（二〇一〇・一二～二〇一一・九）

26 高齢引きこもりについて考える

遅すぎる世論

ここ何年かの間に、親の年金で暮らしていた年長の引きこもりたちが、親が死んだ後も遺体を隠し、そのために逮捕されたという話を、ちらほらと聞くようになった。「氷山の一角」というように、実際に親の年金に頼るしかない引きこもりたちは、おそらくこの数倍に上るだろう。今はまだ少しずつではあるが、これからはそういう事例が加速度的にどんどん増えてくるはずである。

そうした事例について、ある有名ブログはこのように書く。（※1）

しかし昨年、自分を産み育ててくれた親の弔いもせず放置し、その年金を搾取していた事例が各地で発覚しました。○○○○○知事は嘆きます。「多くの日本人の芯における堕落をこれほど象徴した事例を私は知らない。」（引用中の伏字は森口による）

本来なら、福祉で救い上げなければいけない人たちを、この国は、年金の不正受給や死体遺棄などといった理由で、本人たちを犯罪者にしていく。あるいはこの某知事のように、弔いのためのお金もない人たちに対して、そうした状況に支援するどころか、弔いを「しなかった」として悪く言う。（いったいいつから日本人はここまで薄情になったのか？）

引きこもり本人やその親たちの高齢化に伴い、そうした人たちを救い上げるのは急務ですらあるのに、ときおり聞かれる声は、そのような人たちへの心ない非難ばかりで、いまだに国も世論も当事者たちの声なき声を無視しているのが現実だった。また、そのことについて声を挙げても、長らく世の中に届かなかった。

そのようなわけで、長年、世の中から無視され続けてきた高齢となった引きこもりの件だが、遅まきながら、やっと今年（二〇一一）に入ってから、相次いで大手メディアに取り上げられた。新年明けの一月初めにまず朝日新聞が取り上げ、同月のうちにＮＨＫの「クローズアップ現代」でも取り上げられた。朝日新聞の記事は以下のサイトで読むことができる。「ひきこもり抜けたくて　『孤族の国』男たち—９」(http://www.asahi.com/special/kozoku/TKY201101040348.html)

以下、抜粋で引用する。

庭先で、マツが腰をひねり枝を広げる。奥には、どっしりとした瓦ぶきの家屋。その二階に男性の部屋はある。「僕がひきこもっているのは、父さんへの復讐《ふくしゅう》だ」。そう家族に訴え、三十年間、社会と接点を持たずにきた四十八歳の男性が、昨秋、中部地方の専門病院に通い始めた。

結婚して家を出ている姉によると、通院へ背中を押したのは、反発しながらも同居してきた八十代になる父の死だった。「病院へ行こう」。一人になった男性に姉が促すと、素直にうなずいたという。

対人不安から、会話は親類と医師に限られる。記者も、姉に付き添われて歩く姿を離れて見守った。病院へ送り、実家に食品を届ける姉は疲れ果ててる。「世間から見ると大人。でも、自立はまだ」

高校三年、最初は不登校から始まった。母の死、いじめ、進路選択などが重荷となり、思春期の心を閉ざした。「母さんが甘やかした」「卒業して就職しろ」。仕事中心で、亡くなった母に子育てを任せてきた父は、叱るほか接し方を知らなかった、と姉は言う。それが息子を逆上させ、時に暴力となった。

一つの家に冷蔵庫が二つ。父子は別々に食事した。体面から家族で抱え込み、医師にも相談しなかった。「でも、父なりに弟を愛していた」と姉は思う。将来を案じ、年金保険料を代納し、貯金を続けた。スーパーの警備員など定年後も七十五歳まで働いた。

ひきこもりの長期化に、当事者と家族が追い詰められている。国の推計で当事者は全国七十万人。「親の会」の調査では平均年齢三十歳を超す。

（中略）

なぜか、ひきこもる人々の六、七割を男性が占める。進学や就職をめぐり、周囲が男性に寄せる期待の高さがストレスになっている、と専門家は見る。さらに、最近の不景気が社会復帰を阻んで長期化を招き、加えて就職難が新たに二十、三十代になってひきこもる高年齢層も生んでいる。

親の高齢化も深刻だ。「全国引きこもりＫＨＪ親の会」の○○○○代表は六十六歳。自身も末期がんを患い、長期化する当事者を支える制度実現を訴える。記事の四十八歳の男性のように、抱えてきた親が亡くなる事態はすでに始まっている。家族に依存しない態勢づくりが急務だ。

（引用中の伏字は森口による）

ハブられる世代

この記事は、とある某巨大掲示板にも転載された。そこでの書き込みを見ると、記事に出てくる人物に対して同情的なものはほとんどなく、もっぱら、「恵まれている」「甘えている」などといった、非難と嫉妬の書き込みで溢れていた。

しかし、当事者の一人である私から言わせてもらうなら、それは決して、恵まれているというのではなく、たまたま恵まれていた人（親などの年金や遺産などを頼りにできる人や資産家など）が生き残ったに過ぎないのだと思う。なぜなら、すでにこの世に生存していない人は、そもそも取材を受けることすら適わないのだし、もしくは、生存はしていてもホームレスなどになってしまい、連絡先すら定かではなくなってしまうからである。

そのようなわけで、高齢引きこもりは決して恵まれているのではなく、この記事にしても（イントロで「庭先で、マツが腰をひねり枝を広げる。奥には、どっしりとした瓦ぶきの家屋」と書き出すことで、わざわざ資産家であることを強調しているように）、わざわざ〝恵まれている人〟を選んで取材して記事にしたとも言えるだろう。

「恵まれている」。「甘えている」。

これはまさに、今から三十年前の不登校（当時でいう登校拒否）についても、世の中はそれらとまったく同じ偏見で溢れていた。私はこれらの言葉を、何度聞かされてきたことだろうか。

今では少なくとも不登校に対する偏見は多少緩和した点で時代は変わったのかもしれないが、少なくとも当事者としての私にとっては、時代はただシフトしているだけで、つまり、かつての不登校が高齢引きこもりに入れ替わっただけで、状況はまったく変わっていないような気がする。

不登校については、今日では「学校なんて辞めてしまえばいい」という言われ方がされているが、しかし会社については、「会社なんて辞めてしまえばいい」という言われ方はされない。そんなことをしたら、即、生存の可否に繫がるからだ。

記事の中では「三十年間、社会と接点を持たずにきた四十八歳の男性」とあるが、私も今年で四十八歳になり、この記事の中の男性と同年代に当たる。この人の場合、「高校三年、最初は不登校から始まった」とあるが、私も、高校二年の不登校を切っ掛けとして、現在に至る引きこもりが始まったので、年代的にもこの点はほぼ同じと言っていい。「いじめ」に遭った点もこの男性と同じだ。

また記事に「体面から家族で抱え込み、医師にも相談しなかった」とあるが、少なくとも、仮にそうしていたとしても、当時は精神科での投薬治療以外には、どこにも不登校の相談窓口となるようなところはなかったので、相談に行っても無意味だったどころか、薬漬けにされてしまう有害なものですらあっただろう。そういう意味では、その当時にあって、彼は治療によって殺されなかっただけ、まだましだったと言えるだろう。

不登校の相談窓口が世の中に現れ始めるのは、この時代からさらに五年後ぐらい後になるのだが、それらの窓口は、小学・中学・高校の不登校の相談は受け入れていても、この人や私のように、その時点で高校の年齢を過ぎた、つまり、かつて不登校だったという人や、大学や専門学校で不登校になった人の相談は受け入れられなかったものだった。

当時は、不登校の相談を受け入れる側も、「十八歳まで」という線引き（つまり年齢差別）を行っていたが、その時点でその男性も私も十八歳をとうに超えていたのである。つまり当時にあっては、十八歳を超えた「元・不登校生」の居場所や相談の場はどこにもなかった。にもかかわらず、私の場合、それを無視して不登校の支援者に無理やり相談しようとして、彼ら支援者から排除された（加えて、障害に対する差別と無理解もあるが、これについては本書二二章や二五章などに詳しく書いた）。

また、その人も私も大学の年齢を過ぎたとき、今でいう「引きこもり」の相談を受け入れる場はどこにもなかった。なので、当時引きこもりになった人たちは、不登校の時と同様、本人と家族で問題を抱え込むしかなかった。大人の引きこもりを支援する人たちが世の中に現れるには、さらにこの時点から八年ぐらいを待たなければならなかった。つまり、私のような世代は、世の中の支援から、常にハブられ続けている世代なのである。

当時はまだ、「引きこもり」という言葉すらなかった。だから私は、それに代わる言葉として「不登校（登校拒否）の予後」という言葉を使った。

ただ、私がこの男性と違う点は、私の場合、若干ながら「社会参加」を行ったという点である。

もっとも、私は、学校でもイベントでも、およそ社会参加の場となったところでは、「どうしてここに来るのか？」と言われっぱなしだった（ちなみに、ある場所でそのように言われたことが、手記を書く切っ掛けとなった）。

あまりにもそのように言われ続けるから、「そうなのか。私のような者が社会参加しようとすることは、いけないことなのか」と思い、引きこもりを主体とした生活をすると、今度は、「どうして引きこもってばかりいるのか？」と言われ、それはそれで、あたかも問題のあるような言われ方をされる。

結局、どちらにしても社会から見れば問題のあることと見做される。というか、世の中のそういったダブルスタンダードに翻弄されるのは本人である。要するに、軽度（？）の障害持ちというのはコウモリと同じなのである。

これは非常にずるい言い方なのかもしれないが、もし、どちらの選択をしても世の中から悪いことのように言われるのであれば、私だったら楽なほうを選びたい。正確には、本人も周囲も幸せになれるような選択をしたい。そういう意味では、少なくとも私の経験だけから言えば、社会参加して世の中に身を置くというのは、誰も幸せにしない——それどころか、本人や家族や周囲を不幸のどん底に陥れるという点で、最悪の選択だと思う（もっとも、もし学校や職場などで適切な支援が得られるというのであれば、これとはまた別の見方ができるのかもしれないが）。

少なくとも私の場合、二冊目の手記にも書いてきたように、どんなに努力しても、不登校や引きこもりから抜け出すことはできず、結局、社会人になることはできなかったし、また、抜け出すための努力の過程で、あちこちで支援者という名の敵を作り、家族を苦しめ、また、世の中にも（人の言うところの）〝迷惑〟を掛けてきた。社会参加のための努力も手段も、まさに万策尽きたという感じであるし、そうした不毛の努力がさらに、本人と周囲を追い詰め、さらに社会参加が困難になるという結果をも招いてきた。まさに悪循環である。実際、正気を失うまで努力して、そのまま精神疾患になってしまったように、最初から、努力しないほうがましだったと思えた努力も数知れない。そうこうしているうちに、今度は加齢によって体力や気力そのものが劣化したり、新たに疾病や身体障害が加わったりして、ますます自立や社会参加からは遠ざかっていく。世の中にはどんなにあがいても、社会や常識の望む方法で働けない人もいるのである。

やはり、努力すればするほど不幸になる努力は、やはりどこかが間違っているとしか思えない。というのも、大多数の人にとっては是とされることや当たり前とされることでも、一部の人や少数の人にとっては非の場合もあるからである。それを無理やり、大多数のやり方を少数派にも当てはめようとするから、問題や矛盾が生じるのだと思う。少数派には少数派なりのやり方があるのである。しかし、その少数派なりのやり方を、社会が必ずしも受け入れてくれるとは限らない。

話は戻るが、高齢引きこもりを救うには、三十五歳以上の人の就業の場および社会福祉が必要なのであるが、若年層や高齢者には就職に関する相談と斡旋の場はあるものの、中高年を対象としたそうした場は、まだ限られているようだ。

また、より多くの人が年金を受けることを可能にするためには、（あまりにも当たり前のことなので書くまでもないが）財源が必要なのであり（たぶん、これからは東日本大震災の影響のため、福祉や医療の拡充とその財源の確保は急務ですらあるだろう）、そのためにはまず、元となる経済を回さなくてはいけないのであるが（本当のことを言えば、社会福祉の拡充はバブルの時にやっておくべきだったと思う）、少なくともこの日本のそれに限って言えば、「失われた二十年（三十年）」と言われるように、この二、三十年間、ずっと沈みっぱなしである。（というか、バブル時代の富はいったいどこにいったのか？）

遅すぎるマスコミの対応

冒頭の記事に戻ると、その中では、「記事の四十八歳の男性のように、抱えてきた親が亡くなる事態はすでに始まっている」とあるが、約十年前に両親を相次いで亡くした私の立場から言わせてもらうと、なぜ、それを十年前に言ってくれないのかという疑問は残る。遅ればせながら取り上げてくれただけでも、まだましと言えるのかもしれないが、それまでは、例によってマスコミに向かって声を挙げても届かないし、発達障害の関係者たちが相談に乗ってくれるわけでも、助けてくれるわけでもない。あるいは、例えばこの記事の中に出てくる「親の会」にしても、果たして十年前に、当事者に救いの手を差し伸べていたかどうかもわからないし、そもそも当時にあって、親を亡くした当事者の声を受け入れていたかどうかも疑問だ。

記事の四十八歳の男性は、いじめが原因で不登校になった、とある。たぶんこの人は、（いじめに遭った多くの人がそうであるのと同じように）精神を壊してしまったのではなかろうか。その昔、七〇年代後半から八〇年代前半ぐらいは、マスコミや自称関係者などは、「いじめられる側に問題がある」と新聞記事などに書いて、いじめに遭った人を言葉で痛めつけ、その社会での居場所を奪ったり、「いじめられても、やがて春が来る」などと書いて、当時としては根拠のない能天気な楽観論を煽っていたものだ。しかし、やってきたのは、「春」などではなく、厳しい現実だ。

そういうわけで、引きこもり本人の親の死については、残念ながら現状では、行政も、民間の支援者もあまり当てにはならない。私にできることは、関係者に支援の必要性を訴えることなのだが、この点、発達障害の支援者ですら、成人（そして中年、老年）となった発達障害や高齢引きこもりの人への関心は極めて薄いどころか、ほとんどないと言っていい（だからといって、救いや希望がまったくないわけではないが、そのことについては、この誌面で書くには相応しくないので割愛する）。また、この件で下手に問題提起すると、前述のように攻撃され、トラブルメーカーにされるという問題もある。つまり、発達障害者の親亡き後や本人の老後の問題というのは、発達障害の当事者や関係者の間ですらタブーとされている問題であるらしい。

少なくとも、親の死によって、残された本人が亡くなったり、冒頭に書いたように本人が犯罪者にされたり、あるいは犯罪に巻き込まれたり、路頭に迷う事態だけは何としてでも避けなければならないだろう。まずは本章の冒頭の某ブログや某知事のような心ない言葉を吐く人たちがいることについて、そうした偏見を一つ一つ拭い去ることから始めなければならないだろう。

（二〇一一・一二〜二〇一二・二）

※1：http://nezu621. blog7. fc2. com/blog-entry-1269. html#more

27 トラブルが起きたとき

「トラブルを起こしてはいけません」とは、よく言われてきたことなのであるが、では、降りかかる火の粉に対して、どのように対応したらいいのかということについては、誰も何も教えてくれない。

これが交通事故であれば、五〇対五〇とか、九〇対一〇とか、あるいは一〇〇対〇というふうに、保険会社が決めてくれるものなのであるが、しかし人間関係のトラブルについては、「どっちもどっち」「喧嘩両成敗」という言葉が表しているように、あらかじめ五〇対五〇というふうに決められているものらしい。

私としては、その根拠を知りたいのだが、誰もそれを教えてくれない。どうやら、隠さなければならないほどの重要な秘密事項らしいのだ――というのは冗談で、私の憶測では、どうやら暗黙の了解がそのようになっているものらしい。とにかく、人間関係のトラブルというのは、それが突然降りかかった火の粉であっても、半分は「あんたが悪いから責任を持て」と言われるのがこの世の常識なものらしい。

「どっちもどっち」と言われる一つの理由には、降りかかった火の粉の払い方に問題がある場合が往々にしてあるのだが、いまだに私にはその正しい火の粉の払い方がわからない。とくに、自分の身の安全を図る場合や、瞬時に身を守らなくてはいけない場合、何が正しくて何が相応しくないかを即座に考えて行わなければばならない。しかし私は「考える」「判断する」ことに困難を抱えている。そして、そのやり方が稚拙なためなのか、どんなに最善を尽くしても、周囲から悪く言われ批判される。

一方、対応しないでその場を我慢しても、やはり、「どっちもどっち」と言われたり、「されるほうに問題がある」とか言われる。そのようなわけで、降りかかってきたトラブルに対して、何らかの対応（我慢することも含まれる）を起こすことは、この世では「どっちもどっち」なのである。

とにかく世間様の教えは、トラブルを吹っかけられても、攻撃されても、いじめられても、「我慢しなさい」というものだ。その是非は別にしても、私にもじつは何が正しくて何が悪いのかはよくわからないから、とりあえずその世間様の言う通りであろうと努力してきたつもりだったりする。それでわかったことは、「我慢すること」は必ずしもトラブルを避けることにはならず、逆にトラブルを招く場合もあるということだ。

だから、相手を許して我慢していたら、場合によっては余計に攻撃が増す場合が往々にしてある。しかしそういう場合でも、反撃したり、ぶち切れることは許されない。最低限身を守る行為もこの世では悪く言われる。経験的に言って、少なくともこの世の常識では、相手の落ち度を追及することは、その落ち度以上に「悪」とされている（その是非は別にして）。ぶち切れたら、今度はぶち切れたほうが一〇〇パーセント悪い、となってしまう。我慢する場合は、それこそ文字通り、死ぬか殺されるか人間が壊れるまで我慢しなければならないものらしい。

でもだからといって、身を守るためのアクションが正しいものであるなら、戦争もまた、正しいものになってしまうだろう。

この国の現行憲法は、戦争を放棄しているとされている（これについては、いろいろ解釈の違いを巡って議論がある）が、ならば、どこかの国が攻めてきた場合はどうすればいいのかということについては、有識者たちの間でも意見が割れている。というか、これは人類の永遠のテーマでもある（というか、この種のネタは、必ずといっていいほど激しい論争になってしまう）。

「攻撃された場合は反撃してもいい」という意見もあれば、「話し合いで解決しよう」という考え方もあれば、「攻撃されたらそのまま無抵抗で殺されるのが正しい」という意見もある。「軍隊を放棄すれば、どこも攻めてこない」という考え方もある一方で、「非武装地域があると、パワーバランスが崩れるので、むしろ危険である」という見方もある。

正直、この点、私にも何が正しいのかわからない。どうやら、トラブルや紛争の解決には、これといった正解はないものらしい。

なぜ混沌とするのかというと、国と国との紛争の場合は、それに介入する上位機関が実質的に存在しないからである。そのため、当事者間のことはやむなく自力で対応せざるを得なくなる。しかし（マクロとミクロを単純に比較するのはおかしいのかもしれないが）、組織間や個人間のトラブルの場合には、自力で対応することは、むしろ望ましくないとされている。というか、そういった場合は、警察や弁護士などといった介入が期待できる。下手に自力で対応しようとするなら、そうしようとしたほうが悪く言われる。というか、自力救済は法治国家では犯罪だ。

しかし、警察や弁護士を呼ぶまでもない、生活上また仕事上また学校での人間関係上の、些細な身近なトラブルの場合は（とくに私のような、社会性や人間関係に困難を抱えている人の場合）、いったいどうすればよいのだろうか？

ちなみに、私は子どものとき、相手の「後出しジャンケン」に抗議することができなかった。それに抗議すると「抗議したほうが悪い」となり、必ずトラブルになるからである。なので、「トラブルを起こしてはいけません」と教えられていた私は、相手の不正を許してでも、「トラブルを起こさないこと」を優先させた。なぜなら「トラブルを起こさないこと」を絶えず周囲から要求されていたからである。

また先日も、某飲料販売会社の対面販売のとき、私は財布から小銭（百円玉とか五百円玉とか）を少なからず落としたのであるが、その販売員は、その小銭を全部拾い、全て彼女の懐に入れてしまったことがあった。また別の日は私の家が留守中に無断家宅侵入に遭ったこともあった。しかし私は、いずれの場合も「トラブルを起こしてはならない」「下手に動いて事を大きくしてはならない」「事を円滑に運ばなければならない」と考えたので、誰にもどこにも通報せずにその場を我慢した。

それらが果たして適切だったかどうかは私にはいまだによくわからないのだが、少なくとも「トラブルを拗らせないためには必要なこと」だったと思う（その是非は別にして）。自分が我慢して相手を許せば、少なくともこれらの場合は、その場が丸く収まったのである（もっとも、「自分が我慢すれば丸く収まる」という考え方は、世の中が私にずっと強いてきた考え方であって、私自身の考え方では決してないのだが）。しかしこれをお読みの方の中には、不正や犯罪を許すことは良くない、と思われる方もいらっしゃることだろう。

というか、何かトラブルに巻き込まれたときに、その場を我慢してやり過ごして許せば済むことなのか、それとも、きちんと警察に申し立てするべきことなのかどうかということを、どこかに相談できる場があれば、私のように迷わなくても済むと思う。そしてさらには、相談した結果、もし警察に通報したほうがいいとなった場合には、コミュニケーションや社会性に困難のある本人に代わって警察に通報してくれるようなところがあればいいと思う。

言うまでもなく、不正を許すことは良くない。しかし一方、不正に異議を唱えることは「トラブルを起こすこと」となぜか同一視され、世の中では良くないこととされるのもまた現実である。トラブルの解決には、そういった、「どれも良くないもの」の中から、ましなものを選ばなくてはいけない。良くないものしかない選択肢の中から、どれかを選ばなければいけないのであるから、その中で、どんなにベストと思われる選択をしても、客観的に見れば「悪い」のはいわば当然の帰結で、そのために周りから悪く言われたり、先生や管理者から叱られる。それでいて、後出しジャンケンをした本人は、なぜか無罪放免だったりもするのである。もちろん、それを追及することは、周りの圧力により許されない。この世では、どんなに理不尽なことでも、我慢しなければならないものらしいし、それについて言挙げすることも、世の中の《空気》は決して許していないのだ。

事実、私が以前、不登校支援の今で言うＮＰＯの主宰者にいじめ問題のことで相談したときに、その主宰者は次のようなことを私に言っていた。

・いじめに関する相談をすることはいじめ
・いじめの話題を話すことはいじめ
・いじめに関して外部に訴えることはいじめ

また、別ソースだが、

・いじめに立ち向かうのはいじめ

というのもある。

私にはその主宰者の言うことが妥当かどうかはよくわからないのだが、もしそれらが正しければ、いじめられたときには誰にも言わずに泣き寝入りする以外に正しい対応はないということになる。実際、トラブルというのは、「なかったことにする」のが、どうやらこの世的には望ましいらしい（その是非は別にして）。やはり、この国では「事を荒立てること」が文化的また伝統的に忌避されるからなのだろうか？

本稿の執筆中に、またいじめ自殺事件（自殺ではなく殺人だという説もある）が大きく世間でクローズアップされた。聞くところによると、どうやら（本稿執筆中の時点では）担任の先生も、学校も、教育委員会も、警察も、行政も、事件の隠蔽に走るだけで、まったく動いてくれないらしいのだ。で、その後のニュースによると、警察はこのいじめ殺人への立件を結局見送ったらしい。唯一の救いは、少なくとも今回の件ではマスコミが報道してくれている点だが、それ以外は、もはや法治国家とは言えない体たらくとも言える。

このように、本来、犠牲者の味方につかなければいけない人たちが敵になっている。しかも、学校関係者が他の生徒に対して内申書を質に取り、事件について外部に話すことを禁止したらしいし、また、その事件での学内アンケートに正直に答えた生徒が嘘吐き呼ばわりもされたらしい。ここでもやはり、事件を「なかったことにする」という意識が働いている。いじめの隠蔽は学校の常であるが、その体質は「葬式ごっこ」の事件以来、何も変わっていないと言えよう。要するに、そのようないじめの被害者や犠牲者になったとき、周囲は文字通り、「誰も助けてくれない」し、また「誰も守ってくれない」のだ。このように、生徒の安全や生命が脅かされているというのに、それでもまだ、学校に通わなければならないのだろうか？

話が脱線して済まない。話が戻るが、「どちらも良くないものの中から選ぶ」という意味では、「トラブルを起こすのは良くない」vs.「社会参加しないことは良くない」というのも、私にとっては大きなジレンマの一つである。とくに、学校でのいじめ（いじめではなく校内犯罪という言葉を使うべきという意見もある）

のように、社会参加すると今回のようにして殺される場合もある。あと、これは次章で取り上げるが、相談したために生じるトラブルというのがある。

このように、トラブルというのは、一度起きてしまうとその解決は非常に難しい。のであれば、あらかじめ、なるべくトラブルを事前に避ける対策が必要だろう。「友達を作ろう」「社会参加しよう」「交友関係を広げよう」とはよく言われることなのだが、しかしそれによってマイナスの人脈ばかりを広げてしまい、かえって人間関係や社会参加が困難になり、事件やトラブルに巻き込まれるのであれば、そういった悪循環はどこかで断たなければいけない。なのでそういう場合は、あえて交友関係を広げたり、社会参加をしたりせず、信頼できる必要最低限の人間関係の中で暮らすのも一つの選択肢だと思う。

社会参加も大切かもしれないが、それ以前に、私たち人間には幸せに暮らす権利がある。もともと人間関係のスキルのある人ならともかく、生まれつき社会性にハンディを抱えている人の場合は、無理やり・いきなり社会参加させるのではなく、社会の中でやっていけるか・いけないかということを、事前に見極めることが必要だと思う。是非そういったことを、日常の療育や進路指導の中でやってほしいと思う。そうしてみた結果、社会参加や自立に見込みのある人であれば、社会参加のための訓練も役に立つと思うし、そうではない人も、不毛で無駄な訓練や努力を避けることで、周囲に〝迷惑〟（この言葉も私は好きではないのだが）を掛けず、本人も傷つかずに守られることになると思う。

とくに、これからの若い人は療育を受ける機会も格段にあると思うから、その中で、「トラブルは起こしてはいけません」と教えられるだけではなく、トラブルを吹っかけられた場合の対応の仕方、降りかかる火の粉の払い方、あるいはトラブルを避ける仕方も、併せて教えられる必要があるのではないかと思う。

また、トラブルが起きた・巻き込まれた場合の相談の場も、併せて整備していく必要があると思う。とくに、成人の当事者が生活上や対人上のトラブルや困りごとの際に頼ることのできる、何らかの相談の場をつくることや、相談を受け入れてくれる人の育成は急務ですらあると思う。(私は、そういうモノやヒトが育つまでの間、暫定的にではあるが、発達障害に関わる専門家たちなどが、困っている成人当事者を個人的に助けてくれたり相談に乗ってくれたりすることがあってもいいのではないかと考えている。)

たとえそれがトラブルそのものの解決には至らなくても、信頼できる相談の相手や理解者がいるなら、それだけでも精神的にかなり支えになったりするからである。というか、そうした信頼できる理解者がいないと、あたかも全世界が自分の敵みたいになって、ともすると犯罪(その実情は誰も助けてくれないので、自分一人だけで事態に立ち向かっていった結果なのだが)の引き金にもなる場合もある。

以上のような理由で、当事者とくに成人の当事者を支援する理解者でもある支援者を育てることは、急務であるとも言えるだろう。

(二〇一二・九〜一一)

28

相談の場を探すということ

本稿の執筆時点（二〇一二年七月）で、我が国のニュースおよびネット界隈は、学校でのとある「いじめ事件」について盛り上がりを見せている。

「いじめられている子に是非伝えたいことがある。あなたは一人ではなく、あなたを守ろうとする人は必ずいる。誰でもいいから相談してほしい」

これは二〇一一年の大津のいじめ事件を受けてこの（二〇一二年）七月に野田首相がある番組の中で語った言葉である。だがしかしその被害者は、教師に相談しても、児童相談所に相談しても、教育委員会に相談してもダメだったそうだし、被害者の死後に親が警察に被害届を三回出しても受理されなかったそうである。

この首相は「誰でもいいから相談してほしい」と言うが、実際私の体験でも、専門家や関係者に相談しても「手に負えない」と言われるのがオチなのに、なんで「誰でもいいから」などと言われなければならないのか。

例えば、病気になったら資格のあるお医者さんに掛かることが必要なのであって、そこいら辺の素人に診てもらったら、かえって容態が悪化するだろう。手術の執刀を素人に任せたらどうなるかは、誰にでもわかることだ。しかもお医者さんはいろいろな専門に分かれている。問題はいじめに遭ったとき、然るべき問題解決の専門家がいないということだ。

三十年以上前に、やはり私がいじめに遭ったときや不登校になったとき、相談の場を巡ってとても困った経験がある。というか、私が中学校でいじめに遭ったときにも相談の場があればよかったのに、とつくづく思う。

しかし実際には、先生は最初から取り合わないし、というか、むしろいじめる側につくし、手記にも書いたことだが、電話相談は「耐えなさい」という意味のことを言うだけで、あとはマニュアル的対応しかしないし（『変光星』一九四頁）、カウンセラーは喧嘩同然の対応だし（『平行線』八二‐九〇頁）、また前章（二〇四頁）などでも書いたが、今で言うＮＰＯの主宰者は、いじめる側を擁護するような発言をするからだ。

このように、私はいろんなところに相談しようとしたものの、相談すると必ず相手と口論になるものだった。そのような相談は、（私が手記にも書いたように）自殺や他害や犯罪行為のトリガーにもなり得ることがあるだけに、かえって有害なように思う。

このように、「誰でもいいから相談してほしい」というのは、じつは問題を孕んでいると言える。

相談を巡るトラブルの黄金パターン

もちろん、ただ相談の場があればいいというだけでなく、実際に問題を解決できる場であるなら言うことはない。しかし実際には、このように相談した結果、さらに問題が拗れた事例が私の場合、いかに多かったことかと思う。というのは、相談を受ける側は時として、相談者が持ち込む相談の解決ができないことで、怒って相談者を攻撃することがある。それで相談者は、相談の場で生じたトラブルを解決するために、さらに相談の場を探すという悪循環に嵌るからだ。

やはり、私の経験に限って言えば、どこに相談に行ってもトラブルが起こるわけだが、その黄金（？）パターンというのを発見した。つまり、

相談する
←「手に負えない」と言われる
←「そこを何とかしてください」と押す
←「期待のし過ぎだ」と相手が怒る

という感じだ。

冷静になった今となればこのパターンが見えてくるのだが、当時は引き際なんてのもまるでわからなかったし（それが障害なのだし）、相手の度を越えたことを要求し続けた私が悪かったという意見もある。彼らの主張を要約すれば、人間には誰でも限界があるから、したがって「期待のし過ぎ」は良くないということらしい（だったら最初から私に対しても、学校生活や社会参加を巡っていろいろ無理難題を押しつけるな、と言いたい）。

問題は、どこまでが期待しても許されることなのか、そしてどこからが「期待のし過ぎ」となるのかが、

相談する前にはまったく見えてこないということだ。相談に入る前に担当者などに、「対応できることとできないこと」を尋ねてみても、後で話が違ってくるので、じつはあまり意味のないことだったりする。

とくに、「トラブルを起こしてはいけない」という観点から「相談する」という行為を見ると、誰かに相談するということは、後述もするが、確実にトラブルを起こしてきたように思う。だから、「トラブルを起こすな」と世の中がどうしても強いるのであれば、もしかしたら「誰にも相談しないこと」が必要になるのかもしれない（その是非は別にして）。

とかく世の中はトラブルが起きると目くじらを立てて、相談した人をトラブルメーカー扱いして非難するが、もし、相談した結果生じたトラブルを非難されるなら、困ったときにも誰にも相談もできないし、また相談の場の必要性について訴えることもできない。

とにかく私が言いたいのは、トラブルが起きたときに必要なのは、非難などではなく、支援である。だから、少なくとも相談者の立場で、相談や問題提起の際に生じる多少のトラブルには、（相談者を悪者にすることなく）なるべく大目に見てほしいと思うのだがどうなのだろう。

問題のある支援者たち

でも、それらを差し置いても、おかしい相談機関や市民組織（今でいうＮＰＯ）があったのも事実である。手記にも書いたが、相談した内容を次回の相談のときにはすっかり忘れているカウンセラーとか、喧嘩を売るカウンセラーとか（『平行線』七八‐九一頁）、（二五章で書いた）原稿を何度も要求し、再三提出させておきながら三度も立て続けに紛失させ、謝罪もせず、その利用目的すらも告げない、今でいうＮＰＯや、「あなたがいじめられたのは、あなたがいつも、そんなふうだからではないですか？」などと相談者に言ってのける不登校支援の親の会の主宰者などである。

だから、そういった問題のある相談機関やＮＰＯなどといった支援者たちについては、どこかで情報を集約して、ブラックリストを作ったほうがいいと思う（もっとも、それを公開の場でやると誹謗中傷にもなりかねないので非常に難しいところではあるのだが）。

これには他の問題もある。相談者を邪険に扱うと、相談者の側に、〝困っている人や悩んでいる人を邪険に扱ってもいいんだ〟という、誤ったメッセージを与えることになるからだ。とくに私みたいに社会性に困難があると、そういう体験をしてしまうことで、思い切り誤学習してしまうことになりかねない。

何にでも言えることなのだが、なにか本人が悪いことをされたときに、適切なアドバイスをする人がいないと、そのされた悪いことを今度は自分がやってもいいんだと誤学習してしまう場合がある。で、実際に自分でもそれをやってみた結果、「いけません」と言われると、「なぜ、人はやっているのに自分はやってはいけないのか」ということになる。悪気がないのに知らずに悪いことをやってしまったときなどは、とくにである。でもそれは、間違った介入だと思う。

やはり、本人がその元となる悪いことをされたときに、「そのされたことは悪いことだよ」と教えてくれる人が必要だと思う。（それでも私は、「自分にされて嫌なことは人にしない」という原則で乗り切るようにしていたが、もしそれがなかったら、私もまた、困っている人に思いやりのない対応をしてしまうところだったように思う。）

支援者が敵になるという現実

さらには（これは何もいじめ問題だけに限ったことではないのだが）、相談の場の必要性について訴えたりすることや、相談の場を作るために働きかけることは、はっきり言って周囲（とくに他の当事者や関係者）からなぜか酷く嫌悪されるものらしい。その理由は私にもよくわからない。

例えば数年前に私が、成人した発達障害者の親亡き後や老後の問題についての相談の場と支援の必要性を訴えようとしていたところ、支援関係者？（というか当事者でもある一人）から酷く攻撃された経験がある。そして、いわゆる専門家たちの多くは、その攻撃した当事者となぜか非常に仲が良く、仕事仲間というか友達状態だったりするので、この件で私がいつのまにか悪者にされていたりする（というか、関係者の間で、成人当事者の親亡き後や老後の問題には触れたくないという意識があるので、そのことを訴えている私が悪者にされるのかもしれない）。そういうわけもあり、成人当事者の老後や親亡き後の問題についての声は、関係者になかなか届かないという悲しい現実がある。

それと似たようなことが、長らくいじめ問題や不登校の問題にしてもあった。私が、かつて不登校だった今で言う引きこもりの成人や、障害のある人の不登校、さらにはいじめの問題そのものについての相談の場の必要性について訴えたところ、やはり似たような攻撃や嫌がらせに遭った経験がある。しかもそのように私を迫害したのは、前にも書いたように、他ならぬ不登校支援の今で言うＮＰＯの関係者だったりしたものだった。

私がいじめ問題に関する相談の場の必要性を最初に訴えてから、はや四十年近くが経とうとしているが、いまだに世の中は、いじめに関する相談に対して、「我慢しなさい」としか言えないのはなぜなのだろう。少なくとも私には、相談のたびに抵抗してきた、いわゆる支援関係者などのせいにも思えて仕方がないのだがどうなのだろう？

こうしてみてみると、「わかってくれる人がいる」と考えるのは、もしかしたら甘い考え方なのかもしれない。いや、「甘い考え方」というのもまだ甘い言い方で、じつは危険な考え方なのかもしれない。というのも、本来、「わかってくれる人」でなければいけないはずの人たちというのは、このように、じつは敵だったりする場合もあるからだ。

最終的には自分の頭で考えるということ

いじめでもトラブルでもいいのだけど、私はその都度、「我慢しなさい」「あなたが我慢すれば丸く収まる」と何度言われてきただろうか。私が小学生のときのある担任も、本来なら生徒を守る義務と責任があるにもかかわらず、酷いいじめや死亡事故寸前のインシデントがあったにもかかわらず、何かを訴えようとしても「我慢しなさい」「言い訳はしてはいけません」しか言わなかった（まあ「我慢しなさい」と言っていることは、我慢の元となる問題を把握しているということになるだけ、まだましと言えるのかもしれないし、あるいは逆に、知っている分わざと無視しているだけ悪質と言えるのかもしれないが）。

とにかく、（今現在はどうなってるか知らないけど）過去の私の経験から見る限りでは、相談機関やNPOは相談を受けても、結局は「我慢しなさい」とか「耐えなさい」とか「手に負えない」とか「期待のし過ぎ」とか「自分の力でやっていきなさい」としか言えなかったわけだが（それどころか、相談すればトラブルになる分、有害ですらあるわけだが）、もし自分たちの「手に負えない」のなら、なぜ看板を掲げているのかという謎は依然、残っていたりする。というか、自分の力や努力や家族の力だけではどうにもならなくなって、初めて外部に助けを求めるわけなのだが（もちろん、それまではできる限り精一杯、自分の力でやってみてきたりする）、その、助けを求めた先で「自分の力でやっていきなさい」と言われるのでは、まるで禅問答というか、そもそも話にならない。

確かに、病気にしても、お医者さんは回復の手助けをするだけで、基本は自分の免疫や回復力で治すわけだから、そういう意味においては「自分の力でやっていきなさい」というのは正しい。しかしそれでもやはり、回復の手助けがなければ助かる命も助からない事例もあるわけだから、いじめであれその他の問題であれ、自分の力だけでは無理な場合もあるということだ。でも実際には病気を拗らせるお医者さんもいる（失礼）し、同様に、相談した結果、かえって問題を拗らせる専門家や関係者もいるから厄介だ。

まあ人に相談するにしても、基本は自分の頭で考えるしかないということだが、その点に関して言えば、とくに今では昔と違ってネットがあるから、検索でいくらでも、そのための情報が転がっていたりする（昔は、その情報が得られなくて苦労したので、必要な情報を求めるためだけに専門家を頼ったりしたものだった）。あるいは、下手に専門家などに相談するよりも、例えば、不特定多数の匿名が閲覧、書き込みをしている大手サイトみたいなところに書き込みするほうがよい場合もある。

そのような掲示板上で相談することには幾つかのメリットがある。一つは匿名で相談できるということと、もう一つはさまざまな経験や背景を持ついろいろな立場の人から多面的・多角的にアドバイスを受けることができるということである（デメリットとしてはガセ情報を掴みやすいということがある）。さらには、わざわざ誰かに相談しなくても、すでにそうしてなされた膨大な書き込みを検索することもできる。だから、少なくとも情報を求めるためだけに専門家なり関係者なりに相談することは、もしかしたら時代遅れとなりつつあるのかもしれない。

気をつけなければいけないのは、そういう場では、素性や身元を明かすような書き込みはしないほうがよいということだ。というのも、そのような書き込みをすると、いろいろな意味でトラブルの原因になるからだ。とくに、個人で運営されるサイトの掲示板やブログのコメント欄に書き込む際には、（中にはとても攻撃的な管理人もいるので）注意が必要だろう。

学校から安全に逃げるために

いじめ問題で相談しようとしても誰も助けてくれず、また誰も取り合ってくれないとなれば、あとは、命の危険のある場所（この場合は学校）から逃げるしかないわけだが、幸いにも今は、無理に学校に行かなくてもなんとかなりつつある時代になってきているのは救いとも言える。もしかしたら、逃げることは卑怯と思う向きもあるかもしれないが、例えばライオンとシマウマみたいな関係のように、捕食されそうになったら逃げる（＝生きる）権利は本来、誰にでもあると思う。ちなみに、ライオンとシマウマを同じ檻に入れて無理やり閉じ込めているのが今の学校だ。そういう意味で、今の学校は生存権を否定していると言えよう。だから〝避難所〟のような場所が必要となるわけだが、そうした〝避難所〟が一箇所もしくはワンパターンだと、そこにも適応できない人というのが必ず出てくるから、そういったいわゆるオルタナティヴの選択肢を増やすことが必要だと思う。

一例を挙げると、今では公知のこととなったが、通信制高校や大検（大学入学資格検定、現在の高等学校卒業程度認定試験）というのをもし私が中学生の時点で知っていれば、というか、当時にあってその情報が得られるような世の中だったなら、何も無理して普通科高校に通うことはなかったと思う。また、二〇〇三年度からは中学校卒業程度認定試験が不登校にも適用されるようになったが、もし私が在学中にこれが適用されるようになっていたなら迷わずこれを選択していたと思う。

また、いじめで学校を休んでも学業で遅れを取らないような、何らかの代替手段も必要だと思う。例えば、以前にも書いたことだが、公的に認可されたオンライン上でのネットスクールを（公立でも）開設することなどである（私立の通信制高校においては、本稿を執筆している時点ですでにある）。

なお、フリースクールおよび不登校支援者の問題点および注意点については、本書二五章などでもすでに述べたことなので割愛する。

（二〇一二・三〜九）

29

親亡き後を考える

少なくとも十年ぐらい前までは、当事者の親亡き後や老後の問題について問題提起することは発達障害の世界ではタブーだった、らしい。というのは、誰かがそのことについて問題提起すると、傍で聞いていた（見ていた、でもいいけど）別の当事者が極度の不安に陥り、「パニック」や「フラッシュバック」を起こしてしまうからだ。つまり、当事者の親亡き後や老後のことを話題にすることは、他の（年長の）当事者の不安の〝地雷〟を踏んでしまうことで、トラブルの原因になる。

したがって、それらの話を話題にすることは、どうやら思いやりに欠けた行為となるらしく（要するに他のアスペの人の不安を煽るようなことは言ってはいけないということ）、〝地雷〟を踏まれたほうにとってはご愁傷様というしかないのだが（でもだからといって、人を非難したり攻撃する理由にはならないが）、問題は、〝地雷〟を踏んだほう（この場合は私）が周囲（この場合はその人とその人の仲間である親たちや専門家たち）によって、一方的に悪者であると決めつけられてしまうことだ。

そもそも、なんで、片親を失った直後で、もう片親を失うかもしれない、と実際に困っていて、かつ不安に思っていて、途方に暮れている当事者を、発達障害者の親たちや専門家たち（の一部）は悪者扱いするのか。しかも、専門家から「成人の当事者の抱えている問題を提起してください」と言われていたから、そのようにしようとしたまでなのに、なんでその通りにしたら攻撃され、非難され、トラブルメーカー扱いされなければいけないのか。

そういうわけで、当事者の親亡き後や老後の問題について問題提起したり、そのことを話題にすることには、リスクが伴う。トラブルになるというリスクと、関係者などから悪者扱いされるというリスクである。

でも、もしかしたら私を悪者にすることで、当時の関係者たちは問題回避を行っていたのかもしれない。つまり、（少なくとも当時にあっては）専門家たちや支援者たちは当事者の老後や親亡き後の問題には向き合いませんよ、というわけらしい。もっとも最近は、療育の延長で、ずっと療育や支援を受けてきた当事者たちが大人になり、親を失う年齢になってきていることで、このことに向き合おうとする動きはあるにはある。しかし、幼いときや若いときに療育や支援とまったく無縁だった、今や中年や老年に差し掛かっている当事者に対しては、まったく支援の手が向けられていないのが実情だ。この差別の原因は何だろう？

つまり要するに、親亡き後や老後の問題について専門家や支援者に助けを求めれば、トラブルになるということである。だから、「トラブルを起こさない」という観点からこのことを見れば、当事者が親亡き後や老後の問題に直面しても、誰にもそのことについて相談してはいけないということになるだろう。かといって、親亡き後や当事者の老後は誰にでもいずれ必ずやってくることなのだから、避けて通るわけにもいかないだろう。

やはり、困ったときに相談できないというのが一番辛かったりするのだが、相談する際に生じる前述のようなトラブルの過酷さと残酷さと無情さと非情さを考えると、まだ、親を亡くすほうが遥かに楽だったりする。

本当は、親を亡くす前後に、相談できる人がいればどれだけよかったかと思う。とくに、そのような不安を受け止めてくれるような支援があれば、どれほどよかったかと思う。さらには、親亡き後に、手伝ってくれる人がいればどれだけよかったかと思う。

実際、親が死んだとき、パニックにならないかという問題がある。

さらには、自分で消防に通報できるかという問題がある。

さらには、（消防繋がりで）自宅に警察がガサ入れをするわけだが、そういうときに本人が耐えられるかという問題もある。

また、死亡診断書を書いてもらうために（警視庁繋がりの）病院に行く必要がある。

また、自分で役所に行って死亡届けを出せるか、という問題もある。

また、葬儀は、葬儀屋の手配も自分でしなければいけないし、また本人が喪主にならなくてはならないわけだが、葬儀屋の人や参列者たちの全てが障害に理解があるとは限らない。実際私は葬儀でパニックを起こしてちょっとしたトラブルになったから、ここに支援があればどれだけよかったかと思う。しかし実際には（少なくとも現段階では）支援は望めないから、無理だろうがなんだろうが、全てを自分でやらなくてはいけない。

あとは、葬儀の通夜の際に女性一人になった自宅に、本人の意思とは無関係に親族が大勢泊まりに来るわけだが、そうした親族の身の回りの世話をしなければいけないから、まずはここに支援が必要だということと、あとは、風呂に入っている最中にバスルームのドアを開けられそうになったこともあるから、そうした、本人の身の安全を守ってくれる支援があればいいと思う。

あとは各種手続きや、香典返しのリストの記入（私にとってはこれが一番難易度が高かった）、それに、葬儀直後から絶え間なく掛かって来る電話（ほとんどがセールス）への応対などである（なんで役所と葬儀屋にしか知らせていないのに、いろいろな業者からセールスがあるのかという問題はあるのだが）。

とくに、各種手続きの多く（重要なものが多い）は、本人がいくら電話が苦手でも、電話を使って行わなくてはいけない場合が多いから、本当はここは支援が必要な事柄だと思うのだが、それは期待できないから、全て自分でやらなくてはならない。

もっとも、難易度の極めて高い雑談などとは違って、事務的なやりとりだから、電話だからといって、じつはそれほど恐れることでもなかったりする（ただしこの点は人にもよると思うが）。実際、昔から「案ずるより産むが易し」というから、事前の不安とは別に、実際にやってみると、じつは何とかなったりする（↑ここ重要）。

また、親亡き後とともに、本人の老化や病気は確実にやってくる。私は親を亡くした後、手術を二回受けたのだが、入院するときに、身内のサインと共に、保証人の氏名と印鑑が必要になる。私の場合は幸いにも宗教組織の関係者から見つけることができたが、孤立した当事者の場合、必ずしもそうした人を見つけられるとは限らない。だから、万が一（入院などの際）のときに保証人の代行をしてくれる支援があればいいと思う。また、入院生活を支援してくれる何かがあればいいと思う。

さらには、加齢や老化に伴って生じる身体障害などについて、発達障害についてわかってくれる人で、身体障害についても支援してくれる人がいれば望ましい。もっとも、私を攻撃した前述のアスペの人は、ご乱心の理由を「更年期障害」のせいにしたが、障害や病気を免罪符にすることだけは避けたほうがよいだろう。

また、私は経験していないのだが、本人が高齢の親を介護しなければいけない状況の場合もあるから、そういう場合、発達障害の支援と高齢者福祉の双方の支援を連携して行う必要があると思う。

あと、きょうだいがいる場合は、親の死後に、コミュニケーションが不自由な本人が、相続を巡ってきちんと正当な権利を主張できるかという問題もある。この点、その種のトラブルを防ぐためには、親が生前に正式な形で遺書（公正証書遺言）を残しておく必要があるだろう。ちなみにこの連載の担当の人は「とりあえず遺言と葬儀屋さんにあらかじめ依頼しておくのと、エンディングノートを書いておけば、少しは何とかなるかもしれない」とおっしゃっていた。言うまでもなく遺書は、独りになった本人自身も書いておく必要があるだろう。

また、近年では各地に発達障害者支援センターが立ち上がるようになったが（私はまだ利用したことがないので感想やコメントはできないが）、聞くところによると、そうした場所は何カ月かの予約待ちなのだそうである。しかし、親の死去というのはある日突然訪れるものであるから、予約なしに即応できる体制が望ましい。

このように、親亡き後（親を亡くす前後）や老後の問題に差し掛かった自閉症やアスペの人が、具体的にどのようにすればいいのかということについて、現実は、非常に残念ではあるのだが、今のところ、本人の持っている個人的人脈と、運と成り行きに頼るしかない、と言える。

これでは救いようがないではないか、と言われそうだが、かといって、専門家などに相談することは、すでに述べた通りトラブルの原因になるし、また、特定の宗教団体を持ち上げる記述は不適切ということになりかねない。（要は、本人が帰属できる何らかの共同体のようなものがあればよいということなのだが、用心しなければいけない悪質な宗教団体のほうが圧倒的に多いのもまた現実なので、その選択には慎重を期したほうがよいだろう。）

相続などといった法的な支援であれば、発達障害の関係団体から障害に理解のある弁護士や司法書士を紹介してもらえる場合もある。しかしその他の支援や心理的ケアについては、現段階までで支援者があまり当てにならない以上、残念ながら〝神様〟に頼るしかないのが厳しい現実なのである。

ちなみにバイブルにはこう書かれている。

「だから、明日のことで思い悩むな。明日のことは明日自らが思い悩む。その日の苦労は、その日だけで十分である」（マタイによる福音書六章三四節、新共同訳）

（二〇一一・一二）

30 電話に出るということ

アスペや自閉症の人で、電話を苦手とされる方はきっと多いのではないかと思う。実際に、電話が苦手だというエッセイを書いておられる当事者の方もいらっしゃる。ご多分に漏れず私の場合も、電話はとても苦手である。なので親しい知人にも電話番号は教えていなかったりする。

苦手というのには三つの理由があって、一つは、もともと言葉を介したコミュニケーションが苦手ということ、一つは、こちらの都合にお構いなく掛かってくるということ、もう一つは、何の予告もなくいきなり突然電話が掛かってくることである。だから電話に出るときには、こちらに何の準備もないまま、正体のわからない（とくに黒電話の時代は）相手に向き合わなければならない。それだけでも、私にとってはかなりの（パニックを起こしてもいいぐらいの）恐怖だった。

私は親から「電話にはすぐに出なさい」と教えられたが、そのためには、こちらが今行っているタスクを即座に中断させる必要がある。例えば、これからスキンケアをしようと乳液をたくさん掌に盛った直後に掛かってくるとか（まあ私は化粧はしないけど）、調理の真っ最中に掛かってくるとか、水回りの掃除中に掛かってくるとか、これからトイレに行こうかなというときに掛かってくるとか、実際に用を足している最中に掛かってくるとか、そういうときにすぐに電話に出るには、受話器を持つところを汚さなければいけない。あとは、執筆中や作曲中で頭の中がアイデアや構想でいっぱいの状態で掛かってくるとか（もちろん電話の後はせっかくの閃きが台なしになっている）だったりするのだが、しかし私の場合、気持ちや注意力の切り替えがすぐにできない。そのため電話の相手の言いなりになり、うまく切り返すことができなかったりする。

とくに、ネットが普及する以前は、コミュニケーション手段というのは、実際に合って話す以外には、手紙（文書）と電話しかなかった。だから、電話が苦手ということは、その昔にあっては重大な実務能力の欠如だった（今でもそうかもしれないけど）。とくに、電話を聞きながらその内容をメモに書き取るということができなければ、仕事（その種類にもよるけど）をすることは難しいと思う。なので、仮に自分の得意な分野で仕事を見つけられたとしても、「電話を聞き取って書き取る能力」の欠如のせいで、仕事そのものが台なしになることだってあるのだ。これは実際、自分の作曲したものが認められて、「作品を入れたテープ（楽譜）をいついつまでにどこそこに送れ」と電話が掛かってきても、送り先の住所や期日をきちんと書き留めることができなければ、せっかくのチャンスもおじゃんになってしまうのだ。

あと、話は飛ぶが、私はつい最近まで、相手に対する誠意や礼節ということで、掛かってくる電話には可能な限り出るようにしていた(それが現実的また防犯的に妥当かどうかは別にして)。しかしそうやって出る電話の相手の大半は、保険の勧誘だったり、悪徳商法だったり、無言電話ばかりだったりする。

とくに、父の葬儀の後、自宅で一人取り残されているときに掛かってきた電話には正直、対応できなかった。実際に、一日中、昼間、一時間に八本とか十本とかのペースで掛かってくる。親を失って気が動転していて、そっとしていてほしいのに、そこに香典返しのギフトの勧誘の電話と、あとはなぜか無言電話がわんさか押し寄せるのである（なぜ、また、どうやって電話番号や個人情報が漏れているのかという謎はあるのだが)。しかしそうした電話の合間に、重要な電話もあったりするから、まったく電話に出ないわけにもいかない。で、実際に一時間に八本掛かってきたら、そのうちの六本は出ることができた。しかし残りの二本は(こちらにも生活上のことがあるから)どうしても出ることができなかった。皮肉なことに、その出られなかった二本が、じつは重要な電話だったりしたものだった。

このように、ただでさえ電話が苦手なところに、健常者ですら気が動転すると思われる状況で、電話攻撃が続くのである。これをいじめと呼んでいいものかどうかは賛否両論あると思うが、少なくとも私にとっては、実質的にいじめと極めて似たようなものだったように思う。

とくに、葬儀の後に無言電話が一日に何度も掛かってくるのだが、電話が鳴って、こちらが「はい、森口です」と名乗ると、切れてしまう。あまりにもそういうことが立て続けにあったので、一つは、電話に出たときにこちらから名乗るということをこのときに止め、もう一つはこれを切っ掛けに、「ナンバーディスプレイ」対応の電話機に買い替えた。少なくともこれで、一日中掛かってくる電話、とくに無言電話を撃退することはできた。

当時、電話機を買い替えたのには他にも理由がある。電話機で注意しなければならないのは、子機がある場合、電波がアナログ式だと簡単に周囲に傍受できてしまうという点だ。私はそれでずっと傍受されていたらしく、実際に近隣で怖い目にも遭ったこともあったからである(ちなみに、こういう場合に相談を助けてくれる支援があればいいと思う)。

あと、他にも電話で最悪なのは、健康食品の販売の電話で、出たら最後、こちらが断っても、なぜか買ったことにされて(うまく断るためのスキルがないだけなのかもしれないが)、後で高価な健康食品が代引きで送られてくる。そういうのが時々掛かってくるから(理由はそれだけではないけど)、やむなく最近になり、常時留守電にするようにした。すると今度は、こちらが承諾しないのに、やはり代引きで商品が送られてきて、この時はさすがに消費者相談センターに、それこそ電話で相談した。電話で相談するというのは私にとってはトラブルの元でもあり、本来ならとても苦手なことなのだが（本来ならばここに支援が必要なのだが、それは望めないから）、このときばかりは神様に祈り、そして消費者相談センターに電話するに際して、まさに神様に助けてもらったとしか思えない経験をしたりもした（経験上、支援者はあまり当てにならないから、結局は〝神頼み〟しかないのであるが）。

他にも留守電にした理由はある。というのも、最近のセールスの電話は、なぜか荒々しいものが多いからだ。例えば、断ると怒鳴り出したり、喧嘩を売り出したり、説教し始めたり、中にはまるでヤ○ザみたいに「オラオラ聞いてんのかふざけんな」などと脅しを掛けてくるのもある（もしかしたらモノホンのヤ○ザかもしれないけど）。もちろん、断るときでもなるべく穏やかな対応を心掛けていたつもりだったが、どんなにこちらが言い方を気をつけてみても、激しい言い方をしてくる電話がある（相手を心理的に威圧するために、わざと高圧的な言い方をしているという説もあることを後で知ったが）。

それで、あまりにも激しい対応をされると、（こちらも二次障害として精神疾患を抱えていて、普段からいつも薄氷を渡るような感じで暮らしているから）煽られ方次第では、それこそ、「何をやらかしてもおかしくない精神状態」になってしまうこともある（どうやら相手の気分に同調また感応されやすいらしい）。そして、それが時として人への〝迷惑〟となることもあるし、さらには実害を及ぼしてしまう可能性もある。そもそも私はそういった他害や加害などをしてしまわないように、自分を荒々しい境遇になるべく置かないように日頃から細心の注意を払っているから、そうした不適切行動や、また事件や事故のトリガーとなるようなものを避けるという意味でも、電話は留守録に、いわばせざるを得なかったという事情もある。

そういうわけで最近では常時、電話は留守録にしている。「理由はそれだけでない」と先に書いたが、じつは、最近は身体が不自由になり、すぐに電話に出るのが難しくなってきたのが実情だったりもする。というのも、電話が鳴ったので、不自由なのを押して電話の近くに辿り着いたらベルが鳴り止む、ということが幾度も続いたからである。で、実際に留守録設定すると、掛かってきても留守電設定の録音に何も入れずに切れてしまう電話も多かった。さらには、留守録にして二、三カ月経つと、それまでは毎日掛かってきた何かの勧誘と思える電話が、なぜかほとんど掛かってこなくなったりもした。

（ちなみに最近は「迷惑電話対応モード」というのを備えている電話もあり、電話が掛かってきたときに特定のボタンを押すと、「ただいま迷惑電話対応モードになっています。お名前とご用件をおっしゃってください」と、機械音声が応答するものも存在する。）

電話を留守録にしてよかったと思えることは、それにより自分の時間を持つことができるようになれたということである。それまでは、「電話が来たらすぐに出なさい」という父の言いつけをずっと守り、いわば生活の全てを可能な限りすぐに電話に出られるようにスタンバイさせていたようなものだった。しかし身体上の不自由という口実ができたお蔭で、電話が鳴るという突然の恐怖の出来事に余裕を持って臨むことができるようになった。そもそも電話は相手の都合で掛かってくるものであり、こちらの都合のことは（あまり）考えていない。こちらにも都合や生活があるのだから、何の予告なく突然静寂を破壊する電話に振り回されることなく、自分の生活を大切にすることがあってもいいのではないかと最近は考え始めている。

（二〇一四・三）

31　疲れるということ

最近、自著（手記）を読み返す機会があったのだが、今思うに、中学から高校時代の私は、とても疲れていたんだな、と思う。

だから、至るところで、いろんな人から「疲れたなら（学校を）休めばいい」という意味のことを言われたんだけど、当時の私は、（級友たちが私にいつも言っていたように）自分は「努力がまだまだ足らない」から、（当時の世の中の風潮がそうであったように）もっと頑張らなければいけない、ギリギリまで頑張らなければいけないと思い込まされていたので、休むことなど到底考えられないことであって、とんでもないことだと考えていた。

加えて、仮に疲れていても、その疲れを自覚することができなかったために、せっかく助言されても、それを素直に受け入れることができなかった。それでも結果的に言えば学校に行けなくなってしまうわけだが、要するに、普通に学校に行って学校生活を送るだけで疲れてしまう。

つまり、健常者にとっての「当たり前」のことをしようとするだけで、そうなってしまうわけなのだが、もしこれが（今の時代のように）日曜だけでなく土曜も休みだったら、どれだけよかったかというのはある。

なんで学校という場所は、ただそこにいるだけで疲れてしまうのかなと思う。

言うまでもなく、煩雑で複雑怪奇な人間関係や、いじめなどといったことは、そういった疲弊感をもたらす最大要因であり、また社会参加の最大のハードルでもあるのだが（それらのことについては手記ですでにさんざん言及したから今回は端折る）、それ以外にも、守らなければいけない膨大で厳格な規則とか義務とか、参加しなければいけない課外のイベントや活動などといったものがある。いわばイレギュラーなそうした義務を果たすのは、少なくとも私にとっては過大な負担だったように思う。

とくに、週一のマラソンの翌日は疲れ果ててしまい、ぼーっとして授業に身が入らなくなったし、午前中の早い時間の体育の授業も、それ以降の授業に身が入らなくなる原因になったように思う。

そもそも、体育の授業や体育系のイベントを健常者と同じメニューでこなしていくことは、少なくとも私にとっては自分の能力を超えた負担だったように思う。やはり、障害を持った人には、その人の体力や能力に応じたメニューが必要だろう（もちろんその前に、正しい診断が得られることが前提条件になるわけだが）。

思うに、学校という場所は詰め込み過ぎなのである。これは、一昔前の「詰め込み教育」という意味ではなく、あまりにも課外の活動やイベントだらけのために学校が重圧になってしまい、私の手には負えなくなってしまったのである。

このように学校という場では、次から次へと「手に負えないこと」を押しつけられた。そして、それらを拒否することは「わがまま」「自分勝手」ということで、絶対に許されないことだった。だから私としては、自分の「手に負えないこと」であっても我慢して、また精一杯努力してでも、頑張って受け入れなければいけないんだな、と思い込まされてきた。だから、相談に行った先で、今度は私のことが「手に負えない」と言われると、なんでこの人たちは「手に負えないこと」を拒否できるんだろうか？と、とても疑問に感じたりもしたものだった。そして、それが相談の際のトラブルに拍車を掛けたりもした。

でも逆にそうした反応を通じて、自分にとって「手に負えないこと」は拒否してもいいんだと学ぶ切っ掛けになった。だから、もし私が自分の「手に負えないこと」を拒否していいというのなら、少なくとも学校を拒否してもいいという理屈にはなるだろう。そう、学校は少なくとも私にとっては「手に負えない」場所なのである。明らかに自分の能力を超えていた。

そのうえしかも、私は学校に通い続けることで、病気（二次障害）になってしまった。だから、病気とりわけ精神疾患になりたくなければ、もしかしたら「学校に行かない」という選択もあってもいいのかもしれない（その是非は別にして）。

普通、疲れというものは一日休めば取れるものらしいが、累積した疲れの場合は、一晩二晩程度休んだくらいでは取れない場合がある。脳というのは良くも悪くも可塑性があるから、私の体験では、疲れやストレスを溜め込むと、それが慢性化してしまうような感覚を得ている。そしてその疲れが時として、病気（二次障害）を誘発してしまうこともあるようだ。さながら、電圧の下がった電卓のように、いくら正しいキーを押しても誤作動してしまい、正しい答えが出せなくなってしまう。

このように、疲れの累積は注意力の散漫以外にも、時として、普通ではない行動を取らせることすらある。認知力、知覚力、判断力、自制心など一切がおかしくなってしまい、妄想や幻聴、さらには幻覚（のようなもの）すら出てきて、さらには平衡感覚も失調して、あたかも地面がぐるぐる回転し始めたりするように感じられることもあるから、そうなったらいわゆる〝迷惑〟以外の何ものでもない（それどころか、不適切行動また反社会的行動や触法行為の切っ掛けともなり得る）から、そうなる前に何らかの手を打つ必要があるだろう。つまり、疲れを溜め込まないことが必要だということである。

困ったことに私の場合、疲れ感を自覚できるようになれるまでに、とても時間が掛かった。なぜ自覚できなかったのかというと、一つには、常にいつも疲れていたので、それが普通の状態だと勘違いし、疲れていないときと比較することができなかったことがあると思う。でも、それから長い時間が経ち、精神科での治療を受け入れながら、疲れ感をなくし、なるべくゆるい生活を送るようになってみて初めて、学生時代の私はとても疲れていたんだな、と自覚できるようになった。

そしてそのようにして、疲れているときとそうでないときの体調の違いを認識できるようになってからは、どのようにしたら疲れるのかということもわかったし、どのようにしたら疲れから身を休めることができるのかということもわかるようになった。そして、そういったマネージメントができるようになってからは、いわゆる無理のし過ぎによる失敗や、突然倒れて救急車で搬送される事態や、またいわゆる〝人の迷惑〟になることもかなり減らせることができたように思う。

もし、疲れ感が主観的にわからないというのであれば、ちゃんとしたマッサージ師や整体師に掛かってみて、その意見を訊いてみるのもアリだと思う。あるいは自分で自分の身体のあちこち（ツボや経絡や反射区など）をいろいろ押してみて、凝っている箇所を確認してみるのもいいかもしれない。そうやってみて、あまりにも痛い（イタ気持ちいい）ところが多いということであれば、疲れているということになると思う。それでももし疲れているということがわかったなら、精神科に行ってお薬をもらうのもアリかもしれないけど、それ以外にも、もし可能なら（怪しいところではない）ちゃんとしたマッサージに通って、身体の凝っているところをいろいろ揉み解してもらうのもアリかもしれない。

実際、私の中学から高校時代は、頭から首や肩の周辺が凝りに凝りまくっていたのだけど、自分で押してみたぐらいではどうやら焼石に水だったらしく、いくら押しても楽にならなかった。まあ当時は若かったから疲れを溜め込んでも、それを上回るだけの身体のエネルギーがあったから、初老の今と違って無理が効いたというか、かなりの疲れにも耐えることもできたのだろう。言い換えればそのために「疲れを自覚する」のがなかなか難しかったのだろう。

それで、これが重要なのだけど、身体が動かないときに無理に頑張って動こうとすると、さらに疲れる……というか、病気（精神疾患）を拗らせるから、休息するときには休息することだけに専念しなければいけないだろう。例えば、あまり疲れた状態で何かを言っても、それを聞いているほうからすれば、ちんぷんかんぷんになるし、またそういう状態で手紙とか何かを書いても意味不明になって対人関係に支障が出るから、そういうときは「下手な考え休むに似たり」で、何もしないで休んでいるのがいいだろう。

そのような状態で精神科に掛かる場合でも、もらう薬は「きちんと休めるための薬」だったりするから、そのため脱力するような、ボーっとする薬を出されたりするわけだが、お医者さんも、問答無用にそういう薬を処方するのではなく、ちゃんと薬の効果や処方の目的などについて患者に説明してほしいと思う。（もっとも、受験勉強に集中しなければいけない時期にその手の薬を出されるのは、ある意味かなりしんどいところもあるのだが。）

なお、そうした薬が元気や気力を失わせている可能性があることについては、本書一三章を参照されたい。あと、この記事では書かないが、疲れや精神症状を緩和する点において、食事・栄養・サプリメント類の果たす役割が大きいこともつけ加えておきたい。これについては「医食同源」と言われる通りだし、中には薬みたいによく効く食材もあるのだが、私は専門家ではないし、また個人差も大きいことから、そこら辺について詳細に記すことは控えておきたい。

まあ、「学校生活程度で疲れていたら、社会人になったらそれどころではない」という意見もあるし、聞いた話によれば、一日十四時間労働とか、四十八時間連続労働ってのもあるみたいだし、一カ月間休みなしというのもあるらしい。もしそんな労働をすれば健常者だって疲れてしまう……というか、心身ともに異常を来たして、死んでしまうこともあると思う。実際、企業によっては「三百六十五日二十四時間死ぬまで働け」というのもあるようだ。それらの賛否や是非は別にしても、世の中が、社会人として人間離れした強靭な人を求めているのは動かしがたい事実だろう。

だから、もしかしたら「教育」の目的というのは、スクーリングというよりもスクリーニングなのかもしれない……と思えることもある。つまり、学校が過酷であることで、もしかしたら、例えば私みたいな健康などに問題のある人をあらかじめ排除し、心身ともに社会人に相応しい人だけを残すという仕組みになっているのかもしれない。その是非また真偽は別にしても、それが私の実感であることには変わりがない。

私が学生時代だった当時はまだ「不登校」などという言葉はなかったから、「登校拒否症」などと呼ばれていて、つまりは病気扱いだったりするのだが、その実態というのは、病気でもなんでもない、身体の至極正常な反応であって、要するに、蓄積疲労のために身体が思い通りに動かせなくなったということなのだと思う。

要は「無理のし過ぎは良くない」ということになるのかもしれないが、それを言うなら、私にとっては、そもそも学校生活を送ることが「無理のし過ぎ」だった。だから学校という場を、私のような者にとって「無理のない場所」にすることも必要なことだと思う。幸いにも現在は、義務教育の中で特別支援教育が施行されつつあるし、また義務教育以外でも、発達障害の人への取り組みがなされ始めているから、以前と比べて、学校が私のような者にとっても過ごしやすい場所になっていることを期待したい。

まあ、頭ごなしに学校を拒否する極端なことはしなくても、今の学校を変えていくこと、もしくは義務教育のシステムを多様化して選択肢を増やすこと、例えば、学校は授業だけにして、（学校生活の中でも著しい疲弊感を招く）いじめの温床となりがちなクラブ活動や課外のイベントや〝リクレーション〟はなくすか、もしくは生徒の側の状況に応じて拒否できるようにしていくとか、学校に通うのを例えば隔日なりにして、その分をネット配信の授業を増やすとかしてもいいのではないかと思う。

とくに私みたいに生まれつき生物学的な弱さを抱えていると（私の場合は《早生まれ＋未熟児＋発達障害》の三重苦で、加えて二次障害とその治療による投薬による副作用という五重奏だったりするわけだが）、学業や学力など以前に、気力、体力の問題で、普通に学校に通い続けることですら支障を来たしてしまう。

かつて私は子どもの頃、今は亡き両親からＩＱのスコアを見せられてこう言われたことがある。

「あなたは普通より頭が良いのだから、障害があっても人一倍頑張れば、普通学級でやっていくことができる」と。

しかし、基礎体力（この場合、生命力と言い換えてもいいかも）や、生まれつき（？）の虚弱の問題は、少なくとも私の経験では、どうやら知能や努力では補完できなかったもののようである。

入院している人には院内学級があるのに、入院するほどではないが今一つ学校に行く元気がないという人の居場所、あるいは学校に行きたいのに（多動などのために）学校から「来なくていいです」と言われている人たちの居場所が、義務教育の中に見当たらないということは、不登校や〝自主休学〟という、いわば違憲・違法状態を本人たちに強いてしまうことになる。

そしてそれらは低学歴状態を招き、それはその後の本人にとって、とてつもない社会的不利益を招き、自立および社会参加の著しい障害となるが、その他にも病気で、また（いじめや暴力などからの回避のための）安全上の理由で学校に通えない・通わない人たちもいるのだから、そういう意味でもそろそろ、義務教育におけるオンラインスクールというのを考えてもいいと思う。（つけ加えるなら、財政等のショートの懸念もある現在にあって、学校の維持管理費や人件費削減の意味からも検討していいだろう。）

今挙げたのはヒントに過ぎず、他にも有用な対策はあるだろうが、例えばそのようにすることで、学校に通うことで発生する疲労感を軽減していくことは可能だと思う。

思うに、今の世の中は学校に頼り過ぎなのである。だからこそ、学校での負担を減らしていくことや、また教育の形態を多様化させていくことが、私のような者が無理をしないで幸せに暮らしていくための鍵の一つなのだと思っているがどうだろう。

（二〇一四・九〜一二）

32 「n次障害」を防ぐには

今年（二〇一四）、拙著（手記三冊）が復刊した。「少女期の回想」「青年期の回想」ときたら、「壮年期の回想」「老年期の回想」を書いてもいいのかもしれないというか、一部から書くことを期待されているのだが、とくに支援者（当時は発達障害の支援者はおらず、発達障害という言葉もまだなかった）との関わりを書いても、ただひたすら不毛になるだけだから、なおさら書けないということもある。が、そうした理由以外にも、自分の手記は主に自閉症者の社会的な関わりを念頭に置いて、社会学的視点で執筆しているものであるから、実際、青年期以降は体力がなく、そのため（先に書いた支援者たちとの不毛なやりとり以外には）ほとんど社会的な活動はしていないので、少なくともそういう意味では正直、あまり書くネタがない（というか、正確にはネタはあるのだが、それを書いたら当時の支援者たちから抗議が出ると思う）。

正直、ここの連載を続けるだけでも気力を振り絞って書いているけど、なぜ私はこんなに弱いのだろうかと思う。もともと弱かったのか、それとも弱くなったのかはわからないけど、他の自閉症者で学歴を得て、そのうえキャリアを積んでいる人を見ると、少なくとも私から見るとスーパーマン（スーパーウーマン）だと思う（もちろんご本人はそれなりに苦労なさっていると思うが）。少なくともそうしたスーパー当事者の手記を拝読しても、二次障害に対する投薬治療を受けた記述は今のところ、少なくとも私の知る限りでは見当たらない。単に経験しなかったから書いていないのか、それとも意図的に省いているのかは不詳だが、少なくとも私の受けてきた投薬治療が、生命力を著しく損ねてきたことだけは間違いないと思う。

そもそも、自閉症もしくは発達障害とかけて、私はドミノと解く。つまり、自閉症・発達障害であるということは、社会参加の途上で、精神的・肉体的なさまざまなストレスを引き起こすが、とくに長期間にわたるいじめや蓄積疲労などに見舞われた場合は、心身症やうつ病、また統合失調症などといった精神疾患を引き起こす。そしてその治療のために長期間の投薬を受けることは、不随意運動や、また平衡感覚や反射能力や思考力などの低下といった身体障害を起こす原因となり、またそうした投薬は肝機能障害や代謝の低下を招き、そしてそれはさらに、肥満症や糖尿病を始めとするメタボリック症候群を招くことになる。また、代謝つまり体温の低下（そしてもちろん右記のストレスも）は免疫力の低下を招き、それは感染症を招く原因となり、またさらには、がんをも引き起こすことにもなる。

こうなるともはや二次障害、三次障害どころではない。〝n次障害〟とでも呼ぶべき事態だろう。この「発達障害ドミノ」「自閉症ドミノ」を防ぐには、なるべく早い段階での介入が必要だろう。例えば、人間関係などに困っている本人に対して、本人の試行錯誤的な努力に全てを任せて本人を疲弊させるのではなく、何らかの支援や具体的な対処の仕方について教えるとか、もし本人がいじめに遭っているならそれから守るとか、過度に疲れているなら学校を休むなどである。

もっとも、糖尿病とかがんとかは、別に発達障害の人でなくても、また精神科の治療を受けてなくても、中年期以降になったらなる人はなるので、厳密に右記のドミノが成立するかどうかということはあるのだが、私と同世代の人たちを比べても、体感的に言ってまだ若いのに元気がなくなり、疲れやすくなり、体力の劣化が普通より早まるような感覚を持っているし、少なくとも私がかつて受けた精神科の治療では、体温が著しく低下したため（風邪を引いて発熱した場合でも健常の人の平熱以下になるなどで）、あながちまったく無関係とも言えないと思う。

私は中学校入学からしばらくしてから精神科での投薬治療を受け入れたが、それとの因果関係は検証されてはいないものの、時を同じくして虚弱になり、とても疲れやすくなったこともつけ加えておきたい。とくに高校に入ってからはどんどんそうした薬が増やされるようになったが、それに比例してどんどん体力・気力が落ちるようになり、勉学や通学にも支障を来すようになったことにも触れておく（それらのことについては私の手記『平行線』の「極小」の章を参照されたい）。

こう書くと前章と矛盾するかもなのだが、そこいら辺のところは、どんな薬を処方されるかにも拠ってくるので一概に言えないところがあるのだが。ちなみに当時にあって、どんな薬が処方されていたのかは私は知る術がなかった。それは二冊目の手記（『平行線』一五〇頁）や本書一三章にも書いたように、薬の名前を知る手掛かりからして、全て消されていたからである（しかも〝三倍処方〟のオーバードーズで！）。

私はそういった薬を長期間服用しなければならなかったわけだが、最近では例えば「ベンゾジアゼピンを三カ月以上飲むと認知症リスクが五一％上がる」という報告もあるので[※1]、薬の飲み過ぎのみならず、通常の使用にも十分注意したほうがよさそうだ。また統合失調症の薬であるリスペリドンには糖尿病のリスクもあるとされている（当該薬の添付文書参照）。

※1　http://www.bbc.com/news/health-29127726
（ただし、もともと認知症の傾向がある人がそういう薬を飲んでいるのだから……と疑問視する向きもある）

近年の発達障害では薬を使わないトリートメントもあるようだが、もしどうしても薬を使わなければならない場合でも、少なくとも治療の見通しは立ててほしいと思う。なぜなら治療の前途が見えないと、そのこと自体が病状の悪化に繋がるからだ。できるなら薬は必要最低限にして、その代わり療育や心理療法などで代替できるものがあるなら、なるべくそのようにしておいてほしいと思う。しかし私の受けたトリートメントは、まさにその真逆とでも言うべきもので、〝心理療法〟（カウンセリング）によって心理状態がいわば最悪にまで悪化させられたところに、投薬治療を受けなければならなくなる破目になった（そこいら辺のところは二冊目の手記『平行線』に詳細に書いたのでここでは端折るが）。

ちなみにあるサイトでは〝発達障害の治療〟といったことが謳われていて、そこには処方薬の袋のイメージ写真があったりもするのだが、私の感覚では（ある当事者にして専門家の方がその著書の中でも指摘するように）、発達障害は慢性病としての付き合い方のほうがむしろ妥当なのかもしれない。

社会参加で一番大切なのは「元気」である。将来の社会参加と自立のためにも「元気」を温存させるべきなのであって、少なくとも社会参加の訓練の途上で消耗するべきではない。そのためにも、もしどうしても投薬治療をしなければならない場合は、なるべく必要最小限にするべきだろう。

そうでなくとも、ただでさえ不自由な身体を、投薬治療によってさらにこれ以上、不自由にするべきではない。社会参加、とりわけ勤労するにあたって一番大切なのは、元気であり健康である。将来の社会参加と自立のために、さらには健康的な晩年や老後のためにも元気を温存するべきなのであって、少なくとも消耗するべきではない。治療と療育に携わる人たちには、まずその辺りのことをわかっていただきたいと思う。とくに投薬をする際には、本人の晩年や老後のことまで見通しを立ててからにしていただきたいと願う。

（二〇一五・三）

33 仲良し地獄

この国の長い伝統の一つに「和を以て貴しと為す」というのがある。そのため、およそこの国の市民であれば、この国の至るところで、学校から会社からご近所などといった、あらゆるコミュニティにおいて、「人と仲良くする」ことが強要されるわけだが、そのこと自体は間違っていなくても、果たしてそれがその場その場で適切なことなのだろうか？という問題は常にあると思う。

例えば学校でいじめに遭っているために孤立している生徒がいるとする。果たしてその生徒だけに「みんなと仲良くしなさい」「友達を作りなさい」と要求また忠告することは適切なのかどうかということである。それを言うならむしろ、いじめている側に向けて言うべきだと思うのだが、私が実際に経験した限りでは、決してそうではなく、いじめのターゲットになっている人間に対してのみに「周りと仲良くしなさい」と言う。それで私は危害を加える人間とも、また意地悪な人間や狡猾な人間とも仲良くしよう、友達になろうと努力し続けて、心が折れてしまったりもした。

当時としてはひたすら、学校の先生のおっしゃることに従おうと夢中で必死で、そのため、先生の言うことを聞けない自分が悪いのだと決めつけたりもしたものだった。しかし大人になって自分で判断できるようになった今では、そうした忠告がむしろ不合理なものであるということを理解できるようになった。つまり、昔から「君子危うきに近寄らず」と言う通り、危害を加える人間や意地悪な人間などとは距離を置くべきなのであって、場合によっては彼らから身を守る必要すら生じるということなのであるから、本当はそういうことを教えてもらえる必要がある。しかし現実には、危害を加える人たちとも「仲良くしなさい」「友達になりなさい」と私の担任だった学校の先生たちは強要し続けたものだった。

思うに、義務教育期間中、私はとてつもないことを先生たちから期待されていたと思う。つまり、危害を加える人間とも仲良くする・友達になるということである。全ての人と平和的になるのは、本来は悪いことではないはずなのだが、今日の地球上の国家同士の関係を見ればわかる通り、それはとても難しいことだ。そもそも「汝の敵を愛せ」というのは信仰レベルの話であって、危害を加える人間や敵対的な人間と仲良くしたり、あるいは友達になったりすることは、健常者にとっても、かなりハードルが高いことだと思う。そのハードルを、人間関係やコミュニケーションのよくわからない私にいきなり期待されていたのである。そのようなわけで、学校生活は私の能力を超えていたように思う。

そもそも、敵対的な人や危害を加える人と仲良くする、あるいは友達になる必然性は、少なくとも今の私にはよくわからないのだが、もしどうしてもそのようにしなければいけないというのであれば、それを全て本人の努力に任すというのではなく、何らかの指導や支援や介入があって然るべきだと思う。

そもそも歩み寄りというのは相互関係であるから、どちらか一方からだけではなく相互に歩み寄らないと決してうまくいかないものなのであるが、しかし、学校を含むこの国の日常というのは、敵対している人に関してはそのままで、敵対されているほうだけに歩み寄りの努力を強制する。そして、それがうまくいかないと（そもそもうまくいくはずがないのだが）、「どうして仲良くできないのか？」「努力が足らない」と叱責する。それで、学校生活がうまくいかなくなって相談に行くと、今度は私が「期待のし過ぎだ」と怒られることになるのである。このように、「和」を尊重する日本に生まれるというのは、人と仲良くする点において、とんでもないリスクと義務を抱えているものらしい。

危害をもたらす人間や意地悪な人間と、仲良くしなければならないとか、信用しなければならないという考え方は、どうもこの国の特定の世代に根強く残っているらしい。わりと近年でも、私の自宅の周りに張りついて、「死ね」とか「キチガイ」とか言いながら、自宅のドアの取っ手をガチャガチャする人が現れたのだが、相手は未成年だったから私はその保護者に厳重注意を入れたら、それがマンションの管理人（かなりの年配者）にとっては良くないことだったらしく、例によって私が「仲良くしなさい」とその管理人から逆に注意を受けた。（もっとも、後で私が、「犯罪行為をする人と仲良くすることを強要する管理人は不適格」だということで管理会社に注意を入れたら、その管理人は程なくして辞めていったのだが。）

でも、ちょっと前の私だったら、管理人にそのような〝注意〟を受けたら、まさにそのストーカーとも仲良くしようと不毛な努力を重ねていたに違いない。そしてそれから生じるかもしれないトラブルも全部、きっと〝自分の努力の至らなさ〟のせいにしていただろうし、さらには命に関わる事件にも巻き込まれていたに違いない。そういう意味でも、「仲良くしなさい」という私が受けた学校教育の洗脳、さらには現代の日本の文化には危ういところがある。なぜなら、自分の身を守ることをよしとしていないからだ。

先生から「仲良くしなさい」と言われて、それで危害を加える人たち（周りはいじめる人間だらけだから自分以外はほぼ敵）とも仲良くしようとした結果、見事に失敗して、その失敗を「自分の努力不足」のせいにして自分を責め、さらに仲良くするための努力を重ねていき、その結果、深みに嵌っていって自分自身をさらに危険な状況に置き、トラブルに巻き込まれた挙句の果てにトラブルメーカーにされ、周囲から悪者扱いされ、場合によっては身の危険にも晒される……。

これって何の罰ゲームですか？　周囲が危害をもたらす人たちだらけなら、あるいは本人がいじめに遭っているのなら、「仲良くしなさい」云々よりもまず、いじめ行為をなくすことのほうが先でしょう。これがもし、いじめをやっている人間に対して「仲良くしなさい」と言うのならまだわかる。でも実際には、いじめる側には何のお咎めもなしで、いじめられて孤立している人間に向かってのみ「仲良くしなさい」と言う。これでは順序が逆ではないか。

つまりいわば、これから爆弾が落ちてくる土地を整地してそこに家を建てようとしているようなものだろう。自分でいくら建設的努力をしてみても、一発の爆弾で、その努力は無に帰してしまう。だからまともな家を建てるためには、まず、いじめという比喩的な戦争行為を終わらせる必要がある。

そもそも、「仲良くしなさい」「友達を作れ」と強いる人たちの共通点として、彼ら自身はなぜかあまり友好的ではないというのがある。先の管理人にせよ、こちらから挨拶しても苦虫を噛み潰したような表情でまったく返事のない人だったし、私の担任だった中学の先生たちにしても、クラスのいじめを率先して行うような人だった。もし本当に「仲良くしなさい」というのなら、彼ら自身が率先して私と仲良くすればいいと思うのだが、どうやらそういうわけではないらしい。

まあ昔からそういう輩は必ずいるもので、バイブルでもこの手の人間は非難の対象で、このように書かれている。

「だから、彼らが言うことは、すべて行い、また守りなさい。しかし、彼らの行いは、見倣ってはならない。言うだけで、実行しないからである。彼らは背負いきれない重荷をまとめ、人の肩に載せるが、自分ではそれを動かすために、指一本貸そうともしない。」（マタイによる福音書二十三章三 - 四節、新共同訳）

私はその「重い荷」で潰れてしまい、有体に言えば精神疾患になってしまったわけだが、誰か身近に、「危害を加える人とは仲良くしなくていいんだよ」とか「人付き合いは深く付き合うことではなくむしろ距離を保つことなんだよ」と教えてくれる人が、どこかにいればよかったのにと思う。とりわけ、危害を加える人間たちと和解しようとか仲良くしようなどといった働きかけや努力を止めたら、皮肉にもトラブルのかなりから解放され、気持ちがとても楽になり、一気に世界が明るくなった経緯が私にはある。

とくに学校は社会性を身につける場でもあるとも言われるが、実際にはそのようなことを教えてくれる人たちは学校では一人たりともいなかったから、長い試行錯誤の末、右記の原則を自分で導き出さなければならなかった。

手記にも書いたが、自閉症児の「遊びの訓練」と称して友達を作る訓練というのが、かつて私の見た療育番組で放送されていたことがあったが、そこまでして友達というのは作らなければならないものなのだろうか？　私の経験で言うと、友達作りの努力というのは、「いじめ」「いじわる」の呼び水になる場合が多かったように思う。さらには、何とか友達ができた場合でも、何らかの理由で仲違いしたら、その元友達が周囲にあることとないことを言い触らして、結果、周囲との関係が友達を作る前よりもいっそう劣悪になる場合もある。なぜそのような不利な結果を招くもののために、わざわざ努力しなければいけないのだろうか？

でも実際には、どこに行っても「仲良くしなさい」と言われるばかりで、学校は言うに及ばず、ご近所でも前述のストーカーとも「仲良くしなさい」と言われるし、「俺たちは暴力団だ」「銃殺してやる」と言って脅してくる隣人たちとも仲良くするように強要されるのが現実だ。とくに最近では「友達に殺される」という事例も表面化している。そのような状況でも自分の身を守ること・逃げること・距離を置くこと・助けを求めることが許されない（そうしようとすると私が叱責されたり悪者にされたりする）のは、まあ日本国憲法の前文からして「平和を愛する諸国民の公正と信義に信頼して、われらの安全と生存を保持しようと決意した」なのだから、戦後のこの国の常として、いわば仕方のないことなのかもしれないと思っている。

（二〇一五・九）

34

日常のトラブルに対処するということ

親亡き後に一人暮らしをする成人当事者にとっての大きな不安の一つは、トラブルが起きたとき、どうすればよいかということだろう。実際、「トラブルが生じたときに介入する人がいればよい」という意味のことを、ある発達障害当事者の方がご自分のサイトで書いておられたが、その点について私なりに言わせれば、トラブルが起きたり、トラブルに巻き込まれたとき、相談できる場があればいいと思う。そして、そのような場や人を通じて、トラブルに介入してくれる人が見つかればいいと思っている。

トラブルに介入する人と言っても、ざっと思いつくだけでも、学校なら先生、集合住宅なら管理人や管理組合、地域なら自治会や、行政や警察など、いろいろあると思う。問題は、本来、そういったトラブルに介入してくれるはずの人たちが、発達障害や自閉症などについて知らないために、またそういった障害への偏見や本人に対する憎悪などがあるがために、まったく真逆の働きをしてしまうということである。例えば、いじめ・犯罪被害者に向かって加害者側と仲良くしなさいと言ってみたり、加害者側に被害者の個人的情報を漏らしたり、危害を加える側につき、それに加担してしまったり、などである。

だから、そうした、介入してくれる人に障害についてわかってもらうためや、さらには右記のような不適切な介入を防ぐために介入してくれる人を探さなくてはならない。そういった役目の人が、例えば発達障害者支援センターや通院している病院や福祉施設などのケースワーカー辺りで、また自治体の障害福祉課の生活相談辺りで見出すことができれば、多少は改善されるような気もする。

なので、相談の前に「プレ相談」として、適切な相談の場を見つける・紹介してもらうための相談の場が必要だと思う。そしてその窓口を集約し、広く障害当事者たちに通知させることが必要だと思う。例えば病院によっては各専門の科を受診する前に受ける「総合科」というのがある場合もあるのと同じで、日常生活のトラブルに介入する、障害者の生活相談所のようなところ、そうした窓口的な「よろず相談所」みたいなものがあればいいと思う。

だが例えば「いのちの電話」や「チャイルドライン」などは相談の傾聴だけで終わっていて、本当に困っている人への具体的支援に結びつかない。もちろん場合によっては悩みを傾聴してもらうだけで救われる場合も多々あるのだが、しかし私が若いときに「いのちの電話」を利用した限りでは、その傾聴の役割すら果たしていなかったように感じた。

これはトラブルに限ったことではなく、一般的な困りごとでもいいのだが、少なくとも私が困ったのは、困ったときに必要な支援をうまく見つけることができない、ということである。ともすると、そうやって相談の場を探すことそのものが、(コミュニケーションや言葉や人間関係の困難さや相手側の障害への無理解などから）トラブルになってしまう。そのようにして、相談そのものがトラブルになってしまうので、幾度もそういう目に遭っていると、以後何かトラブルに遭ったときにも、我慢しようとするとか、あるいは泣き寝入りになってしまうのである。

今の時代ならネットで相談の場を探すこともできるが、ネットは玉石混交で、ときには酷い情報を掴まされることもあるし、あるいは、好評な個人サイトでも、その管理人がじつはとっても攻撃的で酷い人でした、という場合もある。また、雑誌、新聞、テレビなども、酷い団体や個人をことさら好意的に紹介している場合もあるから、少なくとも私の経験から言えば要注意のように思う。

トラブルで泣き寝入りする理由として、

- 相談の場がない
- どこにどうやって相談すればよいのかがわからない
- 相談してもまともに相手をしてもらえない
- 幻覚・幻聴・被害妄想扱いされる
- 被害に遭ったことについて申し立てすることが、すなわちトラブルを起こすこととして見做される
- そもそも本人のコミュニケーションに困難がある
- 法的問題に対処する訴訟費用や弁護士費用が工面できない

……などといったことがある。

そもそも、トラブルが起きたとき、具体的にどのように動けばいいのかがわからない。そのため、しばしば不適切とされる行動に出てしまうこともあり、それがまたトラブルになってしまう。

とりわけこの点について、社会通念や社会常識や暗黙の了解などとされるものは、十年もすると大きく変わることもあるので、いつまでも幼いときや若いときの社会通念を引き摺っていると、いわば〝文化ギャップ〟が生じ、それ自体がトラブルになる場合もあるから、ただでさえこだわりの強い発達障害者で年長また高齢の人はとくに気をつける必要があるだろう。

具体例としては、一昔前までは近所の人と挨拶を交わすことは普通のことで、むしろマナーとすらされてきた。しかし今日では、近隣の人（とりわけ子ども）に対して挨拶をするならば、それだけで「案件」になってしまう。このように、世の中の価値観や風習は時代とともに変化し続けていることを知らないで、いつまでも昔のままのやり方を通し続けたならトラブルになることもあるということである。

また、トラブルに遭ったとき、Ｗｅｂを使って、類例や前例を検索するという方法がある。

しかし私がある事件に巻き込まれたとき、私は精神障害者でもあるので、ネットで精神障害者「の」犯罪被害について検索した。ところがいくら検索画面をスクロールしても、またキーワードをいくら替えてやってみても、検索結果に出てくるのは精神障害者「による」犯罪被害ばかりであって、肝心の精神障害者が犯罪被害に遭った場合については、私はついに一件たりともネット検索から引っ張り出すことはできなかった。

それでやむなく私は障害者でライターをやっている従妹に相談した。すると彼女の話では、精神障害者の犯罪被害は、なかなか警察も取り合ってくれない（本人による被害届が受理されない）とのこと。いわく、「精神障害者は刑事事件の被害者にもなれないという現実があり、（中略）『かわいそうだから』というわけのわからない理由で立件が見送られたり、本当に被害を受けていても病気のせいにされて被害届が出せなかったりする」とのことだった。それで彼女の助言に従い、警察との間に弁護士を入れることにした。

警察への相談に弁護士（ただし障害に理解のある）を介入させるメリットは幾つかある。その大きな一つは、障害者本人が被害届を出した場合には受理されなくても、弁護士を通して出せば、受理される可能性はずっと高くなるということである。またもう一つの大きなメリットは、現場検証や状況説明の際に、話すことに困難があり、適切な言葉で語ることの難しい本人に代わって警察に説明してもらえることである。

ただデメリットもないわけではなく、こういうのはじつは費用の面で半端ないのだが、このときはたまたま運よく(?)偶然にも、私には著書の再刊で若干のインカムがあった。もし弁護士を呼ぶだけの資金がこのときなかったなら、私は本当に泣き寝入りと我慢を強いられていたと思う。なので、そこら辺に何らかの支援があればいいと思う。具体的には、例えば発達障害支援センターが顧問弁護士を雇い、支援センターに寄せられる相談について、相談者が個々のケースについてその弁護士からの支援を受けられるようにすればよいと思う。

で、その弁護士さんは以前にも別の事件でお世話になった方なのだが、そのときは「障害とりわけ発達障害に理解のある弁護士」ということで、いろいろなところに電話して探し当てた人だった。ただそうやっていろいろなところに電話するというのがそもそも私にとってはとても高いハードルだったたし、一昔前の私だったらきっと不可能だったたと思う。

もっとも、弁護士を介入させたうえで警察を呼んだとしても、必ずしも問題が解決したりとか、犯人が見つかるとか、また明白な物証があるとしても、犯人特定に至るとは限らない。がそれは本稿のテーマとはまた別の問題でもあるのだが、とりあえず防犯カメラやセンサーライトなどをつけておくことは、完全ではないものの多少の抑止力にはなるだろう(ただ、そうしたものを取りつけようと問い合わせるだけで、それはまた別のトラブルの原因にもなるし、あまりそういうものを取りつけ過ぎても、それはそれで周囲から〝変な人〟と見られるので注意する必要があるのだが)。

せめてこういうとき、マンションの管理会社や管理組合が動いてくれないものかと思う。しかし実際には、「夜な夜な不審者が出るのでなんとかしてほしい」と訴えると、「証拠がないので受理できません」との返答が返ってくるし、自宅の玄関や通路側の窓周りにカメラをつけたくても、また玄関ドアに二つ鍵をつけたくても、その手の工事には「住民の一定数以上の同意」が必要ということだし、また、共用通路に防犯カメラの設置を要望しても「お金が掛かるので無理」だそうだし、警察もマンション構内のパトロールは「管理会社また管理組合の管轄」なので立ち入れないそうだ。かといって管理会社や管理組合がパトロールするわけでもない。要するに、マンション構内で付き纏いが発生したら、打つ手がないものらしい（ちなみに私は、深夜にその付き纏い本人から、若い女性の声で、寝室の窓越しに「呪い殺してやる」と言われた）。

しかし私が言いたいのは、「困ったときには助けてくれる人が必要」ということである。そして問題は、障害を持っている人の場合、被害を取り合ってもらえなかったり、助けてくれる人を容易に見つけることができないということなのである。要するに、親亡き後で身寄りのなくなった後も本人が、危害や被害を加えられることなく安全に安心して暮らせるための「何か」を構築してほしいということである。

とりわけ一人暮らしだと、パニックを起こしたときのフォローがどこにもない。残念ながら地域で暮らす一般市民の中には、自閉症者のパニックに対して敵愾心を持ち、そのまま本人に対し犯罪行為や危害を加え続ける人がいる。一般に、一部（？）の人からは「自閉症の人は恐ろしい」と思われているみたいだが、私からすると、計画的で用心深く、触法スレスレ・発覚ギリギリのところで陰湿に加害行為を行い続ける健常者（の一部）がとても恐ろしく感じる。

弱者やハンディを持った人を攻撃する人は残念ながら存在する。とりわけここ最近は例えば、認知症の高齢者をターゲットにした詐欺事件（オレオレ詐欺）も多発している。また前述の私の従妹は、車椅子のタイヤをパンクさせられる被害に遭っている。そうした障害者や弱者が犯罪被害に遭ったときの何らかの支援の制度および、またそうした障害者や弱者への加害を立件・処罰・規制する、何らかの取り決めが今後必要となるだろう。

ちなみに前述の弁護士さんは、警察が精神障害者の犯罪被害の本人自身の訴えを取り合おうとしないことについて、はっきりと「差別」と呼んでいることをつけ加えておく。

（二〇一五・一二）

35
成長するということ

他の多くの自閉症者と同様、私は義務教育に在学中、絶えず世の中や先生たちやクラスメートたちから言われた言葉がある。それは、「性格を直せ」「友達を作れ」「協調性を持ちなさい」ということである。もし“Vox populi, vox dei.”（「民の声は神の声」）というラテン語の諺が真実であるなら、それら言われた言葉はまさしく私にとって“神の声”だったのかもしれない。

しかしそれらの助言は、私にとってはとても重たい課題だった。というのも、どのようにすればいいのかがわからなかったし、また、どこから手を着ければいいのかもまた、わからなかったからだ。例えるなら、目の前には、とても高くて険しい大きな山がそびえている。その前で、ただ一言、「この山を登りなさい」とだけ言われる。いわば、必要な情報も何も知らされないまま、そのように言われる。しかし、山に登るときは、自分の体力に見合った山を選ぶべきなのであって、初心者がいきなり四千メートル級の登山をするべきではないだろう。

しかもその地図はない。というか、その渡された地図は白紙で、「どの道を通ればいいのか」「どのように登ればいいのか」ということも一切知らされない。必要な装備も知らされないまま、必要なアイテム一つ一つのその全てを、試行錯誤で探し出さなくてはならない。「どの」「どのように」「どこを」というところは、誰からの支援もなく、一切を試行錯誤で見つけていかなければならない。そのような状態で、その山に登ろうとしたとする。するとさっそく麓の奥地で迷子になる……という按配である。

例えば、右記の「性格を直せ」というアドバイス一つをとっても、そもそも、一言で「性格」といっても広範で、曖昧で、捉えどころがない。とくに性格の定義については専門家らや辞書によって諸説紛々である。なので、被助言者は目先のアドバイスなるものに振り回されることになる。（そのしょうもないアドバイスなるものの最たるものが「性格を直すためには成績を下げなさい」というものだ！）それだけでなく、本来の障害に起因するものも全て「性格」のせいにされ、それを全て自分で直すことを命じられた。

なぜ、性格直しが重要（？）になるのかというと、それがいじめ解決に繋がっている（とされていた）からである。つまり、「あなたがいじめられるのは、これこれこういう性格だからだ」というわけである。そして〝性格上の欠点〟が一つ一つこと細かに挙げ連ねられる。〝助言〟を受けたほうはそれら一つ一つを受け入れ、指摘された〝欠点〟を直さなくてはいけない（らしい）。

前述の通り私はとくに中学校の学友たちからしきりと、「勉強よりも大切なことがある」と忠告され続けたが、級友たちの言い方から、その「勉強よりも大切なこと」が、他ならない「性格を直すこと」なのまではわかった。でもそれをどうやって直していけばいいのかは私にはまったくわからなかった。

それで私は性格を直す努力をしてきたつもりなのだけど、今から振り返ってみると、性格とされるものの中には、発達に伴って自然に改善されていくものもあるので、そう考えると性格を変える努力の中には、あまり意味のなかったものもあると思う。少なくとも勉強には授業という指導がつくのだから、「勉強よりも大切なこと」にはそれ以上に指導がつくべきだろう。性格を直すことの是非は別にしても、もしそうする必要があるなら、それはなるべく療育の中でやってほしいと思うのであって、性格を直すための努力が勉学を否定したり押し潰したりするようなことがあってはならないと思う。そして本人が勉学に集中できる状況を整えてほしい。

◆　◆　◆

発達障害というのは……というより、誰でも子ども時代というのは、いわば空気の入っていない潰れたボールみたいなものかもしれない。その形状は空気が入っていないからデコボコのアンバランスだ。でも成長にしたがって、つまり、中に空気が入っていくにしたがって、だんだん丸くなっていく場合もある。つまり、自分のペースで大人になっていく。その形状は、子どもの頃から比較的丸い人もいる一方で、大人になってもデコボコのままの人もいる。また子どもの頃はデコボコでも、大人になったらそれがある程度解消する人もいる。

だから、子どもの頃に自閉症だった人の中には、大人になるにつれてその傾向が薄らいでくる人もいる。これには成長だけでなくて、本人の自閉症克服の必死の努力もあるのだが、専門家の中には、当を得ない質問を幾つか投げかけただけで、自閉症を克服してきた当事者に向かって、「この人はほんとうに自閉症なのだろうか」と、心ない発言をしてみたりする人もいる。そういう専門家に限って、非常に攻撃的なアスペ（死語）の人をことさら好意的に持ち上げたうえで、「攻撃的なアスペの人はいない。攻撃的なアスペは偽物だ」と断言するのだから始末に負えない。

もし、自閉症克服のための努力の結果が、専門家から「この人は本当に自閉症なのだろうか」と言われることなのだとしたら、これほど残念なこともないだろう。これだけでも、自閉症の克服のための努力は不毛だと言えるのだが、問題はそれだけではない。

　というのは、自分の経験と感覚から言うなら、加齢や老化による身体能力・知的能力の劣化というのは、もともと弱かったところ・苦手だったところから始まるようだ。もともと苦手なこと・不得手なことは、それが後天の努力で頑張って伸ばしたものであっても、やはり、他の能力より先に衰えてしまう。一方、もともと得意な能力というのは、体力・知力が老化によって劣化していったとしても、少なくとも今のところはわりと残存していたりする。

　結局のところ、とくに克服のための努力をしなくても、大人になり、自然に成長していくにつれ、問題が自然に克服もしくは解消できている場合もあるということである。例えば、私は子どもの頃からつい最近まで、幼児の泣き叫ぶ声が非常に苦手だった。しかし近年、その泣き叫ぶ声の内奥の感情が突然わかるようになってからは、そういう声に遭遇しても、あまりうるさいとは感じなくなった（それでもやはりケースバイケースだけど）。

　だから結論から言えば、苦手なことを訓練してできるようにするよりも、最初から本人の好きなこと、興味のあること、得意なことを優先させながら指導するのがいいと思うのだがどうだろう。

　例えば生理的要求で、あれが食べたい、これが食べたいということがある。汗をかいたら水が飲みたいとか、塩分などのミネラルを補給したいとか、疲れたから甘いものが欲しいとかというのは、それは身体の自然の要求なわけで、そのときの身体が一番要求しているものなわけである（まあこの手の身体の要求は病気でなる場合もあるから、例えが適切ではないかもしれないけど）。

　同様に知的欲求にも、あれがしたい、これがしてみたいということがあるけれど、例えばピアノを弾きたい、絵が描きたい、サッカーしたい、あるいはこういうことに興味があるから深く調べてみたいとかというのは、それは自然な欲求であって、そのときの《自分》が一番伸ばすべきテーマであったりすると思う。

そもそも、好きなことに打ち込むことは楽しい。努力自体が楽しいから努力が努力と思えない。結果、どんどん努力するから能力も伸びるというものだ。

逆に苦手なことの訓練は苦しい。嫌々課題に取り組むから結果も芳しくない。さらには苦手なことを無理に取り組んでみたところで、年数を経てみてもあまり身についているとは思えないのである。

だから、（自閉症の克服の訓練だけに限らず）苦手なことの努力・訓練も大切だが、それよりも、どうすれば楽しく物事をこなせるかということを考えるほうが早道だろう。そうすれば、好きなことに取り組む途上で苦手な課題が浮上したとしても、積極的に乗り越えることができると思う。

逆に、子どものときには苦手なことであっても、大人になって急に興味が出たとか必要性に目覚めたなどといったことで、その苦手だったことが突然わかるようになることもある。つまり、子どものときや若いときにはそれが身につかなかった、どうしても理解できなかったなどというのは、たぶんそのときは「時ではなかった」ということなのだろう。まさにバイブルが言う通り、「何事にも時があり、天の下の出来事にはすべて定められた時がある」（コヘレトへの言葉三章一節、新共同訳）のである。

またさらにその逆もあって、子どものときには、あるいは若いときには得意だった、大好きだったということでも、大人になると、あるいは晩年になると興味を失くしてしまい、好きでもなんでもなくなるということもある。

経験的に言って、子どもの頃にはわからなかったこと、戸惑ったことも、大人になれば自然にわかるようになる場合もあるように思う。それが成長するということなのだろう。とりわけ、成長するにしたがって、それまでどうあってもできなかったことが、突然なぜかできるようになることが多々ある。

とくに私の場合、だいぶ大人になってから（四十代）のことであるが、相手の話をちゃんと落ち着いて聞けるようになり、相手の立場で物事を考えてみることができるようになってからは、コミュニケーション能力についてはなんとか健常者と比べても遜色ないようになり、いわゆる自閉症らしさから、だいぶ脱したように思う。また、高校生のときにはからきし意味不明だった社会科系の教科書の記述も、それなりに社会性が身につき大人になった今ではそれなりに理解できるようになったと思う。

でもそういうわけであるから、日本の教育カリキュラム、また社会人になるために敷かれている、「幼稚園↓義務教育↓高校↓大学↓社会人」という、この国の市民の人生進路フォーマットというのは、私自身の発達過程にまったく即していなかったように思う。

私が大人また晩年になって振り返るに、とりわけ発達のアンバランスの解消は、ある程度時間が解決する部分もあるようである。とくに子どもの頃は発達障害でなくても誰でも大なり小なりデコボコである。そのデコボコを周囲が長い目で、また大らかな目で見てあげられるかどうかが、その子の幸せのカギとなると思うのだがどうだろう。

（二〇一六・三）

補遺　図書館各位へのお願い

『続・自閉症克服の記録　社会参加序章』の扱いについて

二〇〇四年二月に、インデックス出版より『続・自閉症克服の記録　社会参加序章』（山岸裕著、石井哲夫協力、日本図書館協会推薦図書、以下『社会参加序章』）が発刊されました。その際に、私、森口奈緒美の電子メールが本人の許可なく当該図書に掲載され、また、改ざんされた件についてこの場をお借りして告知いたします。

私の電子メール掲載までの経緯

『社会参加序章』の著者が私に対して、私信メール掲載の可否について問い合わせてきた際、私は『社会参加序章』の著者に対して、以下のような要請を行いました。

（1）メールでのやりとりを本にされるのはまずいということ。
（2）私の電子メールをどうしても公開なさる場合は、匿名・仮名・ニックネーム等を使用し、また、本文の内容から個人が特定されない配慮をするということ。
（3）掲載するメールは出版前に私のほうでチェックさせてほしいということ。また、どのメールを掲載なさるのか、事前にこちらで把握できるようにしてほしいということ。
（4）掲載の是非について出版社のほうから私のほうに直接連絡してほしいということ。

（1）については、私の要請が無視され、私の電子メールが『社会参加序章』に掲載された。
（2）については、電子メールの『社会参加序章』への掲載の際、私の実名がフルネームで使われた。
（3）については、電子メールの『社会参加序章』への掲載の事前に、私のほうでチェックする機会は与えられなかった。また、私が『社会参加序章』の著者に宛てた数あるメールのうちから、どのメールを掲載するのか、私にまったく知らされなかった。
（4）については、インデックス出版から私への連絡はなかった。また私に同社の名称や連絡先は知らされなかった。
また、『社会参加序章』に掲載されたメールは私に無断で改ざんされていた。改ざんが同社によるものか、それとも著者または協力者によるものかは不明。

『社会参加序章』における問題点

・一八〇 - 一八五頁における、私の電子メールの無断掲載および無断改ざん
・八六頁、九七頁、一一七頁、一七四頁、一七七頁において、私が『社会参加序章』の著者に宛てた郵便物やメ

ールの内容が、私に無断で私の実名で開示されている点

『社会参加序章』に掲載された電子メールの具体的な改ざん点

・一八二頁の一一、一二行目「前回『破れがさでもいいじゃないか、私も同感です』と言うメールに反応がなかったのは、あなたが共感したから、返信を送る必要性がなかったのでしょう」
・一八五頁の六行目「ほんと非自閉症圏の人との付き合い方はわかりません。疲れます」
・同九行目「相手の意図を察するのが苦手だから読めません。困ります」
・同一二、一三行目「たった一つ言えるのは自閉症者の悩みは、自閉症者に言った方が分かりやすいということです。非自閉症の人には分からないということです」

これらはいずれも、実際には『社会参加序章』の著者の発言であるにもかかわらず、『社会参加序章』では私森口の発言として改ざんされています。

また、『社会参加序章』に掲載されたメールは、著者のメールに私がレスをつけたものであり、実際には一続きのものですが、『社会参加序章』一八〇－一八五頁では、読者に対し、現実には存在しない往復がなされたかのような誤解を与える編集になっていて、実際のメールにおいては宛名や署名の存在しない箇所に、著者および私の名前が任意の箇所に挿入されています。以下の宛名および署名は、原文のメールには存在しません。すなわち、

一八二頁八行目の「山岸裕」、九行目の「山岸裕様」、一四行目の「森口奈緒美」
一八三頁一行目の「森口奈緒美様」、九行目の「山岸裕」、一〇行目の「山岸裕様」
一八四頁二行目の「森口奈緒美」、三行目の「森口奈緒美様」、一三行目の「山岸裕」
一八五頁一行目の「山岸裕様」

の計一〇箇所。

このように、『社会参加序章』はプライバシー権および著作権を侵害しています。図書館各位および所有者各位および販売者各位におかれましては、当該書籍について人権に配慮した具体的で速やかな処置をお願いする次第です。

あとがき

本書は、発達障害（自閉症）当事者である私が、主に機関誌『新・アスペ・ハート』『アスペ・ハート』（NPO法人アスペ・エルデの会発行）の定期連載「自閉症納言」にて、二〇〇二年春から二〇一六年春にかけての十四年間にわたって書き綴ったものである。拙著の既刊書には『変光星——ある自閉症者の少女期の回想』『平行線——ある自閉症者の青年期の回想』（どちらも現在は遠見書房刊）があるが、両著はどちらも手記ということで、主に実体験や事実関係や時代背景を、私個人の視点からなるべく正確に記すことに重点を置いたため、あまり自分の思いや考えや感じたことを記すことができなかった。しかしそのような折り、同会代表の辻井正次先生からのご厚意で同誌での連載のお話をいただいた。

私の最初の手記『変光星』の発刊が一九九六年二月であるが、奇しくも時期を同じくして、この国の発達障害（者）を巡る環境には目覚ましい動きが起こった。とりわけ発達障害が公的に定義され、発達障害者への療育や支援が制度化され、かつて私が学生の頃に必死に世の中に向かって訴え続けてきた、中学生の頃からの夢でもあった、「能力に応じた教育」が実現しつつあるのはとても喜ばしいことである。

私と今は亡き母が取材協力した、『この星のぬくもり――自閉症児のみつめる世界』（曽根富美子作）というマンガがある。その電子版のレビューに「自閉症のマンガなのに療育についてまったく書かれていない」という意味のことが書かれているが、私が幼少時から学生時代を過ごした一九六〇～七〇年代は、知能に問題のない自閉症の人にとって療育はほぼ無縁で、とりわけ学校生活での支援については皆無だったと言っていい。学校教育のなかで私のような者が支援を受けることができるようになってきたのは、ほんのここ二十年ぐらいのことである。

とりわけ私が二十代だった一九八〇年代後半～一九九〇年代初頭ぐらいまでの当時の不登校（登校拒否）の支援者たちは、少なくとも私が彼らと直にあるいは電話で接触して知り得た限りでは、たとえば私のような、学校生活を一切の支援なしに自分の力で頑張ってきた、今でいう発達障害の当事者や、やはり今でいう大人の引きこもりの当事者を支援したり、そうした声を受け入れたりする状況にはまだなかった。

本書中でも論じられている対象となっている彼ら支援者たちなどについては、主にその当時のことなので、現在の状況とはまた異なることをお断りしておく。不登校支援関係者が発達障害の人や大人の引きこもりを受け入れるようになった今日と比べると、まさに隔世の感があるが、その一連の社会的な動きの中で、決して遠くない過去には、（本書でも触れた）不毛の時代があったことを記録しておくことは悪いことではないと思う。（かつて「自閉症は母親が悪い」と決め付け、相談に来る自閉症者本人を排除していた団体が、今日ではまるで掌を返したかのように、その傘下の出版社で発達障害に関する書籍を出していたりもするが、なにはともあれ、世の中の発達障害への理解が進むのは良いことである。）

今回、支援者の方々に苦言を呈したところもあるが、私のような者がこうして声を挙げることで、支援者の方々の善意の結果の失敗が多少なりとも減らせることを願う。とりわけ、一部の心ない支援者たちについて世の中に注意の喚起を促すことは、公益に適うことでもあると思う。本書が自閉症などの発達障害に対する世の中での誤解、とりわけ関係者や支援者などによる人権侵害の解消に非力ながらもお役に立てるなら、筆者としてこれ以上の喜びはない。

本書は主に、発達障害である自閉症当事者であり、いじめ被害の当事者であり、かつての不登校当事者であり、また現在も二次障害としての精神疾患および大人（高齢）の引きこもり状態（五十代は引きこもりの定義から除外されている問題はともかく）の当事者でもある私が、限られたその実体験をベースに考察して書いたものであるため、読者や他の当事者の方々の知見や情報と異なるところも多々あると思う。が、いずれの話も私個人の視点から見た事実をありのままに書いたつもりである。中には信じられないような、あるいは受け入れられないような内容もあるかもしれないが、さまざまな当事者のうちの一つの事例として、こういう見方や立場や視点や経験もあるんだなということで、笑って読み流していただけるなら幸いである。

なお、精神疾患の最新の診断基準であるＤＳＭ‐５では新たに「自閉スペクトラム症」という用語が定義され、従来の「高機能自閉症」「アスペルガー症候群」といった用語は廃止されたが、本書では書かれた当時の時代背景もあり、慣用的にそれらの語を用いていることをお断りしておく。

本書は連載を纏めたものであり、もともとは一章一章で完結するスタイルを取っていたため、今回のように単行本化した場合、どうしても特定のトピックが重複して登場するのはどうかご容赦いただきたく思う。

また本文中の引用聖句は日本聖書協会発行の新共同訳の聖書本文検索(https://www.bible.or.jp/read/vers_search.html)に拠った。

また巻末の「補遺」（本書二五九頁）であるが、私と交友のあったある本の著者（もしくはその編集者または協力者）が、私に無断で私の実名で私の私信メールをその本に載せ、その際にその内容の改ざんを行ったのだが、その件で報道やきちんとした広報がなされず、またその出版社の該当ページも現在消えていることに加え、当該書籍が図書館関係の某有力団体の推薦図書として全国の多数の図書館に収蔵され、現在も当該書籍の中古本が大量に流通している状況がある。私は自分の発言ではないものが自分の発言として後世に残るのが嫌なので、本書の巻末にその経緯および当該図書の問題個所の正誤表を収録することにした。どうか自閉症者特有の強いこだわりや不安や障害特性を忖度のうえ、読者および関係者各位のご理解を賜りたい。

最後に、『新・アスペ・ハート』『アスペ・ハート』にて連載の機会をくださり、また本書という形で世の中に向かって声を挙げる機会を授けてくださり、今回、本書の解説も執筆してくださった辻井正次先生、本書のもととなる連載においていつも励みとなる助言をくださり、また今回の発刊に際してもいろいろと尽力してくださった岡田宏子氏、また本書の刊行に際し直にお世話になった遠見書房の山内俊介氏に感謝申し上げる。また、なによりも本書を読んでくださった読者の方々、とりわけ購入して読まれた方々に御礼を申し上げたい。

二〇一七年十月　著者記す

解説　中年期を生きる自閉症者が書き続けること

辻井正次

本書は、『変光星』『平行線』の著者である森口奈緒美さんが、NPO法人アスペ・エルデの会の専門情報誌『アスペ・ハート』に連載している原稿をまとめたものである。同時代を生きる臨床家として、森口さんの連載にはいつも教えられることばかりであり、自閉症当事者の目線を伝えてくれている。

『変光星』の初版刊行は一九九六年。森口さんの『変光星』は、衝撃的だった。アスペ・エルデの会が一九九二年から始まり、多くの高機能自閉症の子どもたちや青年たちと一緒に過ごすことが多くなっていた中、実際に出会う自閉症の子どもたちから断片的に垣間見られていた彼ら特有の世界を——特有の認知の仕方をもって、とても生き生きと、論理的に、手記の中で描いていたことに驚きを感じたものであった。森口さんの後、多くの自閉症者が手記を発表し、いろいろなタイプの人たちの姿が、自閉症臨床のあり様を変えていった。『変光星』は、今なお輝きを放っている傑作である。

その後、思春期の姿を描いた『平行線』もまた、森口さんから見た思春期の難しさ、調子を崩していく体験、当事者から見たカウンセリングがどういうものであるかなど、わが国で初めて当事者自身の言葉で語られたものであった。自閉症における成人期以降の二次的な精神疾患の合併の多さは、世界中のどのデータを見ても共通で、森口さんもまた気分調節や不安の調節の大きな課題があり、それゆえに、思い描いた生活を送ることが難しい時代を過ごしていた。

『アスペ・ハート』の刊行当初から、森口さんに連載をお願いし、連載記事が森口さんの発信の主要な場所となっていった。本書では、エッセイという形で、今までの体験をさらにクリアに言葉にしてくれている。三五個のエッセイからなる本書は、二〇〇二年からの連載であるので、現在は発達障害者支援法の施行や、障害者の権利条約の批准、障害者差別禁止法の施行などもあって、状況が改善しているものもあるが、当事者の視点から見ていくと、変わらない現実を、客観的に見つめたものを示している。ご両親が逝去され、「親亡き後」を生きる中、現実を生きていく不安もわかりやすく教えてくれている。

自閉症は、遅くとも胎生期から始まる脳機能の非定型発達の中で生じる発達障害であり、社会性の障害とイマジネーションの障害を中核とする。他者との関係を自然に築き、他者の意図を読むようなことは非常に難しく、また、慣れ親しんだありかたを柔軟に変更することが苦手だったり、特異な感覚過敏性を有するなどの症状が知られている。森口さんは、詳しくは『変光星』に記されているが、幼児期、児童期と非常に特徴的な自閉症症状を持ち、社会の暗黙裡のルールや他者の意図の読めなさゆえに、主に人間関係などでさまざまな困難に直面してきた。年齢を経て、大人になった森口さんは過去のいろいろな体験を客観的に把握することができるようになっている。彼女の発信する言葉は、後輩たちやそのご家族、支援者の胸に響くものであり、当事者目線に立った支援の重要性を教えてくれるものでもある。

アスペ・エルデの会も二五年を過ぎ、当時の小中学生も三十代を迎え、「親亡き後」の課題を考えるようになっている。森口さんの語ってくれている不安はとても共感され、自分たちなりの「自立」をどう実現していくのか、考える機会を与えてくれている。障害者自立支援法の施行以降、障害のある人たちの支援は義務的経費として、国家が責任を持ってやっていく仕組みになったとはいえ、保護者たちは将来を悲観的に感じる場合が少なくない。でも、本書で示されているように、森口さんが（思い描いた形ではないかもしれないけど）自分の中年期を、老年期を見据えてしっかりと生きておられる姿は、現実的な勇気を与えるものである。これから先、森口さんがどのように中年期を総括し、老年期を描いていくのか、楽しみに感じるところである。

遠見書房の山内さんの英断で、『変光星』『平行線』が復刻され、本書『金平糖』が刊行されることは、自閉症理解の新しい一歩になると信じている。今後の森口さんの連載を愛読者として、友人として楽しみにしている。

（ＮＰＯ法人アスペ・エルデの会統括ディレクター・中京大学現代社会学部教授）

初出情報

1　新アスペハート　第1号（アスペ・エルデの会，2002）
2　新アスペハート　第2号（アスペ・エルデの会，2002）
3　新アスペハート　第3号（アスペ・エルデの会，2003）
4　新アスペハート　第4号（アスペ・エルデの会，2003）
5　新アスペハート　第4号（アスペ・エルデの会，2003）
6　新アスペハート　第5号（アスペ・エルデの会，2003）
7　新アスペハート　第6号（アスペ・エルデの会，2004）
8　アスペハート　第7号（アスペ・エルデの会，2004）
9　アスペハート　第8号（アスペ・エルデの会，2004）
10　アスペハート　第10号（アスペ・エルデの会，2005）
11　アスペハート　第11号（アスペ・エルデの会，2005）
12　アスペハート　第12号（アスペ・エルデの会，2006）
13　アスペハート　第13-14号（アスペ・エルデの会，2006）
14　アスペハート　第15号（アスペ・エルデの会，2007）
15　アスペハート　第16号（アスペ・エルデの会，2007）
16　アスペハート　第17号（アスペ・エルデの会，2007）
17　児童心理2006年6月号臨時増刊号『教師と親ができるいじめの予防と早期解決』（金子書房）
18　アスペハート　第19号（アスペ・エルデの会，2008）
19　アスペハート　第20号（アスペ・エルデの会，2008）
20　アスペハート　第21号（アスペ・エルデの会，2009）
21　アスペハート　第22号（アスペ・エルデの会，2009）
22　アスペハート　第23-24号（アスペ・エルデの会，2009-2010）
23　アスペハート　第25号（アスペ・エルデの会，2010）
24　書き下ろし
25　アスペハート　第26-28号（アスペ・エルデの会，2010-2011）「不登校になったとき」改題
26　アスペハート　第29-30号（アスペ・エルデの会，2011-2012）
27　アスペハート　第31-32号（アスペ・エルデの会，2012）
28　アスペハート　第33-34号（アスペ・エルデの会，2013）
29　アスペハート　第35号（アスペ・エルデの会，2013）
30　アスペハート　第36号（アスペ・エルデの会，2014）
31　アスペハート　第37-38号（アスペ・エルデの会，2014）
32　アスペハート　第39号（アスペ・エルデの会，2015）
33　アスペハート　第40号（アスペ・エルデの会，2015）
34　アスペハート　第41号（アスペ・エルデの会，2015）
35　アスペハート　第42号（アスペ・エルデの会，2016）

著者略歴

森口奈緒美（もりぐち なおみ）

自閉症当事者・作家。

1963年，福岡県生まれ。

幼少期より転勤族の父親についていき，全国各地をわたりあるく。

1996年に日本で初めての自閉症当事者による手記『変光星』を発表。

以降、自閉症の当事者としてさまざまな提言を続けている。

主な著作にロングセラーの上記の他，その続編である『平行線』などがある。

金《こん》平《ぺい》糖《とう》

自閉症納言のデコボコ人生論

2017年11月20日　初版発行

著　者　森《もり》口《ぐち》奈《な》緒《お》美《み》

発行人　山内俊介

発行所　遠見書房

〒181-0002　東京都三鷹市牟礼6-24-12

三鷹ナショナルコート004号

（株）遠見書房

TEL 050-3735-8185　FAX 050-3488-3894

tomi@tomishobo.com　http://tomishobo.com

郵便振替　00120-4-585728

tomi shobo 遠見書房

印刷　太平印刷社・製本　井上製本所

ISBN978-4-86616-039-9　C0011